3
少女(やいば)は鞘に納まらない
YAIBA HA SAYA NI OSAMARANAI
龍威ユウ
illustration 葉山えいし
「早速ですけどぉ、
悠(はるか)さんに取材を
すねぇ」
JN031070

小烏丸は
提案を持ち掛けた。
「小狐丸さんをそっくりそのまま
投影するっていうのはどうかなぁ…」

稲妻かと見まがう童子切安綱の一閃が、
鬼を骨すらも残すことなく焼き尽くす。

千年守鈴姫と
三日月宗近が刃を交差させている。
「凶暴な性格なようですね、
千年守さん」

「ボクの主にあんまし気安く
触ってくるの、
やめてもらえません？」

小烏丸を守る。
段々と腕の痺れが取れてきたのを確認して、
悠は二刀を構え直した。

「貴様目を覚まさぬか!!」

少女(やいば)は鞘に納まらない

YAIBA HA SAYA NI OSAMARANAI

3 CHARACTERS

結城 悠（ゆうき・はるか）

異世界に迷い込んだ剣士の青年。一度決めたことを曲げない、信念貫き通す武人気質。

小狐丸（こぎつねまる）

狐耳と尻尾を生やした狐っ娘。不敵な笑みを浮かべていることが多い。

三日月宗近（みかづき・むねちか）

穏やかで聖母のように優しい少女。小狐丸の姉で、妹に対しては容赦がない。

童子切安綱（どうじきり・やすつな）

大典太光世(おおでんたみつよ)の妹。礼儀正しく自分にも他人にも厳しい。
職人気質でいつも凛としている。

小烏丸（こがらすまる）

短時間なら空を飛べる。自分に自信が持てず、部屋にこもって書き物ばかりしている。語尾を伸ばすのが口ぐせ。

少女は鞘(やいば)に納まらない　3

龍威ユウ

ヒーロー文庫

少女（やいば）は鞘に納まらない

3

YAIBA HA SAYA NI OSAMARANAI

illustration
葉山えいし

CONTENTS

イラスト／葉山えいし
装丁・本文デザイン／5GAS DESIGN STUDIO
校正／佐久間恵（東京出版サービスセンター）
DTP／鈴木庸子（主婦の友社）

この物語は、小説投稿サイト「小説家になろう」で
発表された同名作品に、書籍化にあたって
大幅に加筆修正を加えたフィクションです。
実在の人物・団体等とは関係ありません。

序章　悪夢は赤く燃ゆる

その日、葛氣山は炎に包まれていた。

轟々と音を立てて、美しかった緑が次々と焼き払われていく。麓では消火活動が開始されているが、到底間に合いそうにない。そんなことを思いつつも、少女は燃え盛る炎の中にうごめく二つの影に視線をやった。

鎧と太刀で武装している少女が二人。どちらも負傷している。傷の大小こそあれど、双方共にあまりにも血を流しすぎている。そこに容赦なく山火事が追い打ちをかける。

このままだと待ち受ける運命は、死だ。炎に焼かれて息絶えるか、出血多量により地に倒れ伏すか。彼女達が抱えている恐怖は想像を絶するものに違いない。いや、そうだった。少女の一人――童子切安綱は、好敵手を背負って歩く自らの姿を見下ろしていた。

これが夢であることを童子切安綱はとっくに理解している。さもなくば悠長に眺めてなどしていないだろうし、なによりも片方は自分自身なのだ。忘れるはずもない。童子切安綱にとって忘れがたい、決して忘れてはならない忌まわしき記憶。

不意に、どんと大きな音が鳴った。どうやら、とうとう現れたらしい。視線だけで殺せそうなほどの憎悪がこもった童子切安綱の瞳には、一際大きな鬼が映り込んでいる。

すべての元凶にして、好敵手の命を奪った極悪人。

恐怖で立ち尽くす過去の自分と、それまで背負われていた少女が、ここにきてようやく地に足をつけた。とは言え、片方の足は完全に潰(つぶ)れていて使い物にはならないし、出血があまりにもひどい。立つことはおろか、意識を保(も)たせていることさえも奇跡に近しいはずなのに、彼女は不敵な笑みをにぃっと敵手に浮かべてみせている。

これは夢だ。久しく見ていなかったが、童子切安綱が忘れてはならない夢だ。

一度起こってしまった過去はどうにもできない。だからこうして夢に見る。ならば、せめて夢の中だけでも好敵手(とも)を救いたい……。童子切安綱はあらん限りの声で叫ぶ。


――やめろ、我(われ)を庇(かば)って貴様が死ぬことはない。

――我の好敵手だというのなら死ぬな。生きろ、生きてくれ……！

――お願いだ。お願いだから……死ぬな■■■ッ!!


童子切安綱の叫びが、届くことはない。夢なのだから当たり前だ。しかし、好敵手がわずかに振り返ってあの不敵な笑みを向けてくれた。そんな気がした。見間違いかもしれないし、そうあってほしいと願った自分の妄想かもしれない。けれども確かに、彼女は微笑(ほほえ)

んでくれた。童子切安綱はそう思うことにして——。

「ちょっと安綱。さっきからうなされてるけど大丈夫なの？」

姉妹の声に、童子切安綱は現世への帰還を果たす。

ばくばくと跳ねる鼓動と自分の呼吸がうるさい。おまけに着物は汗で濡れてその感触が実に不快だ。ぼやけていた視界がようやく元通りとなって、そこでようやく相手の顔がはっきりと視認できた。童子切安綱は呟く。

「光……世？」

「そう、光世だよ。てかさっきから起こしてるんだからさっさと起きてほしいし。光世だってこう見えて忙しいんだから」

「…………」

「……ちょっと、ホントに大丈夫？　いつもの安綱らしくないし」

「あ、あぁ。我ならば問題ない。平気だ光世」

「もしかして、あの夢を見たの？　それってなんか久しぶりじゃない？」

「……あぁ、確かにそうだな。どうして今頃になってあの夢を見てしまったのか……」

「疲れてんじゃないの？　昨日も夜遅くまで春画片手にあぁだどうだと——」

「ちょっと待て。貴様、何故そのことを知って……ッ！」

「あ、やっぱシてたんだ。ちょっと吹っ掛けてみただけなんだけど正解してるとか、うわあって感じ。ちょっとキモいから光世にあんまり近寄らないでね？」

「き、貴様ッ！　人の、その……覗くとはどういうつもりだ！　恥を知れ恥を‼」

「あはは。そんなに怒んないでよ、冗談だってば冗談。そんじゃ、朝ごはんできてるから早く来てよね～。あんまり遅いと三日月に怒られちゃうし」

「あっ、ま、待て光世……くっ！　相変わらずすばしっこい奴め……！」

けたけたと笑いながら去っていく背中を目で追って、布団へと身を再び鎮める。ふと、心地良い風が頬を撫でた。開けっぱなしになっていた窓の向こうには、雲ひとつない快晴がどこまでも続いている。耳を澄ませば、日常を象徴する町の喧騒が聞こえてくる。

「……やはり、これは我にとっては悪夢だ。まったく、悪夢とは見たくないものだな？」

自分だけしかいない世界ゆえ、童子切安綱の問い掛けは風と共に消えていった。


町に出ると、いつもと変わらず活気に満ちていた。では今の自分はどうであろうか、と自問してすぐに童子切安綱は自嘲気味に小さく笑う。そんなもの、尋ねるまでもなかろうに――ふと水面に映った自分を見やり、思わず声に出して笑ってしまった。

童子切安綱は休暇を与えられた。本来なら彼女には多くの仕事が待ち受けていたが、三日月宗近を筆頭とする天下五剣の面々によって、強制的に彼女は休暇を取らされている。原因はわかりきっている――自分だ。すべてはあの悪夢を見てしまったから。あんな夢

を見てしまえば誰だって気が滅入る。

　そうした理由からどうも力が湧いてこない。朝から倦怠感が鉛のように身体に纏わりつき、朝食では茶碗一杯のご飯さえも喉を通らなかった――三日月達に異変を疑わせるには十分だった。仲間に要らぬ心配をかけさせたのを、童子切安綱は深く反省する。

　それはそうとして。

「どうやってすごすべきやら……困ったな」

　目の前にある問題に、童子切安綱は頭を抱えた。何せ突然の休暇である。前から決まっていたのならまだしも、生憎と予定と呼べるものは一切ない。うろうろと耶真杜の街を徘徊してみるものの、いたずらに時間だけがすぎさっていく。

　きちんと休息できたか報告するようにと仲間から言われてしまっては、生半可な内容では許されない。報告するのならば、ぐぅの音も出ないぐらいのものにしなければ――と。

　そう考えて外に出てから既に三時間が経過したが、未だに何をすべきか思い浮かばない。

　気がつくと昼時だった。朝食をあまり食べていないことも相まって空腹の訴えが一段とひどい。それを満たすべく、目に留まった食事処にて昼食をとることにした。普段このような店を利用しないせいか、他の客からは驚きを孕んだ視線がちくちくと突き刺さる。

　注文し、運ばれてきた蕎麦を前にして、童子切安綱はうんうんと唸る。

「ぬぅ……さすがに参ったぞ。我はどうやってこの休日をすごせばよいというのだ⁉」

鬼でも出てきてくれればいい退屈しのぎになるのだが、と不謹慎極まりない考えをすぐに一蹴した。わざわざ厄災を願うなど、御剣姫守としてあってはならない。童子切安綱は己を叱責して——しかし、本当にどうすればよいものかと再びうんうんと頭を悩ませる。

仲間なら何て言うだろうと沈思すると、真っ先に大典太光世の顔が浮かんだ。好きなようにすごせばいいじゃん、と人を小馬鹿にするような態度を想像し、声を荒げそうになる——公共の場にいることを失念してしまいそうになった己を、童子切安綱は深く恥じた。

（好きなように……か）

蕎麦を啜る。誤嚥してむせ返り——閃く。どうしてこんな時に、と思わないでもないが、そんなものは事実に些事である。悪夢を見ておきながら何故これに至らなかったのかと自らに叱責する。予定と呼べる予定ができた、その瞬間より童子切安綱は一気に蕎麦を掻き込む。ものの十秒程度で平らげられてしまった蕎麦に店主はおろか、周りの客達も目を丸くしている。それらの視線を気に留めることもなく彼女は店を後にした。

店に入るまでは定まらなかった童子切安綱の足取りは、進むべき道が示されたことで力強いものへと変化している。

「そういえば、色々と忙しかったから墓参りに行ってなかったな……。もしかすると、あんな夢を見たのも我を叱責するためのものだったのか？　なぁ、■■■よ——」

誰に問うでもなくそう呟き、童子切安綱は自らを覆う蒼穹に目をやった。

第九章　反転する刃（やいば）

蒼穹（そうきゅう）が懐古の情に誘（いざな）う。つい最近の出来事であるというのに、なんだかずっと昔のことのように錯覚してしまう。

ここ神威（かむい）は呪われた土地として誰しもが認知していた。それが今や温泉街として一躍脚光を浴びている。貢献したのは他ならぬ御剣姫守（みつるぎのかみ）達、特に前々より神威に住み着いている新撰組の活躍が一番大きい。であるのに、一様に口を突いて出る名前は結城悠（ゆうきはるか）のみ。

俺は何もやっていない、何度彼が否定しようとも、神威の人々は否定する。何も知らないから、彼女らに非はないし、悠もそのことを咎（とが）めたりはしない。だが、真に褒め称（たた）えられるべき相手は別にいる。彼女達にこそ称賛の声を向けてほしい――そんな思いの中で悠は今、神威の地に足をつけている。

「やっぱりすごい人気だね、悠って」

「俺自身は何もやってないんだけどな……」

「そんなことないよ。悠だって立派に戦ってたもん」

「そうは言ってもだな、あの事件を解決できたのは鈴（すず）や他の御剣姫守（みつるぎのかみ）がいてくれたからだし、なにより……」

己の得物へと悠はそっと目を伏せた。多くの者達の助けがあったからこそ、古の時代よりやってきた招かれざる異邦者を倒すことができた。剣鬼の腰にして下げられた大小の太刀もまた、然り。

神威に太陽をもたらすことができた。ここまでの功績を、自分だけの力でも挙げられていたかと問われれば、悠が出せる答えは一つしかない。

できない。できるはずがない。たかが人間、特別な力も有さないちっぽけな存在が、どうして一人で偉業を成せよう。故に悠は力を求めた。御剣姫守には勝らずとも、共に肩を並べられるだけの力を……。その願いを胸に、悠は遠路はるばる、再び神威に訪れたのである。

「でも、本当にあるのかな……?」

「それは俺にもわからない。でも、やってみるだけの価値はあるだろ？　オキクルミの強さの秘密……ここにはそれがある気がするんだ」

以前から不思議に思っていた。はじめは小さかったその疑問が、今や大きく膨らんでいる。この疑問を解決せぬことには、安眠できそうにもない――どうしてオキクルミは、『血を啜りし獣』を封印することができたのか。それには天吼・星獣剣がなによりも関与している。それについてはまず間違いはあるまい、だが剣はあくまで道具にすぎぬ。如何に加護が与えられようとも、仕手が強くなければ単なる宝の持ち腐れにすぎない。

オキクルミは最初から強かった。その強さの秘密を悠はどうしても知りたい。

人間のまま、鬼に匹敵する力を有する——この謎が解けたあかつきには、より多くの命を守ることができる。結城悠は御剣姫守と共に戦うに値するだけの男となろう。夢のままで終わらせるつもりなど、彼には毛頭ない。どれだけ時間がかかろうとも、試練が立ちはだかろうとも、すべて乗り越えてみせんとする気概が悠の心中で激しく燃え上がっていた。

「それはそうなんだけど、何もなかったらどうするの？」

「その時はその時で考えればいい。最初からないものって考えるより、あるかもしれないって方が、なんだか宝探しみたいで楽しいだろ？」

「お宝かぁ、それならもっと素敵なものがいいかな」

「例えば？」

「……そう言われると、答えるのが難しいんだけど」

「なんだそれ——っと、見えてきたぞ」

「うわぁ、最初に聞かされてはいたけど、本当にボロッちいね悠」

「…………」

千年守鈴姫の発言に、悠は口ごもってしまう。まったくもってそのとおりなのだが……。資料館の店主へ、再訪の理由を伝えると快く協力を申し出てくれた。オキクルミの一族の末裔である彼ならば、何か秘密を知っているかもしれない。

結果的にいうと、これといった情報は得られなかった。どうやら無駄足になってしまったらしいことに落胆した――のも束の間のこと。店主よりもたらされた情報は悠に新たな希望を与える。その希望というのが、かつてオキクルミが住んでいた家の存在だった。

既に廃家となり、当時の物は回収されていて目ぼしい物は何ひとつ残っていない。だが、もしかするとまだ発見されていない資料などが眠っているかもしれないと店主が言う。

一縷の望みに賭けて、悠はオキクルミの家へと足を運んだ次第であった。

お化け屋敷という言葉が大変ぴったりである外観に苦笑いを浮かべるのもほどほどに、悠は早速中へと足を踏み入れる。長年放置されていたのだから、内観はそれはもう悲惨なことになっているに違いない。ハウスダストなどの予防も兼ねて、用意した手ぬぐいを口に巻き付ける。

「それじゃあ鈴、お宝探しといくぞ」

「うん」

手分けをして、中の探索に入る。歴史ある建物だけに手荒な真似はできない――確かにそうなのだが、それ以外の問題がここにきて発生した。想像していた以上に老朽化がひどい。先も開けようとした扉は、ぼろぼろに朽ちてしまっている。少しの衝撃で崩壊しかねない建物に現在、彼らは身を置いている。

「うえぇえ、埃がすごいね悠……それに蜘蛛の巣だらけ。嫌なこと思い出しちゃうなぁ」

「お前の場合は特にそうだろうな。しかし、これはちょっと予想外だな」

「長くいたら確実に病気になっちゃうよ……」

「だな、健康のためにもさっさと作業に入ろう」

　巻き起こる埃や蜘蛛の巣からの歓迎を受ける中で、予想していたよりも更なる慎重な行動が求められた。一歩足を前に出そうにも、生ずる衝撃を考慮して忍び足だ。これでは時間が倍かかるのも致し方ない。

「くそっ……！」

　わっと舞う埃と戦いながら探索する悠の顔には、焦燥感が滲んでいる。

　悠には時間がなかった。というのも、この神威来訪は本来であれば実現しえなかった。彼が身を寄せている弥真白を預かっている小狐丸は、悠の上司に当たる。部下という立場にある以上、休み一つを取るのだって当然ながら許可がいる。その許可が、当初は下りなかった。理由としては至って単純なものであって、しかしながら職権乱用もいいところだと悠は異を唱えずにはいられなかった。要するに小狐丸は、結城悠が自分以外の女と一緒に旅行することが許せないらしく、その女というのが千年守鈴姫である。愛刀であるのだから常に傍に置いておくのは必然であろうという悠の主張も、男に飢えた御剣姫守の前では紙切れ同然の価値に下げられてしまう。

ともあれ、必死の説得の甲斐あってなんとか神威行きを実現させた。ただし、いくつかの条件が彼には課せられていて、悠に拒否権はなかった。細かな部分は大した問題ではない。日帰りで必ず帰ってくること――これが最大の難関として立ちはだかった。

移動だけでも数時間を要し、そこからの活動時間を逆算すればのんびりとしていられる猶予は一刻もない。まさしく、とんぼ返りを迫られている悠としては、是が非でも情報の一つを持って帰りたいところなのである。

それがまったく見つからないものだから、焦りによって行動にも荒さが目立つようになってくる。どけた拍子に机が倒れ、開ける力が強すぎて扉が壊れてしまった。歴史ある場所であるとわかっているくせに、自分がまったくできていない。申し訳なさと不甲斐なさ、それに伴い渇望と……色んな感情が心の中でぐるぐると渦巻いていくのを実感しながら、それでも悠は作業する手を止めることはしない。

（頼む……なんでもいい、なんでもいいから出てきてくれ！）

「悠！　ちょっとこっちに来て‼」

一筋の光明が差した。愛刀の声の方へと悠は一目散に向かう。部屋の片隅にかがんで何かを見つめている彼女。視線の先にあるものが気になって仕方がない悠は千年守鈴姫に催促する。

「何を見つけたんだ鈴！　俺にも見せてくれ！」

「落ち着いてってば悠。偶然隠し扉を見つけてね、そこを開いたらこんなのがあったの」

「これは……！」

千年守鈴姫の手には一冊の書があった。見るからに古そうな代物で、表紙に至っては朽ちてしまって文字が読めなくなっている。ここまで酷いと中身を読めるかどうかさえも怪しい。だが、表紙に一つだけ読める字があった。その一文字を見て、悠の目は輝いた。

〝技〟――小学校で習う漢字は大いに期待を持たせる。どんな内容が記されているかも、大まかに想像できよう。これはオキクルミが生前に書き記した秘伝の技書に違いあるまい。早速中を見ようと悠は千年守鈴姫を急かして書を受け取った。しょうがないなと言いたげな、呆れを含んだ笑みなど意に介さずに悠は紐を解いた。

高鳴る鼓動を胸に、ゆっくりと頁をめくる。

「これ、は……なんて書いてあるんだ？」

「う～ん……多分これ、雷、落、とし……雷落としって書いてあるんじゃないかな？」

「名前からして強そうな技だな。それで、肝心の内容の方はと……ん？」

はて、と思わず眉をしかめてしまう。目をこすって、もう一度。今度は注意深く羅列してある文字を注視する。横から覗き込んだ愛刀が、声に出して読んだ。

「えっと、えっと……――まず、調理に使う魚を三枚に捌きます？」

「……………」

「続けて酒とすり潰した木の実を混ぜ合わせて――ねぇ悠、これってさ……」

「あぁ、ただの料理のレシピだな……」

ようやく成果が得られたと思った矢先の仕打ちに、悠は落胆する。

紛らわしいこと極まりない題名だが、当然著者であるオキクルミにはなんの罪もない。そればかりか勝手に技書であると誤解をする方が悪いのだから、悠も何も言うことができない。料理だって立派な技でもあるのだからオキクルミは何も間違っていない。

ともあれ料理本に用はなく。しかしもう時間切れだ。条件を破ったら二度と弥真白から出ないとまで豪語してしまった以上、それが現実とならないためにも悠は大人しく引き下がるしかなかった。

「……帰ろう鈴。そろそろ行かないと船に間に合わなくなる」

「うん……でも、いいの？」

「仕方ないだろ。それがあいつらと交わした約束だからな。約束をしたのなら守らないといけない――悔しいけど、今回は大人しく諦めるとしよう」

「……うん。わかった」

「またいつか二人で来よう。その時はゆっくり観光でもしたいな」

「うん！」

時間制限を課してしまったことが今は憎い。次はいつ神威に来られるだろう。後ろ髪を引かれる気持ちをこれでもかと顔に示して、悠は廃家を後にした。

廃家を後にして、すぐ。

「おぉ悠ではないか！　久しぶりだな――と言っても一か月ほどしか経っていないがな」

からからと笑いながら話し掛けてくる声の主に、悠は顔をしかめる。

彼女との再会は本来ならば喜ばしいことではあるが、今回ばかりは如何せんタイミングが悪い。二言三言交えてすんなりと話を終えてくれるとはまず思えず、だからこそ船の時間に間に合わなくなることを悠は恐れた。

「……お久しぶりですね」

「うむ！　隊士から貴公らが神威に来ているという報告を受けて飛んできたぞ！」

「そ、そうですか。じゃあ俺達はこれで」

「まぁ待て待て悠よ。来たばかりなのに急いで帰ろうとすることもあるまい。少しゆっくりしていくといい、長旅で疲れただろう？」

「いや大丈夫ですので、本当に大丈夫ですのでそこをどいてもらえませんかね虎徹さん」

「いいやそれはできない相談だな」

長曾祢虎徹が静かに手を上げた。辺りの茂みからぞろぞろと出てくるダンダラ模様の羽織と見知った顔ぶれに、悠の頬がひくりと吊り上がる。潜んでいたことを感じさせない彼女らの気配遮断技術には悠も感服せざるをえず、だからといってこんなことに培った技量を使うことそのものに対しては心底呆れていた。

それはさておき。

「お、お久しぶりです悠さん！」

「どうも加州さん。もう鼻血を出しているんですね」

「ふっふっふ、この時を待っとったでぇ悠ぁ。あと、久しぶりやなちーやん」

「う、うん。隊長……っていうのはもうおかしいから――鬼神丸も久しぶり」

「ふっ……とうとう自分の男となる決心がついたか悠よ」

「それは絶対にありえないので安心してください和泉守さん」

「自分だけ辛辣すぎやしないか⁉」

加州清光、鬼神丸国重、和泉守兼定、ほか隊士合わせて十一名。既に抜刀を終えている彼女達の目は餓狼の如くぎらぎらと輝いていて悠を離さない。狙った獲物を逃す意志が感じられないと悟った悠も、やれやれとため息混じりに自らの刀を抜く。

大衆の前に晒された白星の煌めきを前にした長曾祢虎徹の頬に一筋の汗がつぅっと流れたのを悠は見逃さない。実際に披露するのは今日で二度目となる。一度目はじっくりと見せていなかったし、その時は悠自身も彼女に対する敵意を持ち合わせていなかった。だが、今は刃を交えることも視野に入れているからこそ。結城拵、名を龍吼は本来の真価を発揮する。

「……その刀、以前見た時とは随分と違うな。そういえば、かの神剣が打たれているのだったな」

「ええ、ですから以前と同じだと思ったら大間違いですよ?」

「変わったのは得物だけではない。貴公自身も変わったな……あの日、某と仕合をした時よりも強くなっている」

「それはどうでしょう、自信をもってそうだとは言えませんね——だけど、もう負けたりなんかしませんし、愉宇鬼にも俺はなりません。俺だけの実力で今度こそ勝たせてもらいますよ」

「……面白い! それでこそ某が欲しくて止まない男よ!」

長曾祢虎徹が吼えた。

びりびりと伝わってくる闘気が彼女の辞書から手加減の三文字を消し去ったことを物語っていて、手加減されることを嫌う悠には願ってもない話だ。加減をされて戦われることほど、剣士として屈辱的なものはないのだ。

しかし今回は状況が違う。

悠の目的はあくまでここから逃げ切ることにあって、己が戦うことではない。

刃を交えるのはもっと時間がある時にすべきで、今はその時ではない。したがって刀をわざわざ鞘から抜いてみせたのも、あくまでブラフにしかすぎない。相手の意識を大刀の方へと集中させて、これから悠が取るべき行動を悟らせないための作戦は、天が悠に味方した。

長曾祢虎徹の意識が大刀に向けられたのを確認して、悠は素早く手にしていた煙幕を地面へ叩きつけた。炸裂音の後に白煙がわっと広がって、辺りは瞬く間に白に塗り潰される。

「え、煙幕だと⁉」

「ゲホッゲホッ！　な、なんも見えへん……！」

「どこにいるんですか悠さ……はっ！　ま、まさかこの白煙に乗じて高度な情事を私とするためぶはぁっ‼」

「なかなかな阿鼻叫喚な図だな……でも今の内だ。鈴、このまま一気に船着き場まで走るぞ」

「う、うん！」

混乱冷めやらぬ中を、悠は愛刀の手を引いて駆け抜けた。

◆◇◆◇◆

昼下がり、悠は千年守鈴姫と共に弥真白の町に出た。

今日もいつもと変わらず、人々の活気で大いに賑わっている。見上げれば雲ひとつない快晴がどこまでも続いていて、のんびりとした時間は心に平穏を取り戻させる。
平和とはどんなものを指し示すか——もしも、こんな質問をされたなら、まさに現在が
そうで、それ以外で形容できる言葉は悠には思いつかなかった。
誰しもが明るく笑い、活気に満ちあふれているこの世界こそ、結城悠は命を賭してでも
守らねばならない。
鬼どもに、この平穏な時間を決して奪わせはしない。そのためにも結城悠はもっと、今
よりもずっと、強くあらねばならない。強くなりたい。
この後に愛刀を誘って修練することを視野に入れつつ、悠は警邏に当たる。
「今日も平和だな」
「そうだね。鬼による被害もここ最近は全然ないし、逆に不気味なぐらいだよ」
「確かに。いつ奴らが策を練って襲ってくるかもわからない。気を緩めずにいこう」
「うん！　でもボクと悠ならきっと大丈夫だよ！」
「……そうだな」
愛刀が笑みを浮かべれば、剣鬼もまたその口に笑みを作る。愛刀と仕手……あるべき
関係を完璧に築いた——いや、以前よりもずっと完璧なものへと昇華したからこそ、結城
悠はあるべき姿を取り戻したし、更なる高みへと昇ることができたと言っても過言ではな
かった。

（鈴と一緒なら俺は……）

どこまでも羽ばたいていけるだろう。そう信じているから、まさに迫りつつある危機的状況も無事に乗り越えていける。悠は前方よりやってくる輩を見据えた。

わざわざ誰何する必要は互いにあるまい。悠は相手のことをよく知っている。身体からばちばちと激しく放電現象を起こしているのが特徴的な御剣姫守だ。もし忘れてでもいるというならば、己の記憶力を疑わなくてはならない。

その背後をついて歩いている少女らもまた、悠はよく知っていた。顔を合わせるのは、随分と久方振りとなる。にもかかわらず、悠の顔は再会を喜んでいるとはお世辞にも言えない表情を示していた。事実、彼女ら……特に先頭を歩く雷の御剣姫守には逢いたくなかったとすら彼は思っている。

何故逢ってしまったのだと。悠は疑問を覚えるのを禁じえない。

対照的に、御剣姫守らの反応はまるで違う。悠との再会を喜んでいる。

ともあれ、警戒するに越したことはない。勝手に変態扱いしてきた挙句に身体を撫でまわすような女性を快く受け入れられるはずもなし。余程の変わった性嗜好でもない限り、悠の顔に穏やかさが戻ることは皆無である。

今度は何をしてくる……。警戒心を剥き出しにした悠が、ふと視線を真横へとやった。

愛刀がぽかんと口を開けている。驚いているらしく、彼女らを差す指がわなわなと小刻みに震えている。いったいどうしたというのか、悠は千年守鈴姫に尋ねる。

「鈴、どうかしたのか？」

「だ、誰なのこの人達⁉」

「そういえば、鈴は初めて出会うんだったな……――お久しぶりですね、雷切丸さん」

「ええ久しぶり。それなのに……そんな風に警戒心剥き出しにされると傷つくわ……。それよりもあれから随分活躍しているそうで驚いてるわ」

「は……じゃなくて、主。主の知り合い？」

「あぁ、俺が高天原に来たばかりの頃ちょっとな。あの人は雷切丸さん。そしてその隣にいるのが――」

「な、なによ⁉　私がいたら駄目って言いたいの⁉」

「いやまだ何も言ってないんだが……小竜景光。見てのとおりツンデレキャラだ」

「悠久しぶりッス！　アタシアタシ、ほらアタシッスよ！」

「……青のこと、忘れてたら許さない」

小竜景光、祢々切丸、にっかり青江……耶真杜で出会ったのを最後に、音沙汰がなかった面々が揃って弥真白に何用か。悠は警戒心をさらに強める。よもや単なる観光目的ではあるまい。問えば素直に話してくれそうなものだが、どうもその気になれない。

彼女らの目的が自分であることを悠はわかっていた。まだ直接彼女らの口より明かされてはないが、熱を帯びた眼差しがすべてを語ってくれている。

また気が休まらない日々を送るのか。ついさっきまで確かにあった平穏を懐古して、悠は目的を尋ねる。

「……ところで、弥真白にはどんなご用件で？」

「ええ、ちょっとね――ねぇ悠」

雷切丸がゆっくりと近づいてくる。両手がだらりと脱力していて、ただしわきわきと蠢く指捌きは明らかに尻を揉む準備をしている。悠は身構えた。たかが尻を揉むだけだと言う者もいるかもしれない。別に命を取られることはないから我慢すればいい話かもしれないが……。

自分が我慢して尻を撫でまわされればいい、などと口にしようものなら隣の愛刀が黙ってはいない。今にも斬り掛からんとしているのを悠が無言で必死に制止をしているからこそ、まだ弥真白に赤い雨は降っていない。

(俺がなんとかしないと弥真白が血で赤く染まってしまう。そうなる前にどうにか雷切丸さんを追い返さないと……！)

明らかに何かを企んでいる笑みを浮かべたまま、一歩、また一歩と近づいてくる雷切丸の姿を、悠の目がしかと捉える。とうとう互いの間合いに入った。雷切丸の右手がすっと動く。軌道は下方から上方へ。警戒していた尻には一切触れようともせず、ではいやらしい指捌きをする手はどこへ向かうのか。その答えが意外にも髪であったことに悠は目をわずかばかりに見開く。

どうして髪を撫でられているのか。何か新しい作戦なのか。悠の警戒心は解かれない。

そんな悠に仕方ないと言わんばかりに、雷切丸は微笑みを向ける。髪を撫でるのをやめて、そっと引き戻された彼女の手には一つの大福が摘まれている。大福……予想だにしていなかった伏兵には、さしもの悠も間の抜けた声をもらしてしまった。

「だ、大福ぅ……?」

「ええ大福。大福、髪にくっついてたわよ?」

とても爽やかな笑みと共に雷切丸の口へと運ばれた大福。そのまま咀嚼されて……予定よりも大きかったのか、なかなか飲み込まれようとしない大福に悪戦苦闘している。いや、そもそも一口で食べる代物でもない。必死の形相でもごもごと口の中で咀嚼される様をしばらくの間見せつけられて、はて。悠は眉をしかめた。

(今のは何がしたかったんだ? というよりなんで大福なんだ? 俺はいったい……何を見せられているんだ?)

疑問が次から次へと湧いて、脳の処理が追いつかない。一先ず過重な負荷で思考回路が緊急停止するのを避けるために、たった一つにして単純な質問を悠は雷切丸に投げつける。

「え、えっと……今のは何がやりたかったんですか?」

「……え？　何も感じない？　思わず私にドキッとかしなかったっていうの⁉」

「今のあれのどこにドキッとしろと⁉　大福ってまったく意味がわかりませんでしたし、逆に怖かったぐらいですよ」

「そ、そんな……‼　必死になって食べたっていうのに‼」

「まったく駄目。駄目駄目ッスねぇ雷切丸は。そんなら次はアタシの出番ッス‼」

次に祢々切丸が前に出た。意気消沈している雷切丸とは対照的に、意気揚々とした彼女の顔は自信に満ちあふれている。今からなそうとしていることが失敗する……という心配を一点も感じさせない。この自信はどこからやってくるのか。どちらにせよ、警戒するに越したことはない。内容がどうであれ、ろくでもないのは目に見えているから。悠は再び身構えた。

手を伸ばせば互いに触れ合う距離にまで縮まった。ここでついに、祢々切丸が動いた。

「悠！　早くアタシのものになるッスよ‼」

気恥ずかしさが言葉に宿っているのとは裏腹に、放たれた鋭い張り手には相手を打ち倒すには十分な勢いがあった。暴力に訴える気か、と身構える悠に祢々切丸の強烈な一手が彼の顔――ではなく真横を抜けていく。どんという衝突音が背中で鳴った。背後の壁に叩きつけたことを、悠は首だけを振り返らせてようやく理解する。

くっきりとくり抜かれた小さな手形が、先の一撃の威力を物語っており……だがそれ以前に家主にとっては単なるとばっちりでしかない。外まで聞こえてきた悲痛な声に、悠は同情した。

（結局、何がしたかったんだ？）

祢々切丸の行動は、何をアピールしたかったのかが悠にはわからない。御剣姫守の力を示したいのだとしたら、それは失策であると言わざるをえない。今更超人であることを見せつけられたとしても、もはや何の感慨も抱かない。

「そ、そんな……！　こうやって壁をどんと叩けば堕ちるんじゃないんスか⁉」

「あ、もしかして今の壁ドンだったのか……」

狼狽する祢々切丸の発言から、悠は理解した。同時に異世界にも浸透していることに驚きを隠せない。いずれにせよ、祢々切丸は失敗しただけでなく家主との示談交渉で忙しくなるだろう。当事者らの話し合いに首を突っ込むつもりはない。自業自得である。

（あとは……）

悠は残された面子を見やる。小竜景光とにっかり青江……この二人はどんな方法を用いてくるのか。引き続き警戒はする、が少しばかり期待してしまう。ここまでくると逆に気になって仕方がなかった。

「ちょ、ちょっと全然駄目じゃない！　この本に書いてあるとおりにしてるのに！」

「……本？」

小竜景光の発言に、悠の眉がぴくりと動き、顔は次第に険しさを増していく。その理由がわからぬであろう雷切丸達は、懐から取り出した本を強奪していった悠に戸惑いを見せている。よもや例のあの本が関係しているのか。怒りを胸に、悠は小竜景光より奪い取った本に視線を落とし、表紙を見やった。

（またか……またなのか）

戦慄く悠の手の中にあるそれを千年守鈴姫が読み上げた。

「【桜華刀恋記】第二巻……《僕の刃は押されるがままに》――って、何これ？　それにこの表紙絵って、もしかして主？」

「漆黒の三足烏って奴め……！」

「ちょ、ちょっとやめてやめて！　本をそんなに引っ張ったら破れちゃうってば!!」

思わず引き千切ってしまいたい衝動に駆られたが、持ち主から悲痛な叫びが上がったため、なんとか理性で抑えて返す。いつものつんけんした態度はどこへやら。うっすらと涙まで浮かべて大事そうに抱えるあたり、小竜景光が【桜華刀恋記】の熱烈なファンであることが窺える。程なくして、我に返るといつもの態度を取ってみせた――もちろん後の祭り。悠は微笑ましい顔で必死に弁解する彼女に相槌を打った。普段つんけんしているところにかわいらしい一面を見せるからこそ、ツンデレは映える。

それはさておき。

「くそ……漆黒の三足烏め。またいらないことをしてくれたな！」

「二巻出てたんだね。ボクも後で買わなきゃ」

「……なんだって？」

「う、ううん！　なんでもない。ボクは何も言ってないよ⁉」

「……この本、嘘なの？」

「嘘だらけに決まってるだろ。そもそも小説なんてものはどれもこれも創作だ。現実と混同する方が間違ってるぞ」

この本に関しては、結城悠が起用されているから現実でもそうなのだという誤解が生まれてしまったが。当事者には迷惑極まりない。犯罪者の家からアニメやゲームが見つかると、創作物まで悪者扱いされてしまうこのご時世、いつか官能小説の類も禁止令が発令されるかもしれない――と考えたところで悠は小さく笑う。男が少ないこの世界と、天下五剣が治めている限り、自分の思惑どおりにならないと理解しての一笑だった。

（でも最悪の場合、直談判する必要があるな。俺自身を上手く使えば、ひょっとすると漆黒の三足烏の活動を止められるかもしれないし……）

悠はこれについてあまり期待してはいなかった。悠からすれば出版を止めてほしいが、皮肉にも【桜華刀恋記】の読者は多い。需要が高いからこそ二巻目も世に出るほどに――もしも続刊が出ないことになれば、そのことを知った読者が何をするか……知れたことだ、何故休刊になったのかと暴動が起きる。血の雨が高天原(たかまがはら)に降ることは、三日月宗近らも望んでいないだろう。

では、結城悠の望みは叶(かな)えられないのか。このまま大人しく、創作(フィクション)と現実(リアル)も区別できなくなった御剣姫守(みつるぎのかみ)から追われる日々をすごさなくてはいけないのか。

(冗談じゃない……!)

恐るべき未来を想像してしまったがために、悠の顔はどんどん青ざめていく。

「とにかく、この本に書いてある俺は全部がデタラメだ。だから真(ま)に受けないようにしてくれ。本当にお願いだから……」

「……全部嘘だった？　許さない……」

「その気持ちは是非とも著者にぶつけてくれ——行こう鈴。なんだかいつも以上に疲れたから帰って寝たい気分だけど、まだ仕事中だ」

「う、うん。そうだね」

項垂(うなだ)れる者、怒りに肩を戦慄(わなな)かせる者、それぞれが反応を示すのを背に悠はその場から静かに立ち去った。


警邏(けいら)がひと段落しても、悠の仕事は終わりではない。次に待っているのは支部で待っている御剣姫守(チビたち)の食事の用意である。長い目で指導してきた甲斐(かい)あって、彼女達の料理も幾分マシになった。出された料理を噛みしめる度に、悠は自分の努力が報われていると実感している。実家でずっと家事をしてきた自分の腕前には、まだまだ遠く及ばないが。

自分で作れるようになっても、悠に寄せられる期待は大きい。その都度、悠は要望に応えている。望まれる側としては満更ではなかった。料理を食べてもらい、おいしいと笑顔を見せてくれるのは、作った方も気持ちがいい。

もうすぐ支部が見えてくる。そこまで戻ってきたところで、ふと悠は歩みを止める。つられた千年守鈴姫も立ち止まって不思議そうに悠を見上げた。

「悠どうかしたの？」

「いや、ほら。あそこ」

視線の先で人だかりができていた。

わいわいとした賑わいから、事件性がなさそうなことにほっと安堵の息がもれる。けれども何をそんなに盛り上がっているのだろう、と気になってしまうのが人の性。

故に小首をひねりつつも悠は人だかりへと近づいて……かつてないほど神に感謝することとなる。これが運命であると神に言われたら、その場で平伏してもいいぐらいに。

「先生、【桜華刀恋記】の二巻を私に売ってください！　どこの書店にもなくて……！」

「三巻はもう書いているって噂は本当なの⁉」

「次の話には是非このワタシを物語に書いていただければ……！」

「み、みんな落ち着いてくださいぃ！　慌てなくてもちゃんとここにもありますからぁ！　次巻も書いていますし、あと実名を出すと暴動が起きるのでごめんなさいぃ！」

「ねぇ悠。あそこにいるのって、もしかして……って悠⁉」

千年守鈴姫の問いに答えることなく、悠の足は人だかりの方へと向かっていた。

ようやくだ、ようやくすべての元凶を見つけることができた。溜まりに溜まった不満の捌け口を見つけられたことに、悠の口は三日月を描いている。民衆の視線はやがて彼の方へ。違った意味での黄色い声にも差し伸べられる手にも目もくれず、ただ一直線に突き進む。今の悠の眼中には、たった一人の存在しか映っていない。

身の丈ほどはあろう漆黒の翼を生やした、編み笠の少女の前へと出た。

「おやおや、もしかしてあなたはぁ？」

「ええ、あなたの書いた【桜華刀恋記】に勝手に登場させられている結城悠といいます。漆黒の三足烏……先生でよろしいでしょうか？」

「ええ、そうですよぉ。私が漆黒の三足烏ことぉ、小烏丸と申しますぅ！」

「小烏丸……⁉」

小烏丸――伊勢神宮からの使いだというカラスが桓武天皇に与えた、平将門を斬った、などなど。いくつもの伝説をもった皇室御物の宝刀。切先から峰にかけておよそ一尺（約三十センチ）が両刃と化しているものを鋒両刃造と呼ばれる。その中でも刀身が反り返っているものは、かの宝刀から取られて小烏丸造という。

「いやいやぁ！　まかさここで悠さんと出会えるなんて夢にも思ってませんでしたよぉ！　あのぉ、もしよろしかったらぁ……一緒にそのぉ、お茶とかしませんかぁ？」

「そうですか、いや奇遇ですね。実は俺も漆黒の三足烏先生に色々とお聞きしたいことが山ほどありましてですねぇ。ちょうど今から支部に戻って昼食の用意をしようとしていたところなんですよ。よろしければ一緒にどうですか？」

出来る限り温厚に、されど心中では激しく怒りを滾らせて。今すぐにでも抗議してやりたい、しかし悠は理性で抑えつけた。

遠慮をしているわけではない、あえて彼はしなかった。何故なら場所が悪い。公衆面前、というのももちろん理由の一つとしては含まれるが、それだけではない。

真の理由は、小烏丸を取り囲むファンにある。彼女らは【桜華刀恋記】の熱狂的なファンだ。続刊も望んでいるし、あわよくば自分を登場人物として出演させてほしいとも思っているほどに。

そこに廃刊の危機が舞い込めばどのような事態に発展するか——実際にやってみる必要がないぐらい、結果がわかりきっている。多勢に無勢、本当にそのような状況になってしまえば結城悠に勝ち目はない。なんとしてでも、小烏丸とファンとを引き離す必要があった。

「いいんですかぁ！　うわぁ、これは嬉しいですねぇ！　まさかあの生きる伝説こと悠さんの手料理が食べられるなんて夢のようですぅ！」

「いえいえ、それじゃあ一緒に行きましょうか。案内します」

「ありがとうございますぅ！　ほら、一緒に行きましょうぅ」

　小烏丸に促されて、小さな少女が彼女の背後からひょっこりと顔を出す。ここでようやく、彼女の小さな随伴者の存在に悠は気付いた。

　ぼろぼろになったローブに全身をすっぽりと覆われている少女は、小烏丸とは似ても似つかない。よもや人攫いか、という危険な仮説が一瞬浮かび上がった。

　さすがにそれはないだろう。悠は自嘲気味に小さく笑う。二人がどのような関係を築いているかはさておき、本当に人攫いならこうも小烏丸に懐きはしない。その小さな手でぎゅっと小烏丸の手を握っているのが、彼女を信頼しているなによりの証拠だ。だが弟子という体にも見えない。

　少々関心を抱きながら、悠は身をかがめ、目線を少女へと合わせた。

「はじめまして。俺は結城悠っていうんだ。こっちは俺の愛刀の千年守鈴姫」

「よろしくね」

「…………」

「……えっと、お名前は？」

「…………」

少女からの返答はない。こちらを警戒しているのだから、その反応は極めて正しい。知らない人には名乗らない。周りの大人が教えることを少女はしっかり守れている。

しかし、はて。

（なんだ……この違和感は。俺はこの子と、どこかで出会ったことがある？）

得体の知れぬ既視感(デジャヴ)に悠は違和感を憶えずにはいられなかった。それはありえないことであった。高天原(たかまがはら)は特徴的な女性が多すぎる。故に一度でも出会っていたのなら忘れるはずがない。これでも記憶力はいい方だと悠は自負している。

彼女に対しての既視感(デジャヴ)もきっと自分の勘違いだ。自らに言い聞かせて、悠は小烏丸に向かって傾聴の姿勢を取る。

「あ〜、その子はですねぇ。自分の名前もわからないんですよぉ」

「え？　自分の名前が、わからない？」

「はいぃ。だから私もまだわかってなくてぇ……」

「そう、ですか……――とりあえず、支部の方に行きましょうか」

「あ、はいぃ。よろしくお願いしますぅ」

◆◇◆◇◆

予想外なことに、突然の来客者にも小狐丸らは快く受け入れ、昼食は大変賑やかなものとなった。主に、同じ生みの親を持つ姉妹にして、【桜華刀恋記】の購読者である彼女らにしてみれば、憧れの作家が遊びにきてくれたも同じ。だから無碍に扱ったりすることもなければ、逆に不気味なぐらい彼女達を歓迎している。

（まぁ、サインをもらえたなら当然か……）

「いやまさか偉大な漆黒の三足烏先生がこの弥真白に来てくれるなんてね」

「あはは ぁ、それほどでもないですよぉ」

「それにしても、元受刑者が今ではこうして大物作家にまでなるとは……人生とは本当に、何が起きるかわかったもんじゃないのぉ」

「え？　小烏丸さんが……元受刑者⁉」

小烏丸の方に驚愕の眼差しをやった。頭を掻きながら小烏丸が赤面する。

「あははは ぁ…… いやぁお恥ずかしい限りですぅ。あの頃は、その、私も若かったってことですねぇ……」

「……いったい何をやらかしたんですか？」

「悠が知らなくても当然のことだね。漆黒の三足烏こと、小烏丸はその刃戯が原因でね。刃戯を悪用したことで一度、三日月宗近達にこっぴどく絞られたんだ。彼女の場合は深く反省したからすぐに出所が許されたけど……」

　そう口にして、どこか遠い目をした小狐丸に、悠はげんなりとした表情を作った。受刑者という単語を耳にしてしまったからだ。トラウマのように心に引っかかりを残す彼女は今頃どうしているのだろうと悠は思いを馳せた——肌にねっとりと纏わりつく感触と、熱を帯びた吐息までも思い出してしまった。これ以上は心身共によろしくない、一刻でも早く忘れるよう努める。聞きたくもない彼女の吐息が聞こえた気がしたのも、きっと幻聴に違いない。悠は自らに言い聞かせた。

「要するに男の意志とは関係なく手籠めにしようとしたってことじゃな。まったく、ワシからすれば羨ましいぞ貴様の刃戯は。それさえあればどんな賭博でもワシの一人勝ち間違いなしじゃし」

「堂々とイカサマ宣言するのもどうかと思いますが……」

「それにしても小烏丸の本って本当に面白いよね！」

「前の話もよかったですけれど、やはりこちらが一番ですわね！」

「うむ！　なんといっても新たに手掛けられたこの【桜華刀恋記】は吾のお気に入りだ！　兄者が出ているからなっ！」

　狐ヶ崎為次の一言に、悠がはっとする。本来の目的をすっかり忘れていた。そのような失敗を彼が招いてしまったのも、問題作について盛り上がる周囲の反応があったからに他ならない。

（そろそろ本題に入らないとな）

咳払いをして自らに視線を集めさせたところで、さて。悠は本題へと入った。

「小烏丸さん。【桜華刀恋記】について是非お聞きしたいことがあるのですが……」

「あ、はいはいぃ。なんでしょうかぁ」

「……率直に言います。俺をこの本の主役として選んだ理由は？　いや……本人の許可なく使用していることについて説明願います」

楽しい空気が一変したのが嫌でもわかる。そうしたのは悠であるし、彼自身もそうなることをわかってて小烏丸に怒りをぶつけている。全員がその場で口を閉ざし、固唾を呑んで見守った。一方で元凶はというと滝のような汗を流している。円らな瞳もこの時ばかりはきょろきょろと忙しない。

だが悠も引き下がらない。静かなる怒りを宿した目で、小烏丸の口から言葉が紡がれるのをひたすら待ち続ける。もしも逃げようものなら、その時はもう実力行使しかあるまい。しばらくの静寂が流れる。そして……。

「わ、わかりましたぁ。当然ですよねぇ……」

ついに、本人の口から件の経緯が述べられようとしている。

「じ、実はですねぇ。そのぉ、今回悠さんを主役にした理由なんですけどぉ――やっぱり、高天原で今話題となっているお方ですからこれを使う手はないと思いましてぇ……」

「なるほど。俺も最近の流行を取り入れることについては、とやかく言いません。俺が言っているのは、どうして無許可でやったかということなんですよ！」

「ひぅぅっ……！」

「す、少し落ち着いて悠……」

「小狐丸、少しだけ黙っていてくれないか？　今、俺は小烏丸さんと話してるんだ」

「うっ……」

「おぉ……本気で怒っておる。悠が本気で怒るとこんなに怖いんじゃなワシびっくり」

「それに無断使用しただけじゃない。実際の俺と【桜華刀恋記】の俺がまったく違うキャラクターとして描かれていることもだ！」

ある人物をモチーフにしている、これは創作界においては珍しいことではない。

問題なのはモチーフにした人物の名をそのまま起用した挙句に、本人の人物像とは程遠く描写されていることにある。実名や実団体を取り入れた、俗に言う実話であったならばまだ情状酌量の余地があったが、今回の事例では余地などない。小烏丸が結城悠という人物を好き勝手にいじったイメージは、そのまま知らぬ人間には真実として伝わっていく。

その結果、あのような勘違いが生まれてしまったのだ。

「あなたが好き勝手に書いてくれたことで、本に書いてある内容のことを実践しようとしてくる御剣姫守に何度も襲われました。この始末、どうつけるつもりでおられるのか……是非ともお聞かせ願いたいですね小烏丸さん」

「そ、それはぁ……」

「とにかく、俺としては即刻【桜華刀恋記】シリーズの打ち切り、並びに謝罪会見を求めます。それと肖像権の侵害および無断使用した分の慰謝料も請求させていただきます」

「じゃ、じゃあ【桜華刀恋記】はもう読めないってこと⁉」

「そ、そんなお兄様！　それはあまりにも殺生と姫は思います！」

「兼定もお兄ちゃんのいいところもっと読みたーい！」

「私からも異議を唱えさせてもらうよ悠。そればかりは隊長としてではなく、一個人として認められないね」

予想どおりの反応に、思わず鼻で笑ってしまった。

小烏丸を擁護する声が上がる中、ただ一人静観している者に悠は目を向ける。その者と目が合った。同意もしなければ、反論もしない。あくまで中立としての立場を貫くか……と思ったのも束の間。愛刀の視線が件の本を捉えていることに気付けない悠ではない。

（お前もか鈴……。お前も反対派なのか）

まさか、としか言いようがなかった。この世で一番信頼できる、己の半身とも言うべき存在にまで裏切られた結果に悠は盛大なため息を吐いた。もっとも、彼女達は一つ誤解をしている。故に悠はその誤解を解かねばならない。

「——と思っていました」

「……へ？」

「……一応俺も読ませていただきました。俺が悪改変されていることは今だけ目をつぶるとして——内容そのものについては、認めたくはないですが面白かったと思います」

「え、主いつの間に……」

「きちんとは読んでいない。それでもざっと読んだだけでもすごいっていうことだけは理解できたんだ——これもまた認めたくはないですが、小烏丸さん。あなたの手掛けている【桜華刀恋記】は爆発的な人気を誇る作品だ。それがもし、打ち切りにでもなったら多くのファンが悲しむことでしょう。ですので——一つ交換条件を出しましょう」

「交換……条件、ですかぁ？」

「ええ、そんなに難しいことではないです——一つは登場人物を俺から違う人物にすること。これなら簡単でしょ？」

主役が自分でさえなければ、悠としても口を出すつもりはない。キャラクターの元ネタとして使われる分には、百歩譲って目をつぶっていられる。そのために現在の【桜華刀恋記】は打ち切らねばならない。新たな物語として生まれ変わらねばならない。作家としてそれがどれだけ辛い道であるかを知るのには、自分では不十分と悠も重々承知している。

（でも、これだけは絶対に譲らない）

譲れないものがあるのは悠とて同じこと。【桜華刀恋記】の再起。これが悠なりに考えて出した結論だった。

「そ、それはできないですぅ……！」

「は？」

「だ、だって他の男性じゃ無理ですよぉ。悠さんを主人公にしたからここまで【桜華刀恋記】は人気が出てくれたんですぅ……！」

「いやそれは理屈が通らないでしょう。自分の利益や周りからの称賛を得るために他人を利用するんですか？　わかりました、やはりここはもう徹底的に抗議させてもらうという形をとるしかなさそうですね」

「ままま、待ってくださいぃ！　そ、それじゃあ【桜華刀恋記】を書き直しますぅ！　そ、そのかわり悠さんは主役のままでいさせてくださいぃ……」

「だからそれが駄目だって……！」

「悠、少し落ち着いて。とりあえず理由だけでも聞いてあげてもいいんじゃないかな？」

小狐丸に諭されて、悠は渋々ながらも傾聴する。

「他の男性だとぉ、主役として相応しくないんですよぉ」

「確かにね。悠の場合だと、他の男にはない強さと魅力がある。だからこそこの【桜華刀恋記】は成り立っている」

「そうは言っても壁ドンされただけであっさりと篭絡されているがな、本の俺は……！」

「悠さんのことはぁ、色々とお噂を耳にしていたんですぅ。今まで私達が認識してきた男性像にまったく当てはまらない。すべてが規格外にして異端。こんなにも魅力的な人を主役にしないなんて作家として不可能ですぅ！」

「め、面と向かって言われると照れくさいものがあるな……って、だからって実在する人間を使う人がいますか!?　とにかく、【桜華刀恋記】を打ち切る、もしくは書き直ししてください。どちらも受理されない場合は徹底的にこちらも戦わせてもらいますので！」

「じゃ、じゃあ悠さんを取材させてくださぃぃ！」

「はぁ？」

今、この娘はなんと言った。なんとも予想外の返答に、思わず悠も間の抜けた声をもらす。しかし小鳥丸の顔は至って真剣だ。うっすらと涙を浮かべた瞳で睨み返し、精いっぱいの抗議を示している。

「わ、私が悠さんをこんな風に書いたのは結城悠という人物について全然知らないから想像で書くしかなかったんですぅ！　だからしばらく密着取材をさせてもらえれば本来の悠さんを描けると思うんですぅ！」

「しゅ、取材って……いや、俺が言っているのは実在する人間を使うなってことで――」

「いいじゃないか、私は賛成だよ」

「小狐丸!?」

思わぬ伏兵の出現に、悠の目が丸くなる。よもやあの小狐丸自らが許可を出すとは……。密着という言葉の意味を小狐丸が知らぬはずもない。彼女はきちんと理解している。その上で小烏丸の要求を呑んで――否。よくよく見るとうっすらとこめかみに青筋が立っている。やはり心の奥底では納得しきれていないらしい。いつもの小狐丸に悠もほっと安堵の息をもらした。

それはさておき。

「どういうつもりで言ってるのか、お前は本当にわかっているのか小狐丸!?」

「もちろんだよ悠、私は大真面目さ。私としては【桜華刀恋記】は末永く続いていってほしい作品だからね。そのために全力で応援するのは読者として当たり前だよ」

「姫もです！　お兄様が出ない本なんて……姫は嫌です！」

「まぁ他の男ではここまでの魅力はまぁ生み出せんじゃろうて。異世界からの剣鬼、高天原を窮地より救った唯一の男、結城悠でなくして成り立たんのは間違いないの」

「光忠さんまで……」

「お願いですぅ！　どうかこのまま【桜華刀恋記】を書かせてくださいぃ！　私も本来の結城悠として書けるようにしますからぁ!!」

「うっ……」

数多(あまた)の視線が一斉に突き刺さった。有無を言わせぬ雰囲気に飲まれかけていたところで、悠は最後の頼みの綱に助けを求める。ただ、それも無駄に終わってしまうだろう、と。そんな予感を心のどこかで抱きながら……。

千年守鈴姫に目線を送る。ふいっと一瞬でそらされた。つまりは、そういうことなのだろう。これ以上はもう抗議すらさせてもらえそうにない。悠はその場で大の字に寝転がる。要するに、全身を使って降参の意を示した。

「わかったよ……わかりましたよ！　俺を使ってくれて結構ですよ、もう……！」

わっと、客間に歓声が上がった。涙を流し、抱きしめ合ってまで、それほどまでに喜ばしいことなのか。もう悠には何もわからなかった。部屋の隅でこっそりとガッツポーズを取ったかわいらしい愛刀を見られただけでも、悠はよしとすることにした。そうでもしないと、やっていられなかったからだ。

「ただし！　俺のイメージを著しく損なうような描写があれば即書き直してもらいますからね！　それと今までの分と今後の肖像権の使用料、しっかりと払うように」

「じゃあ主(あるじ)が小烏丸さんの編集長ってところだね」

「編集長……いい響きですぅ！　それではしばらくの間お世話になりますぅ悠編集長ぉ！」

「悠でいいです……まったくもう」

子供のようにはしゃぐ姿を前にして、悠はやれやれ、と力のない笑みを浮かべた。

「とりあえずこれで一件落着だね。悠のあんな姿やこんな姿を想像していつも発散させている身としては【桜華刀恋記（おうかとうれんき）】はなくてはならない存在だからね」

「それを本人の前で言うのは本当にどうかと思うぞ……」

「悠が私に身を委ねてくれるのなら――って冗談さ。冗談だから刀を鞘（さや）に納めてくれないかな千年守。君は本当に冗談が通じない御剣姫守（おんな）だね」

「主は、渡さないから……ボクだけの仕手（あるじ）だから」

「乗り越えがいがある〝恋敵（らいばる）〟だね君は――それじゃあ話もまとまったところで、一つ気になっていたんだけど、小烏丸。君が連れてきたその子は……いったい誰なんだい？」

このやり取りの間、終始もくもくと昼食を食べていた少女の存在にようやくスポットライトが当てられた。注目を浴びている当事者はきょとんと、小首を傾げていた。

とりあえず。

「味はどうだ？　うまいか？」

「……おかわり」

すっと差し出された空（から）の茶碗に、悠もふっと笑みを浮かべた。

その日の夜、小烏丸は小狐丸から呼び出しを受けた。しんと静まり返る廊下に自らの足音を奏でる彼女は、怪訝な面持ちでいる。

突然呼び出しを受けたかと思いきや、その肝心な内容については一切を明かされていない。尋ねても皆が寝静まった頃に、としか返されず、小烏丸はそれに従う他なかった。

こんな夜更けにいったいどんな用事があるのか。よもや、密着取材の件についてか。今更になって不許可とでも言うのか――それはありえない、絶対に。自ら立てた仮説の有力性は極めて低いと小烏丸は判断する。そうこうしている内に、小狐丸の私室に着いた。

咳払いを一つして、小烏丸は部屋の主に声を掛ける。

「あ、あのぉ……小烏丸ですけどぉ」

「よく来てくれたね。そのまま入ってきてくれていいよ」

「お、お邪魔しますぅ」

許可が下りたところで、小烏丸はおずおずと入室する。

(何ですかぁ、これぇ……)

入室した先に広がる光景に、小烏丸は目を見開いた。

彼女の抱く小狐丸像は、だらしない姉貴分として定着している。これは他の御剣姫守もそうだが、特にその印象が強いのが小狐丸である、と。そのイメージが呆気なく覆されてしまった。

「どうかしたのかい？」

「あ、いえ、そのぉ……かなり驚いてますぅ」

きちんと整理整頓されている光景が小烏丸に驚愕を与えた。自分の家より余程きれいである。掃除が行き届いていない自室を思い出して、小烏丸は言いようのない敗北感を味わった。内心では、自分の方が小狐丸よりもちゃんとしていると思っていただけに、彼女の落胆は大きい。

しかし、と。小烏丸は精神的余裕をわずかながらに取り戻した。部屋がきれいなのは認めねばならない。だが机の上はどうか——部屋と反比例して、ごちゃごちゃと散らかっている。過剰なまでに積み上げられた本の山は、今にも倒壊しそうだった。

「この本の山はどうされたんですかぁ？」

「これかい？　まぁ読んでみてよ」

そう言って小狐丸が天頂の一冊を取った。途端に山が音と共に雪崩れる。しかし小狐丸は一寸の気も留めていない。小烏丸は渡されるがまま、本を受け取った。

「……この本には題名が書かれてないですねぇ」

無名の本が世に出回っているとは珍しい。それは小烏丸の興を引いた。内容については、読んでみないことには評価のしようがない。試しに表紙をめくってみる——ある個所

に視線が釘付けとなった。名もなき本の著者の名が記載されている、それはよく知ってい
る名前だった。

　その本の著者は――小狐丸。

「こ、これってもしかしてぇ」

「まぁ、ね。人前に出せるものでもないし、そもそも出す気もない。あくまで私だけの小説……自己満足ってやつさ。君の作品に影響を受けて、私も始めてみたんだ」

「ほえぇ……」

　まじまじと、本を見つめる小烏丸。言葉なんてものは、頭に浮かび上がった言葉をそっくりそのまま書き出してやれば、立派な文章となる。誰しも最初は素人なわけだし、ひょっとすると小狐丸にも文才があるかもしれない。それを判断するにはやはり読まぬことには始まらない。ただ、未だ実行に移そうとしない小烏丸には、ある確信があった。

（私にはわかりますぅ。この本……ものすごい執念が込められていますぅ！）

　どれだけの妄想を込めればこんなにも禍々しくも妖艶な気が宿るのか。小烏丸は、作家としてではなく一読者としての本能に突き動かされて、とうとう頁をめくる。ぱらり、と軽快な音を鳴らし、びっしりと連ねられた文字を目で追う。一言も発さず、まるで射殺すかのような眼差しをもって。いつも笑みを浮かべている彼女を知る者であれば、到底信じられないと驚くやもしれぬ。

二十頁ほど読んだところで、ふぅと一息吐いた小烏丸は本を閉じた。

「……率直に言わせてもらうとぉ、よくここまでの妄想（ネタ）が思い浮かびましたねぇ」

「当然だよ。それぐらい私は悠を想っているんだから」

「……はっきり言ってちょっと引いちゃいましたぁ」

「君には劣るよ」

登場人物が結城悠という部分は共通していて、まぁ彼ほどの逸材（ネタ）はそうそういないから起用されることもわかる。小烏丸の【桜華刀恋記（おうかとうれんき）】との違いは、悠以外にも既存の人物が採用されていること――即ち、この物語の主人公は小狐丸自身（かのじょ）である。

自らを主人公としただけあって、小狐丸に都合のよい展開が次々と連ねられている。殴り書きにも等しい、が内容そのものについて小烏丸は異を唱えなかった。まだまだ面白い表現の仕方があるものだと、感心すらしていた。

しかし。

（私が言えたことじゃないですけどぉ、これも大概ですねぇ）

小狐丸の作品は、まさに自己を満足させるためだけに書かれたものだと思われた。結城悠に出会って日が浅い自分から見ても、実際の彼とは人物像が大きくかけ離れている描かれ方に、自分の方がまだマシだと思わずにはいられなかった。この場にいない彼がこの本を読むのを想像し――烈火の如（ごと）く怒り狂う姿に、小烏丸は苦笑いを浮かべた。

（もしかしてぇ、作品の感想がほしくて私が呼ばれたんですかねぇ）

だとすると彼女はとても勇気ある行動をしている。小烏丸は感心した。感性は人の数だけ存在する。たまたま合致して意気投合することもあれば、反りが合わないことも、もちろんある。

自分の作品を他人に披露する――これは、いわば性癖を晒す行為にも等しい。羞恥心と、どのような結果であろうとも精神を保つだけの覚悟が、創作者には求められる。小烏丸も作家である以上、駆け出しの頃には苦い経験をたくさん積んできた。

甘い評価を下すつもりは更々ない。寧ろ姉妹であるからこそ、手厳しくする。

（でも、なんだか嬉しいですねぇ）

弟子ができたような高揚感を小烏丸は否めない。ともあれ感想を求められたのなら、先輩として指導するのが務め。照れくささを憶えつつも、意気揚々と小烏丸は助言に入った。

「そ、それではですねぇ。まずここの部分なんですけどぉ――」

「あ、そういうのは求めてないから。意見が聞きたくて君を呼んだわけじゃないよ」

「へ？　じゃ、じゃあいったい何の用があって私を呼んだんですかぁ？」

「そう難しい話じゃないよ、これは正当な取引さ――次回作に私を出してほしいんだ」

「はぇぇっ!?」

やっと目的を明かされたと思いきや、またか。内心で愚痴（ぐち）りながら小烏丸は言葉を返す。

「そ、それはできないですよぉ。特定の人物を出しちゃうとみんな私も出してほしいってなっちゃうんですからぁ！」

「いいじゃないか、悠だって特定の人物なんだし。ここで私が登場したとしても、違和感は生まれないさ。あとわかってるとは思うけど……君に拒否権はないからね？」

「だ、だからそれでも――」

「……いいのかなぁ。あんなに君を後押ししてあげたのに」

「うぅっ……」

「君は恩人と言っても過言ではないこの私のお願いを無碍（むげ）にするんだ。こ～んなにも私が頭を下げているというのに……」

「う、うぅ……」

いったいどこがだ。言いたい気持ちをぐっと堪（こら）える。ともあれこれはややこしいことになった。顔を俯（うつむ）かせて小烏丸は沈思する。

このまま拒否すれば、彼女は悠の密着取材を白紙に戻すのは明白。そうなれば今後の作品にも影響が出てくるだけでは留（とど）まらない。

せっかく手に入れたものを手放すことも、作品が廃刊となってしまうことも、作家としての誇りが許さない。これしか方法がない。小烏丸は提案を持ち掛けた。

「で、では名前を変えるのはぁ？　実名はやはり出せませんけどぉ、小狐丸さんをそっくりそのまま投影するっていうのはどうかなぁ……なんてぇ」

「名前を変える……まぁ、それならいいよ。あぁ、これで私が悠の正妻に……」

「いえ正妻にはぁ――いえ、なんでもないですぅ」

とんでもないことになってしまった。しかし約束してしまったものは仕方なし。読者にバレないようにするのも腕の見せ所。こうなれば意地でも完成させる。惚けた顔をしている小狐丸を目端に、小烏丸は大きなため息を吐いた。

「あぁ、それでももう一つだけお願いがあるんだけど。この弥真白支部にいる他の御剣姫守も登場させてやってほしいんだ」

「……へぇ。それはまたどうしてですかぁ？」

「決まってるじゃないか。悠と私が結ばれたことを悔しがる様子を描写してほしいからだよ。こんなにも優越感に浸れることはないからね」

少しでも他者への思いやりがあると感心した己を小烏丸は恥じた。

電車という公共交通機関は、やはり偉大だと思い知る。機関車の揺れは、いつでも乗り

心地がよろしくない。前回の反省を踏まえて座布団を持ってきたというのに、その効果があまり得られなかった結果には、悠も深いため息を吐くしかなかった。以前に比べたら臀部に掛かる負担は軽減されていよう――が、あくまで軽減である。完全に除去できなくては意味がない。

辺りを見回すと、やはり同じ心境にある同志がちらほらと見えた。もっと座り心地がよい座席に取り換えてもらえないか、一つ意見を出してもいいかもしれない。今後の鉄道運営のためにも、乗客の意見はもっと積極的に取り入れるべきだ。そのことをしみじみと思いつつ、悠は同乗者の方を見やった。

小さき少女は頻りに窓の外ばかりを見つめている。目的地につくまでの間、やることがなければ退屈でしかないが、景色がちょうど彼女の気を紛らわせてくれていたことに悠はほうっと胸を撫でおろす。ここで飽きたと泣きつかれても、退屈しのぎがない状況では彼が持てる引き出しは一気に幅が狭くなる。花札など遊戯の一つでもあればよいのだが、生憎と持ち合わせておらず。だとすると語り聞かせぐらいしかないわけで――それも数多くネタがあるとも言いがたいので、いささか自信が持てずにいるのが現状であった。

今のところ、どうやらその心配はせずに済むと悠は安心して次に隣を見やる。

剣鬼の愛刀は、一心に一冊の書物に目を通していた。本を読むことそのものに、悠は異は唱えない。読書はよいことだ、新たな知識を得られ、自身のためになる――もっとも乗り物酔いしてしまう体質だから、悠にはできないが……。

それはさておき。

「なぁ鈴……」

「ど、どうしたの主？」

「お前さ……どうしてソレを読んでるんだ？」

「ボ、ボクがやっているのはその……そう！　誤字脱字がないかとか、間違っているところがないかのチェックだよ！　誤字脱字があると読者は萎えちゃうし、それに悠のことを間違って伝えられているのも愛刀として癪だからね！」

「……へぇ」

うまい言い訳をしてくる。読み始めてからとうに数十分は経過している。千年守鈴姫が目を通しているのは、次回作として出されようとしている原稿だった。とりあえず殴り書きしたというだけあって、頁数も描写も世に出すものとしては薄い方だと言える。即ち正式採用されるかどうかもわからない試作品を、この愛刀は何度も読み返していた。十数頁程度ならば一時間ぐらいあれば読了は十分に可能だ、そこから誤字脱字を見つけるのにもさほど苦労することはあるまい。現在でちょうど六周目に突入したのも、悠はきちんと数えている。よって彼女の言葉には説得力の欠片もない。

悠は、千年守鈴姫をそれ以上追及することはしなかった。したところで同じ台詞を返されるのが目に見えている――しかし、何度も読み直すぐらい関心をもつものなのか。少しばかり興味が湧いてきてしまった。

読書に夢中になっている千年守鈴姫を横に、悠は対面席の方を見やる。

「うふふぅ、今からとっても楽しみですぅ」

ふんふん、と聞いたこともない鼻歌（メロディ）を口ずさみ、すこぶる機嫌がよい小烏丸の手には、筆と手帳が携えられている。密着取材をするのだから、あえて確認する必要もあるまい。

しかし、ここで取材するつもりなのか。この車両には当然ながら一般客も普通に乗車している。

ただでさえ人の目があるというのに、恋愛小説の売れっ子作家と、高天原（たかまがはら）で一躍有名となってしまった結城悠の二人が揃（そろ）っている。有名人と同じ車両にいるとわかった面々が気にならないはずがない。口を挟むことはなかったが、我先にと見えやすい場所を奪い合うという、醜い小競（こぜ）り合いを繰り広げている。

（乗車マナー違反だぞ……）

駄目元で注意してみる――と、悠が口を開くよりも先に、彼の愛刀が行動に移した。腰の得物（えもの）をすらりと抜き放てば、切先を野次馬らへと向ける。突然刃物を向けられたことで、車内は瞬く間に緊張感に包まれた。一応の臨戦態勢は取った、が実力の差を戦う前から痛感したであろう、野次馬らの気勢は大変弱々しい。形だけは作れても中身が伴っていなければ、剣鬼の愛刀が怯むことはない。逆に気圧されていく。

「見るのは勝手だけど、これ以上近づいたらただじゃすまないっていうことは憶えておいてね」

この一言で、野次馬らは舌打ちを残して元の席へとすごすご戻っていった。視線は未だに悠らの席を向いている、が距離が遠くなったので幾分か心に余裕が戻ってきた。安心してインタビューに応えることができる——というのも、なんだか変な話ではあったが。

悠は考えないようにした。

「ではではぁ！　早速ですけどぉ、悠さんに取材をしちゃいますねぇ。どうぞよろしくお願いいたしますぅ」

「お手柔らかにお願いしますよっと」

「ではぁ、まず最初の質問なんですけどぉ——」

小烏丸から質問が投げられる。

「——それじゃあぁ、悠さんは漬物が苦手なんですねぇ」

「まぁ、出されたら食べますけどそんなに好きじゃないです」

「なんだか子供っぽくてかわいいですぅ」

「放っておいてください」

「それでぇ、肝心なことをお聞きしたいんですけどぉ」

「……答えられる範囲でなら」

「そのぉ、あっちの経験ってあるんですかぁ？」

「場所を考えてから質問してください。あとそれに関してはないとだけ言っておきます」

「なるほどぉ、悠さんは新品っとぉ……」

「そんなこといちいちメモらなくていいですからっ！」

　ありふれた内容から、性に関する際どい質問まで。あらゆるジャンル、角度から投げられる質問に悠は答え続けた。こと性や異性に関する質問が続いた際には、傍観していた野次馬らが何故か乱入してくるという事態に陥る始末である。どうして他の輩からの質問にまで答えねばならないのか、と悠は終始無視を決め込んだ。それでも諦めずに、何度も尋ねてくる彼女らの執念には、恐怖と感心をわずかでも抱かずにはいられなかった。

　そうこうしている内に、列車の速度が緩やかになっていくのを感じた。目的地に着いたと同時に、質問地獄から解放されるとわかり、途端に悠の顔は疲労を色濃く示す。

（よ、ようやく終わった……）

「もう着いちゃったんですかぁ……まだまだ悠さんには色々とお聞きしたかったのにぃ。あと百ぐらいはあったんですけどねぇ」

（まだそんなにあったのかよ！）

　むしろ残り百も何を聞きたかったのか。小烏丸に尋ねる気力はない。一先ずは解放された喜びを悠は噛み締めることにした。質問はまだ残っている、ならきっとどこかで二回目の質問攻めがやってこよう。その時がくるまでに、気力の回復に今は全力で努める。

不意に、悠は窓へと視線を向けた。ゆっくりと停まった機関車の窓には駅が映し出される。人が多いのは相変わらずであった。鉄道が引かれたものの、まだその存在を知らない者は五万といると悠は聞いている。大きな鋼鉄の塊が人を乗せて走るのだ、珍しいはずである。

下車する者、乗車する者、そのどちらもせずに見物に来ている者……各々が思い思いにすごしている中で、ふと一人の女性と目が合った。

見知った顔である。相手も悠らの存在に気が付くと、満面に笑みを浮かべ手を振って歓迎の意を表した。わざわざ出迎えてくれずとも構わないのに……、と悠は彼女の心遣いに呆れつつも感謝する。部下である自分を出迎える必要など、彼女の役職を慮れば本来ならしなくてもよい——する必要などないのだ。

なのに、わざわざ出迎えてくれた。そんな彼女を見やって、悠は——あぁ、今日もまた激しく争ったのだな、と他人事のように思った。事実、他人事なのだけれど。

（気持ちは嬉しいんだけどな）

またしても彼女が勝利したという事実に、改めて天下五剣の最強が三日月宗近であることを認識して——他より遅れて、ようやく下車した。

駅に足をつけて早々に金打音を耳にする羽目になった。音の発生源は悠のすぐ目の前にあった。千年守鈴姫と三日月宗近が刃を交差させている。

「……降りて早々に斬り掛かるとは、凶暴な性格なようですね、千年守さん」

「そっちがいきなり悠に抱き着こうとしたからですよね？　ボクの主にあんまし気安く触ってくるの、やめてもらえません？」

「ふっ……何を言い出すかと思えば。悠さんは嫌がっていませんよ？　それに以前、悠さんはこの私に身を委ねてもいるんです。抱き着いたとしても悠さんは快く受け入れてくれますよ？」

「……主？」

「……ここで俺に振るなよ」

殺伐としてきた空気に、周囲からどよめきが巻き起こる。この状況を打破するべく、悠は問答無用で本題を切り出すことにした。状況が読めていなかったのだろう、かわいらしく小首をひねっている件の少女を前に出させた。

次の瞬間、三日月宗近の目が点となった。続けて発された声は震えている。

「あ、あのぉ……は、悠さん？　そのお子さんはいったい……」

「まず最初に言っておきますけど――」

「どうもぉ三日月さんお久しぶりですぅ」

「あらっ。あなたは……小鳥丸さん？　今話題の作家として高天原に名を轟かせているあなたがどうしてここに？　いえ、それよりもどうして悠さんと一緒にいるのですか？」

「それが答えですよぉ。どうして悠さんと一緒にいると思いますかぁ？」

「……小鳥丸さん？」

随分と挑発的な挙措に、悠は嫌な予感がした。まさか、と思ったのも束の間、予感は現実のものとなってしまった。

「えへへぇ、この子ですかぁ？　実はぁ、私と悠さんとの間にできた子供なんですよぉ！」

「なっ……⁉」

「そんなわけがないでしょう。三日月さんも簡単に引っ掛からないでください。よく見てくださいよ、俺と小鳥丸さんと……まったく似てないでしょ？」

「……い、言われてみたら確かに」

「小鳥丸さんも、どういうつもりで言ったんですか？」

「いやぁ、今話題の悠さんが結婚して子供まで作ったたって言ったらどんな反応を示すのかなぁっていう好奇心に駆られちゃいましてぇ」

「冗談にしたって質が悪すぎます」

「ももも、もちろんわかっていましたよ！　えぇ騙されるもんですか、だってこの私、三日月宗近は桜華衆を束ねる天下五剣の一振ですしね！」

早口でまくし立てる様子は、まったくもって説得力がない。そのことを言及すると話が進まないので、悠は本題を切り出す。少女は相変わらず、状況がいまいちわかっていない。

「実は今回、こうして耶真杜に訪れたのはこの娘のことについてです」

「その娘が、どうかしましたか？」

この時点で、悠はなんとなくながら理解してしまった。どうやら無駄足となってしまったらしい。古参の御剣姫守である彼女であれば、まじまじと見つめた後に眉をしかめたりなんかはしない。つまり三日月宗近はこの娘について何も知らない、それは即ち他の天下五剣も同じだということ。

さて、どうしたものか。悠は沈思し――思考を止めた。どちらにせよ彼の目的は変わらない、ここで成果を得られなかったのならまた別の手段を講じるまでなのだから。しかし、辺りを物珍しげに見つめている少女の姿に、このままとんぼ返りをしようという気は起きなかった。せっかくこうして耶真杜に来たのだから、のんびり観光していくのもいい。

（三日月さんも、このますんなりと帰してくれそうにないしな）

悠は駅から離れることにした。宿は必然的に本部となる。大典太光世や数珠丸恒次、鬼丸国綱とも久しぶりに顔を合わせたくもある。元気にしている、のだろう。過去を振り返り、騒がしかった記憶に悠は忍び笑いをこぼした。

「どうかしたの主」

「いや別になんでも。それじゃあとりあえず、荷物を置きに行くか」

「本部にはまだ空き部屋もありますので、そちらを使ってください——もちろん拒否権はありませんので、どうかそのおつもりで。あぁ、悠さんの部屋だけは用意できそうにないのでここは私と同じ部屋を——」

「ボクがいるのでお気遣いなく」

「……千年守さん、遠慮しなくてもいいんですよ？」

「遠慮なんかしてません」

「おい町中を歩いているのに、そう殺気立つと皆に迷惑が——」

その時だ。町のあちこちに設けられた警鐘の一つが、激しく打ち鳴らされた。辺りに緊迫した空気が漂う。いがみ合っていた二人も含めて、各々が臨戦態勢に入ったのを見届ける。いつ目にしても、戦わんとする彼女らの姿勢は勇ましくて頼りがいがある。そこに負けじと、悠も戦線に加わった。

「来た！」

警鐘を打ち鳴らさせた元凶が現れる。数はさほど多くはない、既に数打らが応戦しているし、天下五剣を含めて真打がここには三振もいる。残る四人を連れてこずとも、十分に対処できよう。

「鬼を撃退します。悠さんはここに、千年守さん、小烏丸さん。行きますよ！」

「ボクに命令していいのは主だけなんで！」

「と言いつつ行っちゃいましたねぇ千年守さん――って悠さんはどちらにぃ？」

「決まっているでしょう？　俺も戦いますよ」

「えぇっ!?　で、でもさっき三日月さんにここで待機してるようにって言われたばかりじゃないですかぁ！」

「俺だって桜華衆の一員、指を咥えて見ているだけなんてしたくありません。それに、ほら」

　悠が顎で指した先から、打ち損じた鬼が向かってきている。あれを対処できる者は、悠らを除いていない。

「ちょうどいい」

　いい実験体が来てくれた。不敵な笑みを浮かべ、悠は大刀を鞘より抜き放つ。披露された白星刃に、鬼が一瞬怯み――そこは腐っても鬼。すぐに地を蹴って肉薄してくる。これに応える悠が取ったのは、正眼の構え。剣術においては基本中の基本とされる型である。

　陽光が出ているのに、あえて双極の構えを取らなかったのには歴とした理由があった。戦いは晴天の下ばかりではない。雨天はもちろんのこと、光が届かない室内などもある。この技はそうした状況を踏まえて編み出された、新たな鬼剣だった。

(さて、初の実戦だが……うまくいくかどうか)

「悠さん！」

「え？」

「――〝頑張ってくださいぃ〟！」

「ッ⁉」

声援を送る小烏丸を、悠は訝しげな目をもって応えた。声ひとつで移動で蓄積されていた疲労が消えた、それればかりか力が漲ってくる。俺に何をした、今のがお前の刃戯なのか――絶えず湧かんとする疑問に、悠は一先ず栓をした。まず己は何を優先してやらねばならないか。質問なら終わった後にゆっくりできる。

目の前の敵に集中する。距離にして約五メートル前後。一秒にも満たぬ間に双方は間合いに入る、とここで悠は構えを変化させた。雷刀の構え――よりも更に深い、大上段の構え。防御を捨てて攻撃に特化したこの構えを前に、鬼の動きがわずかにぶれる。そのわずかな変化を悠は見逃さなかった。

「疾ッ‼」

鋭い呼気と共に、剣鬼が地を飛翔する。一閃、縦一文字へと切先が走る。取るつもりでいた、取れたという確信があった。悠の一刀は、鬼ではなく虚空を斬るだけという形に終わってしまった。鬼の身体能力を軽んじていたつもりは毛頭ない、が避けられてしまったのは事実である。ならばこの後、悠へと襲い掛かる反撃も彼は受け入れるしかないのか、諦めるしかないのか——これも否、断じて否である。剣鬼の刃はここより甦る。

眼前まで迫っていた鬼の爪は——悠に届くことはなかった。何故ならその先に剣鬼の姿はなかった。では彼はどこへと消えたのか。その答えも至って簡単、鬼の背後にいた。悠はもはや不可侵の領域にあった鬼の攻撃よりも更に迅く、己が太刀を浴びせていたのである。横一文字に振り抜かれた刀身には、赤々とした血がべったりと付着している、これこそが動かぬ証拠であり、変えられない現実である。

「……ふう、なんとかなったな」

背後にて鬼が崩れ落ちる音を耳に、悠は息をもらす。

愉宇鬼の血は、斬殺衝動に支配された人形へとなり果てる欠点がある。愛刀と交わした誓いがある、故にこの血は二度と解放してはならない——現実は、そう甘くはない。これからもますます強者が出てくる中で、いつまでも弱いままではいられない。強くなる必要がある、ではその強さとは何を指し示す言葉であるか。自らに問い、皮肉にも悠は【魔剣目録】であると行きついてしまう。

先祖が編み出していった魔剣は、どれも必殺と呼ぶに相応しく、人外を相手取るに適していたのは、愉宇鬼の血を引く悠が誰よりも理解している。これを我が物とできれば、どれほど心強いことか。しかしそのためには斬殺衝動に身を委ねなければならなかった。斬ることを愉悦とする鬼となり果てる――その必要もなく、【魔剣目録】だけを抽出するには如何な方法があるだろう。暇さえあれば、悠は一人考え続けた。

そうして考え抜いた末に、一つの結論へと至る。

まずは初心に帰ること。己の剣がなんのためにあるかを、一つずつ文字に書き出していった。次に声に出し、その文字との思い出を鮮明に思い返す――そうしていく内に、気が付かぬほどたくさんの守るべき者達の顔が脳裏に浮かんでいった。皆笑っている、この笑顔を守るためにこそ結城悠の剣は存在する。

それを一番強く思える時は何時か、どんな状況下であったなら可能なのか。行きついた先は、死の直前。

走馬灯――死と直面すると、自らの過去を目にする、といった事例は数多く挙がっている。映画館のような場所に座ってぼんやりとスクリーンに流れる自身の過去を見つめていた、なんて面白いのもあるらしい。

結城悠が見る走馬灯は、現在のものであふれ返っていた。高天原を舞台に出会った彼女達、町の住人、そして忘れてならない……たった一人の最愛の妹。皆が笑っている、楽しい思い出ばかりで満ちている。その笑顔がある限り、結城悠は守るために剣を取ることができるのだ。

皆の笑顔と、剣を振るうための信念――死と直面することによって爆ぜたこの想いが、結城悠を人のままに留めさせる。されど肉体は愉宇鬼でいる。二つの条件を満たしてこそ、この剣心は結城悠のままに、されど肉体は愉宇鬼でいる。

は誕生した。

【魔剣目録】改め【龍之継伝】――絶対不可避の最強の返し技。先の技、名付けるは無拍剣。如何なる体勢からでも、相手よりも先手取る迅速の魔剣――紫電。先代が編み出した絶技は剣鬼によって新たに生まれ変わる。

「けど……」

結果的に、色々と考案したことが徒労に終わらずに済んだ。まずはそのことを喜ぶ。続けて発見した改善点に、悠は休む暇なく思考を巡らせる。先祖の魔剣の完全再現――その使用を可能とするために作り変える肉体。斬殺衝動を半強制的に抑え込むという荒業は、心身共にかかる負担が絶大であった。

修練ではそんなことはなかったのに、と無価値な思考を切り捨てる。

ともあれ、新たな剣が完成した。今度は更なる改良を加えていくことが課題である。現時点において連続使用が不可能でも、いつかは必ず……。悠が額に流れる汗を手の甲で拭っていると、小烏丸から声が上がった。声色からして驚愕している様子が、彼女の方を見ずともひしひしと伝わってくる。

「今悠さんは何をしたんですかぁ⁉　そそそ、それにこの鬼ぃ……青い炎で燃えちゃってますぅ！」

神剣が打ち込まれた剣鬼の愛刀は、切れ味や見た目の美しさだけに留まらず、ある面白い副産物が用意されていた。仕手の心の強さに比例して、新たなる結城拵は青き炎を生み出せる。守るための剣……活人剣を剣鬼が振るう限り、この炎は仕手を守り、悪鬼を焼き尽くすことを約束してくれる。

「っと、どうやら俺ので最後だったみたいだな……」

どうやら向こうも終わったらしい。歓声が上がる中、悠は三日月宗近らへと合流した。


悠の期待は、彼自身が予想していたとおりの結末となった。

本部にて、三日月宗近をはじめとする面々が少女を見ている。しかし誰一人として口を開こうとしない。うんうんと唸って、記憶を掘り起こしているばかりで、そこからの進展が未だに見られない。

「ぜ～んぜん駄目。光世、その子のことやっぱり知らない」

大典太光世がついに匙を投げた。大きく背もたれに身を預ける彼女に続くように、鬼丸国綱も数珠丸恒次も、言葉にはしていないものの、わからないと身体で表現した。

（やっぱり天下五剣でも駄目だったか……。あとはもう、あそこに行くしかないな）

それすらも、期待するだけ徒労に終わる可能性が出てきた。最古参の御剣姫守ですらも知らないこの娘は、いったい何者なのか。そもそも本当に御剣姫守なのか。そんな疑念すらも浮かぶような視線が集中する中で、ただ一人だけ。

「………まさか」

「どうかしましたか？　安綱さん」

「いや……」

とても短く、されど彼女の返答には少しの迷いが含まれている。もしかすると、童子切安綱だけが、記憶なき少女についての手掛かりを握っているかもしれない。期待の眼差しが、今度は沈思する乙女へと向けられた。本当にこの御剣姫守はどこの誰なのか、村正が残した隠し子的な存在なのか。彼女への期待が高まっていく様子に、悠も固唾を呑んで傾聴に徹する。

「ちょっと安綱。そんな思わせぶりな台詞を吐いたんだし、さっさと言ってよね。光世も暇じゃないし」

「貴様はいつも暇そうにしているだろう。……うまく言葉で言い表せないが、なんだろうな。どこか懐かしいような、そんな気がするのだ。初めて出会うというのにな」

「既視感ですね。実際には経験したことがないのに、まるで以前どこかで経験したことがあるかのような錯覚に陥ってしまう……」

「〝既視感〟……」

その既視感は、悠も経験している。この娘とはやはり、初対面でないような気がしてならない。けれどもそれを裏付ける証拠がないから、悠の心は今でももやもやとしていた。

「小娘。貴様と我、どこかで逢ったことがあるか？」

「そんなの……」

それ以降、鬼丸国綱の口から言葉が紡がれることはなかった。この場にいる全員が、その先の言葉がなんなのかをわかっている。そんなこと、あるはずがないだろう、と。それに童子切安綱ほどの武人が気付かないとは考えにくいのだが……。

どの道、少女からの返答はたった一つしかない。三日月宗近が口を開こうとした。それよりも、ほんのわずかに早く。声を上げる者がいた。小さな指をすうっと伸ばして一言。

「……お母さん？」

室内の空気が一瞬で凍りついた。過去最大級の衝撃発言が出たのだ。あんぐりと口を開いて呆然とする。もっとも、当の童子切安綱も、驚きを露わにしている。未婚で子供もいないのに見知らぬ子から母と呼ばれて、激しく狼狽している。これはこれで、ある意味珍しいものを見られたのかもしれない。

だが、周囲の狼狽えはそれ以上だった。

あの童子切安綱に子供がいた。一瞬の静寂からどよめきへと変わる室内は混乱の極みに達していた。次第に彼女へは、裏切り者とでも言いたげな鋭い眼差しが四方から突き刺さることとなる。

「や、安綱さん!?　あなたいつの間に……そんな……」

「ちょっとどういうことなの!?　なんで安綱が光世より先に子供を生んでるの!?　本気でありえないんだけど！」

「安綱……まさか君が裏切り者になるなんて信じられないよ」

「こ、こんなのは運命ではありません。きっと夢……悠さんが来てくれた嬉しさで、きっと夢を見ているに違いありません」

「ちちちち、違う!?　我は子を生んではいないし、それに生むのであれば悠と子作りをすると決めているのだ！」

「は?」

「ンンッ!!　と、とにかく我は子供はおろか結婚もしていないのは貴様らが一番知っているだろう!!　何年こうして同じ屋根の下で暮らしてきたと思っているのだ！」

「そう言われてみれば、確かにそうですね」

「よ〜く考えたら、安綱が結婚するとかまずありえないし」

「よし表に出ろ光世。今日こそ貴様の腐った性根を叩き直してくれる!!」

「落ち着いてください安綱さん！　えっと、本当にこの人がお母さんなのか？　村正さんじゃなくて？」

「……？　お母さんは、お母さんだよ？」

きょとん、と。小首をひねる仕草にも、状況が状況だけに微笑ましくは思えない。冗談であったのならば質が悪く、かといって嘘を言っているようにも見えないことから、恐らくは真実と捉えて間違いない――が、となると。童子切安綱が虚偽を言っているのか。それもまた考えられない。

きっと、どちらも本当のことを言っている。だからこそ矛盾が生まれ、場の空気は手が付けられぬほどの混沌と化していく。そろそろどうにかせねば、醜い争いが起きよう。全員の手が腰の刀に伸びたところで、悠は仲裁に入った。

「皆さんいい加減に落ち着いてください!!」

手を大きく叩くことで、自らに注目させる。

「ぐっ……」

視線で殺すとは、よくいったもの。女性の嫉妬……それも天下五剣ほどにもなると鋭利な刃と同等になるから、数多くの修羅場をくぐりぬけてきた剣鬼でさえ、その表情を苦痛に歪めてしまう。それほど重々しい威圧感にも負けず、いや……感じてすらいない少女に感心しつつ、悠は言葉を繋げる。ここで退くわけにはいかない。

「この子は童子切安綱さんをお母さんと言った。そして安綱さん本人は違うと否定している――まず、安綱さんがこんな嘘を吐く人だと俺は思っていません。それは天下五剣の面々であればよくわかっていることでしょう」

「どうかなぁ。安綱、ホントにぃ～？」

「だから何度もそのように言っているではないか！　しかし、さすがは悠だ。貴様だけだ我を真に理解してくれる者は……やはり我ほど相応しい伴侶はいないな！」

「……。ですが、この子も嘘を言っているようには見えません。どんな理由があるのかはともかくとして、この子にとっての母親は童子切安綱さんなんです」

「……つまり、こう言いたいのか？　その娘の本当の母親が見つかるまでの間は、我が母親として接しろ、と？」

「そうなります……ね」

　どうやら童子切安綱も察してはいたらしい。村正によって生み出されたわけでもない少女への謎がますます深まるばかりなのは否めない。しかし現時点ではこれ以上の進展も見られず、ならば一先ず目の前にある問題を片付けることが優先される。

　小さい身ながら、遠路はるばる少女はやってきた。その頑張りが水泡に帰さぬためにも、ここは大人である自分達が一肌脱がねばならぬ時だ。同時に、悠も覚悟を決めていた。こうなった後の展開はおおよそ予想がつく。

「え～安綱が母親って、なんか似合わないし。どうせなら光世の方が母親として相応しいじゃん？」

「いや、それはないな」

思わず、本音をもらしてしまった。口は災いの元とは、まさにこの状況そのものを指す。偉大なる先人はよくこんな言葉を思いついたものだ、と。感心する一方でずいっと迫ってきた大典太光世を手で制しつつ、飛んでくる問いに悠は構える。今更なんでもない、などという言い訳は彼女に通用しまい。

「ちょっと悠、今のはどういう意味なのよ⁉」

「いや、特に今のに意味はないというか……まぁ、その、気にするな！」

「いや気にするし‼　気にするなって言われても無理だから！」

「彼女に気を使って言葉を濁す必要はありませんよ、悠さん。悠さんの言うとおりだと私も思いますから」

「確かに。僕も光世が母親をやってる姿が全然想像できないなぁ」

「それは永遠に訪れぬ運命ですね」

「ち、違うし！　光世だってやればちゃんとできるし！　本当だし！」

「その話はまた後でするとして――」

「ひどっ！　みんな光世に冷たすぎない⁉」

「――安綱さん。どうでしょうか？」

「……正直にいって、我も母親というものが果たして務められるかどうか……はっきり言えば自信などない。だが、それでも――この娘が我を母親と思っているのならば、たとえ一時のことであったとしても！　この役目、果たしてみようと思う」

心なしか、少女の顔に笑みが浮かんだ。小さな身体を彼女に預けて――鈍く重い音が鳴った。鎧が固かっただろうに、思いっきりぶつけた額が真っ赤になっている。だが、少女の顔から笑みが消えることはなかった。

「しかしだ、そうなると当然父親も必要となってくる。貴様もそう思うだろう悠よ」

（やっぱりそうなるよな……）

求めてくる視線に、悠は小さなため息と共に頷く。父親役を担うことへの肯定は、新たな波紋を呼び起こす。これも予想どおりの展開だから、悠も落ち着いている。

「ど、どうして悠さんが!!」

「はんた～い！　絶対にはんた～い!!」

「僕もちょっと、嫌かな。うん」

「そんな運命は認めません!!」

「落ち着いてください。あくまで仮です。安綱さんだけだと負担が大きくなる。となると周りが支えていくのは当たり前です。その中でも父親という役を担う者が必要というなら、俺が一肌脱ぐのは必然でしょう」

「そのとおりだ。我が言わずともすべてを察するとは、まるでおしどり夫婦のようではないか。なぁ悠よ」

「それについてはノーコメントで——どうする？　決定権はお前にある」

少女が探しているのは、あくまで母親。父親も、とは言ってない。もしかすると、父親を望んでいないかもしれない。そこに赤の他人が父親になってやる、と言われたところで相手にはただ迷惑なだけかもしれない。ましてや子供だ。いらぬ心の傷だって与えかねない。

そんな心配も、少女の笑みによって杞憂に終わった。どうやら悠を父として認めてくれるらしい。お礼とばかりに、悠のもとへとやってきた少女を優しく、しっかりと悠は抱きしめてやった。小さな身体から伝わってくるぬくもりは、ほのかに優しく温かい。

「……俺が父親でいいのか？」

「……お父さん」

「あぁそうだぞ。この男が……いや旦那が貴様の父になってくれるぞ。なぁ我が旦那よ」

「え、えぇ。まぁ……」

幼い子供を前にして、違うと否定できないことがわかっているのだろう。嫉妬なのか、それとも警告なのか。背中にぐりぐりと柄頭を押し付けてくる愛刀。あとで構ってやる時

間を設けた方がよさそうだ。ハンドサインをこっそり送ると、一際強くやられたのを最後に止めてくれて、悠は小さくため息を吐いた。

「俺のことを本当の父親と思ってくれ、というのは難しいとは思うが……まぁ、そういうことだ。俺も極力いい父親として務められるよう頑張ってみる」

「うん……！」

「はっはっは！　さすが我が娘！」

「うわ～もうすっかりお母さん気分になってるじゃん安綱ってば」

「わ、私だっていい母親になれます！　悠さんとなら最強のおしどり夫婦として全国に轟かせられるぐらいに……！」

「今回ばかりは諦めるしかないんじゃないかな三日月。あの子も、あの二人にすっかり懐いちゃってるしさ」

「こんなのは運命ではありません……断固認めません！　うぅ……」

「ふむふむぅ、これはなんだかいいネタになりそうですねぇ。忘れない内にしっかりと書き記しておかないとぉ…！　うふふ、筆が捗っちゃいますねぇ！」

様々な反応が巻き起こる中で、悠は次なる行動に思考を巡らせる。さて、あの小狐丸達をどうやって説き伏せようか。考えて、とりあえず三日月宗近達に全面的に押し付けることにした。

その日の夜、小烏丸は三日月宗近から呼び出しを受けた。しんと静まり返る廊下に自らの足音を奏でる彼女は、怪訝な面持ちでいる。

突然呼び出しを受けたかと思いきや、その肝心な内容については一切を明かされていない。尋ねても皆が寝静まった頃に、としか返されず、小烏丸はそれに従う他なく――なんだか嫌な予感がする。というのも、つい最近同じような出来事があったからに他ならない。虫の知らせともいうべきか。胸のざわつきが彼女の記憶を刺激する。

既視感に苛まれつつも、ついに目的地に到着してしまう。

(どうか小狐丸さんの時と同じようなことにはなりませんようにぃ……！)

祈りつつ、静かに扉を叩いた。

程なくして、部屋の主から入室の許可が下りる。

「どうぞ、そのままお入りください」

「し、失礼しま～すぅ……」

恐る恐る中へと入った。

入って早々に小烏丸は感嘆のため息をもらすこととなる。

悪く言えば殺風景で個人色がほとんど見受けられない。反面、天下五剣の頂に立つ者だけあって、きれいに整理整頓がなされている。

「どうぞ、おかけください」

「あ、はいぃ。失礼しますぅ」

案内されるがまま、来客者用の椅子に腰を下ろしたところで——さて。本題を切り出そうとする小烏丸よりも、三日月宗近の方が一歩早かった。何も言わず、すっと机に置いた一冊の本に小烏丸はきょとん、と小首をひねる。

（題名のない本……）

一瞬とはいえ忘れかけていた胸騒ぎが再びよぎる。見てはならない。頁を開いてしまったが最後、後戻りできなくなる。警鐘を打ち鳴らす第六感に従った彼女の行動は極めて速かった。戦線離脱——小烏丸は部屋からの脱出を試みる。

「あ、あぁそういえばぁ。私ちょっと用事があったのを思い出しちゃってぇ……。すいませんけどそれを片付けてからもう一度来ますねぇ」

「今ここで退室したら……どうなるかわかっていますよね？」

「あ、はい……」

わずか三秒の脱出劇に幕が下ろされて、小烏丸は覚悟を決めた。

この後の展開も安易に想像がつく。またか、また私は他人の依頼を引き受けなくてはならないのか。作家であることを今だけは恨めしく思いつつ、悠の独占取材継続を糧にして小烏丸はついに、三日月宗近の作品に手を伸ばす。

ゆっくりと頁を開く。

「……え？」

わずか三頁目にして、小烏丸は驚嘆の声をもらした。理由はただ一つ、現役作家である彼女の目から見ても、面白いからだ。手が頁をめくることを止めようとしない。いや、どうして止める必要があるのか。続きが早く知りたい……、その欲求に従わない者が果たしてどこにいよう。そんな輩を、生憎と小烏丸は聞いたことも、見たこともない。

気が付けば、もう三分の一を読破してしまっている。通しということも含まれるが、脳裏に鮮明に焼き付けられた。これは間違いなく大作となる。しかし、どうして彼女は私にこれを読ませたのか。小烏丸の疑問はここにあった。

不意に、一つの可能性が浮上する。

（ま、まさかぁ……私の〝好敵手〟になって邪魔をしようとしているんじゃあ……）

もしも本当に彼女が作家として活動を始めたなら、間違いなく三日月宗近は最大の脅威となって立ちはだかろう。では、どうする。このままおめおめと彼女がなり上がっていくのをただ指を咥えて眺めているのか――もちろん、こんな問いが本当に寄せられたならば、小烏丸は断じて否と答える。

好敵手として立ちはだかろうとするなら、自分はただ正面から挑むまで。

（だけどぉ……三日月さんの作品面白いですぅ）

あとは主役の名前を三日月宗近にしなければ。

「どうですか？」

「え、えぇっとぉそうですねぇ。月並みな言葉なのは否めませんけどぉ、すごく面白かったと思いますぅ」

「そうですか。その言葉を聞けただけでもよかったです」

「……あのぉ、三日月さんももしかして本を出すんですかぁ？」

「いいえ、そのつもりはまったくありません」

「え？　こ、こんなに面白いのにどうしてぇ……！」

意外な言葉に、小烏丸は尋ねずにはいられなかった。

将来、最大の好敵手となるやもしれぬというのに。心の中は純粋に面白い作品を世に発表しないことへの疑問が尽きない。食い入るように問い質してくる小烏丸を、三日月宗近が苦笑いでたしなめる。

「落ち着いてください小烏丸さん。あなたに読んでいただいたのは、あくまで商業化するためではありません。これは……この物語は私と悠さんとの物語なんです。いつか悠さんとの間に子供ができた時、彼の勇姿を伝えられるように……そのためにも現役作家である小烏丸さんに一度読んでほしかったんです」

「な、なるほどぉ……」

また随分と先を、しかも叶いそうにない未来を夢見ている。

ともあれ、人気作家の看板をまだ独占していられる。その事実がわかるや否や、彼女の顔は早々に安堵で緩む。惜しいという気持ちを若干残しつつ、今度こそ腰を上げる。ようやく解放されて、自身の仕事に専念できる。そんな小烏丸の予定は、右肩をがっしりと掴まれたことで水泡に帰した。

油の切れた絡繰人形よろしく、小烏丸はゆっくりと振り返る。

そこには笑みを浮かべた三日月宗近がいた。目が笑っておらず、そして肩を掴む手もだんだん強くなっていく。みしりと悲鳴を上げ始めた右肩に、小烏丸は悟る。抵抗すれば間違いなく右肩が粉砕される、と。

商売道具たる手を壊されれば今後に影響が出るのは明白なので、小烏丸も素直に従わざるをえない。今度はいったいどんな用件なのやら……、半ばやけくそ気味に三日月宗近からの言葉を待つ。

「まだ終わっていませんよ小烏丸さん。本題はここからです」

「と言いますとぉ……？」

「次は作家の視点から見て、もっといい表現方法がないか助言がほしいんです。あと、作品がこれだけありますので、よろしくお願いしますね——悠さんへの独占取材を許可する代わりと思えば、安いものとは思いますが……」

「あ、はいぃ……」

小狐丸にしてこの三日月宗近あり。反論する気も、もはや起こらない。大量に運ばれてくる本を前にして、小烏丸はひくりと頬を吊り上げた。

疲労困憊……その一歩手前のような心境。

壁伝いで廊下を歩く彼女の足取りにいつもの軽快さは皆無で、一歩足を前に出す度に深いため息と休息を挟む姿は外観不相応に老けて映る。それもこれも、三日月宗近が手掛けた自伝——途中から明らかに誇張している部分もあったが、小烏丸はあえて言及しなかった。すれば絶対にややこしくなるから——への助言並びに修正作業を手伝わされたせいだ。

「ほ……本当に今日は疲れましたぁ……」

三日月宗近から解放された頃には、呼び出しから三時間も経過していた。窓の方をふと見やればきれいな月がぽっかりと浮かんでいて、その神々しい輝きは小烏丸の涙を誘う。執筆ができるだけの力も残っていない。だから早く部屋に戻って寝ようとしていた小烏丸は、声を掛けてきた輩を疎ましげに見やった。

「ちょっとどうしたの小烏丸。不機嫌そうじゃん」

「……大典太さん、何か私に用ですかぁ？　私早く帰って眠りたいんですけどぉ……」

「まぁまぁ。実はさ～ちょっとお願いがあるんだけど。光世の書いたコレ！　本を出そうかなって思ってるんだけど、その前に一度読んでみてくれない？」

「絶対に嫌ですぅぅぅぅぅっ！！！」

「あ、逃げた！」

　小烏丸は全速力でその場から逃走を図った。

　どうかしていた――逃げ込んだ先で、小烏丸はうなだれていた。あのまま大典太光世の相手をしていたら、まだ第二、第三と新手がやってきて自分の時間を奪っていくに違いない。そんな強迫観念に駆られてしまったからこそ、あの時の自分は冷静ではなかったと現在（いま）は自己分析できるまでに小烏丸は落ち着きを取り戻せている。

　与えられた客室はここではない。既に別の客人が利用している。何事かという驚愕（きょうがく）が、片や同情の眼差（まなざ）しに代わり、片や敵意を孕（はら）んだ鋭い視線へと変わる。

　異なる質の反応を示す二人の内一人――結城悠から優しい言葉が小烏丸へと投げられる。

「えっと、大変だった……ですね？」

「……本当にすいませんでしたぁ」

「まぁ、何が起きたのかは知りませんが……なんとなく察しました。とりあえず今日はもう遅いからここで休んでいけばいいですよ。俺は部屋の隅で寝ますので、鈴とこの布団を一緒に使ってください」

「そんなぁ！　私がいきなりやってきたわけですし悠さんにそんなことをさせるわけにはぁ……！」

「でも、今から部屋に帰ったらまた面倒なことになるんじゃないですか？　だったら今日はここですごせばいい……鈴もいるから、あの人達も簡単には入ってこられないだろうし」

「でもぉ……」

「いいから。それじゃあ鈴、俺はそろそろ寝るからな」

「おやすみ主。というわけだから、どうぞ」

「え、あ、あれぇ？」

布団を丸々明け渡されたことに小烏丸は困惑せざるをえず、その持ち主はというと、薄い布一枚にくるまって部屋の隅に寝転がった悠へと寄り添うように横になった。ぴったりとくっついて離れようとしない愛刀には、彼も同じく困惑している。

「お、おい鈴！　どうして俺にくっつくんだ⁉」

「どうしてって……何度も言わせないでよ主。ボクは主の愛刀の千年守鈴姫だよ？　だっ

たら傍にいるのが当然でしょ」

「いや、だからって……」

「主に拒否権はありません。というわけだから、そのお布団は好きに使って。ボクは悠と寝るから」

「あ、はいぃ……」

言葉では嫌がっていても本気で拒もうとしない悠と、それを楽しんでいるようにしか思えない千年守鈴姫を前に、小烏丸はふかふかの布団へと身を沈める。

(悠さんと千年守さん……本当に仲がいいなぁ)

もう一度だけ二人の方を見やった。今までになかった新しいネタが浮かんだかもしれない。そんな気がしてならなかった。手元に筆と紙がないことが、ただただ悔やまれる。

(起きたらすぐに執筆しないとぉ……!)

明日こそは誰にも邪魔されぬことを願って、小烏丸はそっと瞳を閉じる。相当な疲労が蓄積されていた彼女の意識は、瞬く間に心地良い深淵へと誘われた。

第十章　反魂するもの

目覚めを促したのは愛刀(いつも)とは違う声だった。とても凛(りん)としていて、力強さを感じさせる。それが安心感を与えてくれて、何の不安も抱かずに朝を迎えることができた。大きく伸びをしているところに、くすりと彼女が微笑(ほほえ)む。別段見ても面白くもなかろうに、そう言いたそうにしていたのがどうやら伝わってしまったようだ。

「何を言う。普段目にできない貴様を見られたのだ。これが嬉(うれ)しくなくてどうする」

どうやら、そういうものらしい。ふと、右腕を通して伝わってくる違和感に気付いた。目線を落としてみる——一人の天使が心地良い寝息を立てていた。安らぎに満ちた顔は、見ているだけでこちらも幸せを感じる。そうして、あぁ……。悠は納得した。愛し合う夫婦というのは、きっと今の自分と同じような心境なのだろうな、と。

確かに、とても幸せだ。愛する妻がいて、その間にできた子供がいる。家庭を持つという感覚を疑似的とは言えど味わえたことに、悠はふっと小さく微笑んだ。

(結婚っていうのも……悪くはないな)

未来の妻に思いを馳(は)せたが、背後から突き刺さる鋭い視線に悠は現実を直視した。

童子切安綱と結婚した——それも少女の親が見つかるまでの間のみ。この期間限定的ともいえる処置には反対意見が多く寄せられた。もちろん、童子切安綱を除く面々である。たとえ疑似的であろうとも、夫婦として演じるには一つ屋根の下——もとい、同じ部屋ですごさねばならぬと強硬策に出た童子切安綱を、三日月宗近らは決して許していない。そうでありながらこうして実現するに至ったのは、この娘がいたからに他ならない。天下五剣であろうとも、幼い子供の涙には屈するしかなかった。斯くして、悠は童子切安綱と同じ部屋ですごしている。

もっとも、彼からすればいつ爆発するかわからないニトログリセリンに囲まれているかのような状況に等しい。童子切安綱の些細な行動ひとつで、大量の爆薬は一気に点火して大爆発を引き起こそう。そのような結末が訪れぬことを切に祈っている悠の心境は、心穏やかとは言えなかった。

「ふふっ、ついに悠と夫婦か……この時が来るのをどれほど待ちわびたことか」

「お願いですからあまり刺激するようなことだけはしないでくださいね？　その……」

「皆まで言わずともわかっている。我が子もいるのだ、荒々しいところを見せるなど、教育に悪影響を及ぼすことは絶対にせん。それが親の役目、というものだろう悠よ」

（我が子って……）

これが疑似的であることを忘れてやいないか、段々と募る不安を一先ず頭の片隅に追いやって、さて。悠は身体を起こした。少女を起こさないよう注意を払うことも忘れない。

「どこへ行くのだ？」

「朝ごはんを作りに。それじゃあ安綱さん、この娘のこと頼みますね」

「うむ、任された。貴様の妻として責務を全うすることをここに約束しよう」

「大袈裟ですよ。本当の夫婦だったら、もう少し肩の力を抜いていますよ」

「む？　そ、そうか……」

「それじゃあ」

一室を共有しているとは言えども、着替えは別室でしている。童子切安綱の方は自らの裸体を晒すなど、なんのためらいもなく実行に移せるが、悠はそういうわけにもいかない。それ以前に目の前で着替えでもしようものなら、たちまち獣と化した彼女に喰われることとなる――無論、性的な意味で。

夫婦はあくまで演技、少女の親探しが終わるまでの間だ。それまで誘惑には絶対に負けない――自分で誓っておきながら、負けることを前提としているような気がしてきた。気持ちを切り替え、寝間着姿のまま寝室を出る。

まず彼が目指そうとしたのは、最初に与えられた客室であった。そこであれば、他人の目に怯えることもなく着替えられる。なにより一人置いてきた愛刀が、悠は気になって仕方がなかった。愛刀を手放すなど、仕手としてあってはならないのだが、やはりここでも少女と童子切安綱の要望が生きてくる。仮にも親子なのに、赤の他人が同じ部屋にいるのは些か不謹慎ではないか。こう言われてしまったら、悠も反論できなかった。

（鈴のやつ……今頃何をしてるんだろう）

最後の最後まで、頑なに要求を呑まなかった。最終的には少女による泣き落としで諦めた。そうまでして仕手と共にあろうとした彼女が、穏やかな夜をすごせたとは、とてもではないが悠は思えなかった。きっと、ろくでもないことになっているに違いない。

怒りにまかせて危険なことをする前に、彼女との時間を作ってやる、それを朝食よりも優先すべき事項として最初から予定に悠は組み込んでいた。一秒でも時間が惜しい、それなのに空気を読んでくれない輩からの妨害が入ったものだから、悠は焦燥感を募らせる。

「おはようございます悠さん、いい朝ですねぇ」

「えぇおはようございます三日月さん、すいませんけどちょっと急いでいるのでどいてもらえませんか？」

「まぁいいじゃないですか。せっかくこうして出会ったんですしゆっくりしていきましょう」

「ちょ、三日月さん？　どうしてそんなに近づいてくるんです？」

「いえ深い意味はありませんよ。寝間着姿がとても妖艶……いえ官能的……でもなくて、とってもお似合いだなぐらいしか思っていませんよ？」

「隠しきれてないですよ、それ」

じりじりとにじり寄ってくる三日月宗近から悠は逃走を試みた。目指す客室は、廊下の一番奥に用意されている。今は三日月宗近が進路上にいて、彼女の妨害を突破せぬことには悠は部屋へとたどり着けない。

御剣姫守（みつるぎのかみ）にして、天下五剣の一振（ひとり）である彼女が通してくれる、などという期待は更々ない。わずかな隙間（すきま）さえも両手を広げて塞（ふさ）ごうとしている。逃がすつもりはないと悟った――最初からこうなるとわかりきっていたけども――悠は、それでも前へと進む。

後ろに引いたところで追いかけてくるだろうから、結局解決はしない。話し合いをしても同じく、寧（むし）ろいたずらに時間がすぎれば他の面々もこの場に加わろうとするのは最初（はな）から目に見えていた。今ここで、どうしても悠は三日月宗近を突破せねばならない。

両手を広げ、拘束するつもりでいる三日月宗近へと悠は肉薄する。無策に突っ込んでどうにかできる相手なら、どれだけ楽であったか。距離が縮まっていく最中にふと思って、悠は跳躍した。

頭上を飛び越える。彼女の手は左右にあって上には向けられていない。天井の高さと三日月宗近の身長とを比べてみれば、爪先立ちをしてもまだ届かない。作戦としては悪くない、だがそのまま実行に移してもただ失敗するのみ。この程度の策を三日月宗近が防げぬはずがない。策を、絶対不攻略の奇策にするにはもう一手繰り出す必要がある。

その一手を、悠は打った。跳躍した状態からくるり、と身を反転させる。天井が下方へ、足場を得た彼は強く天井を蹴り上げる。

「なっ！」

真下で驚いている三日月宗近を一瞬見送った悠は、天井を駆け抜けていった。

（よしっ！）

すぐに床へと着地して、そのまま振り返ることなく客室を目指す。

「見えた！」

目的地に着いた。勢いのままに悠は扉を開ける。

「鈴……っ！」

扉の先で待ち受けていた光景を前にして悠が後退り（あとずさり）したのは、彼の本能が危険信号を発したからに他ならない。今すぐ逃げろ、と警鐘を鳴らしているのが本能で、されどこのまま逃げたら彼女はどうなってしまう、という良心が悠の行動に迷いを生じさせる。

剣鬼の愛刀――千年守鈴姫（ちとせのかみすずひめ）は部屋の隅に陣取っていた。寝間着姿のまま、朝早くから何をしているのかと思いきや、熱心に自身の半身たる刃を研いでいる。

しゃあ、しゃあ――刃と研石の摩擦音を虚しく奏でさせる彼女の瞳は、無機質な硝子（ガラス）であるかのように生気を感じさせない。ホラー映画のヒロイン……もとい亡霊役であったらこの上なく似合っている、そんな雰囲気を放つ愛刀に悠は見かねて駆け寄った。

「お、おい鈴お前何をやってるんだ？　大丈夫か？」

「あ、悠おはよう今ちょうどね手入れをしているところなんだ今からちょっと鬱陶しい鬼を退治しにいくからね自分の武器は入念に手入れをしておかないといざって時に仕損じちゃうのも嫌だから――」

「うっ……」

途切れることのない、機関銃よろしく連続して言葉を並べる千年守鈴姫に、悠は恐怖を憶える。やはり愛刀は、童子切安綱に強い妬みと恨みを抱えていた。このまま放置すればどうなるか――想像に難くない。故に仕手として、彼女の暴走を止める義務がある。

「落ち着け鈴！　そんなことしたって解決にはならないぞ！」

「だってボクから悠を寝取ったんだよ！　許せるわけないよ！」

「誤解を生むような発言をするな！　だいたい寝取るってなんだ寝取るって……あの娘のことがわかるまでしばらくの間の疑似夫婦だろ？」

「しばらくっていつ⁉　いつまで嘘っぱちの家族を演じるつもり⁉　それまでボクはまた、一人なの……？」

「鈴……」

泣きそうになっている千年守鈴姫の頭を、悠はそっと撫でた。どうも己の愛刀は女絡みとなると、仕手のことを全然信用してくれないらしい。だからちょっとだけ、自身でも過激なことをする。これぐらいのことをやっても……まぁ罰は当たるまい、と悠は必死に自身に言い聞かせる。

「は、悠……？」

「動くな鈴」

（変に抵抗されたら、気恥ずかしさが勝ってしまうからな……心が変わらない今の内にやる！）

何をされるかわかっていない千年守鈴姫の瞳は不安に満ちていて——そこに光が戻ったのを、悠は次に確信した。

額にそっと唇を当てた。俗に言う、でこちゅーである。完全に部屋を閉め切り、誰もいないからこそできた。みるみる内に千年守鈴姫の頬が赤らんでいき、混乱していた愛刀もようやく事態を飲み込めたと判断した悠もまた、顔に熱が帯びていくのを感じずにはいられなかった。

「は、悠？　い、今のって……」

「……何度も言わせるなよ。お前……千年守鈴姫は俺の大事な愛刀だ。二度と失わない、手放したりなんかしない、たとえ離れても俺がお前を迎えにいく。だからそう、不安になるなよ」

「……うん!!」

「ってお前馬鹿！　刀を放り投げるなって……あ〜あ」

入念に研がれた刃が鍔元まで壁に深々と突き刺さった。あくまで借りている側なのに、あとで怒られるのを覚悟して、悠は抱き着く愛刀の頭を優しく撫でた。

「……貴様、そこで何をしている」

「ッ⁉」

地獄の鬼のような声が響き、悠は表情を強張らせる。閉じていた扉がゆっくりと、ぎぎぎっ、という音と共に開けられていく。生じる隙間からは、一人の赤鬼が凄まじい形相で睨んでいた。角が生えていれば、彼女を完璧に鬼として見誤っていたに違いない。

妻……の役に当たっている童子切安綱の顔は怒りに満ちていた。憤怒の炎が宿った瞳をぎらつかせ、一歩この部屋へと踏み込む。即座に千年守鈴姫が得物を手に取って対峙する。

「……ボクと主の部屋に何か用ですか？」

「厳密に言えばこの部屋は我々が客人たる貴様らに貸し与えているのだ。それに今は貴様だけの部屋であろう？　我が夫を誑かすのは、子供の教育によろしくないから控えてもらおうか？」

「仮初っていうのをつけ忘れてますよ？」

「いずれ真実となる」

「……やっぱり、ボク。あなたのことが嫌いだ。ううん、主に近づこうとするのは全員大嫌いだ」

「やれやれ、手の掛かる義妹だな」

「誰が！」

「ちょ、二人ともやめ――」

「おとうさん、おかあさん……」

「あ、起きてきたのか……」

ぽてぽてと小さな少女が殺伐とした空気の中に乱入してきた。微睡の中に未だ意識を漂わせているのであろう、眠そうに細めた目を擦っている仕草がなんともかわいらしい。彼女の登場にはさしもの二人も罪悪感を憶えたか、見えないように得物を鞘に納める。

「ど、どうしたのだ我が娘よ」

「……お腹すいた」

「っと、時間を少しかけすぎたか。悪い、すぐに支度して用意するから」

「いや、今から作るにしても時間がかかる。ならば今日は外で食事を済ませるのがいいだろう」

「モーニングか……」

童子切安綱に言われて、悠は沈思する。今からでも用意できなくはない、だがどれだけ簡単なものにしようともそれ相応の時間が必要となる。したがって食事の支度を、と踏み切ることも悠はできずにいた。すっかり微睡から覚めている小さき御剣姫守は目の前で空腹を訴えている。とてもできるまで待てそうな雰囲気ではない。

つまり童子切安綱の意見は理に適っている。食事処ならば質量ともに満足のいく食事を提供してくれるだろうし、なによりいい気分転換にもなる。

「……お腹すいた」

「よしよしっ、今から三人で外に食べにいくぞ」

「……お外で食べるの⁉」

「そうだ。お前はまだここにきて日が浅かろう。散歩がてら食べに行くとしよう」

童子切安綱の提案には、少女も目を輝かせていた。外見相応の仕草がかわいらしい、つい頭を撫でてしまう。小動物のような反応を返してくれるものだから、いつまでも続けていられる――愛刀からの鋭い眼光に、現実へと強制的に連れ戻された。これ以上は本当に危険である、悠はそう判断して咳払いをする。

「安綱さんの言うとおり、今日は外に食べに行くか」

「うむ！　では決まりだな。おっと千年守よ、わかりきっていることであろうし、あえて言う必要もなかろうが念のためだ――ついてくるなよ？　まぁ十歩分離れるというのなら、許可してやらんでもないがな！」

「ぐぬぬ……！」

「鈴、ここは抑えてくれ……」

「主ぃ……！」

「ちょっとそれじゃあ光世達の朝ごはんなしじゃん！」

「悠さんの手料理が食べられないなんて……これは許しがたい運命です今すぐに修正する必要があります」

「ちょっとずるいんじゃないかなぁ安綱」

　ぞろぞろと天下五剣と、そして小烏丸がやってきた——鹿威しよろしく、何度も首をかっくんとしながらも両手には筆と手帳がしっかりと握られていた。ネタを嗅ぎつけにやってきたのであろう、そのあくなき好奇心に悠は感心した。

　それはさておき。

　童子切安綱に対する嫉妬が色濃く渦巻いていくのがはっきりとわかる。幼い少女も小さな身体を震わせて、恐怖を示している。実力者が雁首揃えて得物を抜くなど大人げない行為をするものだから、悠も彼女らを咎めねばならない。

「ちょっと皆さんいい加減にしてください！　子供の前ですよ。それなのに刀を抜こうとするなんて……！」

「悠の言うとおりだ。幼子の前で刃を抜かんとするなど、恥を知れ!!」

「ぐっ……調子に乗って！」

「今に不幸が降りかかりますよ……」

「安綱のくせにムカつくし！」

「はっはっは！　何とでも言うがいい。我は今最高に幸せなのだ。なぁ悠よ」

「そこで俺に話を振らないでもらえますか……？」

「…………」

「ん？　どうかしたのか、小烏丸」

「……はっ⁉　あぁいえぇ、お気になさらずにぃ！」

「ともあれ！　我と悠は夫婦なのだ、親子水入らずの時間を邪魔せぬよう改めて心掛けてもらいたい——さぁそろそろ行くぞ悠よ」

「えっ？　あ、ちょっと安綱さん！」

肉の手錠にがっしりと手首を拘束されて、悠はそのまま廊下を引きずられる形でその場から連れ出される。最後に、愛刀の顔が視界に入った——般若もきっと裸足で逃げ出すこと相違ない、としか形容のしようがないほどに怒っていた。

（あとで機嫌取りは絶対にしないとだな……って！）

「や、安綱さん少し待って……！」

「ふふっ……我と悠が夫婦、か。よい、いや実によいぞ。我はようやく勝ち組となれたのだな！」

「ちょっと聞いてます⁉」

困惑している悠に、先行する義母娘(おやこ)はまったく気付いていない。暢気(のんき)に鼻歌まで歌いだす始末で悠の声色(こわいろ)にも焦燥感(しょうそうかん)が宿る。

「安綱さん‼」

「む？　どうかしたのか悠」

「いやどうかしたのか、じゃなくてですね……俺まだ着替えてないんですからちょっと待ってもらえませんかね⁉」

「むっ？　そういえばそうだったな。ならばすぐに着替えにいくとしよう、なに、この我も手伝ってやるから案ずるな悠よ」

「不安しかないので結構です‼」

「ちょ、ちょっと待ってくださいぃ！」

小烏丸が追いかけてきた。髪が乱れてはいるものの、格好だけはいつもの服装に着替えられている。よほど急いで身支度をしてきたらしく息を切らしているがどうしたというのか。悠は尋ねる。

「そんなに急いで追いかけてきて何かあったんですか？」

「あ、あのぉ。私は悠さんことを密着取材中ですので一緒に行ってもぉ……」

「駄目だ、それは我が許可しない」

「そ、そんなぁ……横暴ですよぉ！」

「えぇい、駄目なものだ駄目だ！　帰れ！」

泣きつく三足烏も、最強の鬼斬り刀はばっさりと切り捨てた。


様々な波乱があったが、耶真杜はとても平和だ。

先ほどのやり取りが、もう随分と前にあったことのように錯覚するほど、空は青く清々しい。燦爛たる陽光は、薄くかかった雲をものともせず大地に恵みを与えている。

そんな光景に心を和ませていたが、つまらないと感じるのは子供の性か。悠は強いて咎めるつもりもない。小さな手に握られていたはずが、今は覆うように包まれている。

「どうしたんだ？」

「……お空ばっかりみないで」

「ん……あぁ、そうだったな。悪かったよ」

「そうだぞ悠。今は親子の時間だ。よそ見をするのは夫と言えど感心はできんな」

「わかりましたって……」

どんどんと彼女の中で現実のものに変えられていく仮初の関係を、悠は黙認する気はなかった。暴走を止める、そのために祈りを捧げるのはもはや無駄というもの。

どこかで歯車を無理矢理にでも止める、そのために剣鬼が頼ったのは、やはり自身の愛刀であった。律義にも十歩分、頬を膨らませてやや不機嫌さを表現してはいるが、彼がちょいちょいと手招きをすればセーラー服の少女は馳せ参じる。

悠は千年守鈴姫の頭を撫でた。それで彼女の不機嫌は多少なりとも解消される。代わりに二つ、背後から鋭い視線が突き刺さった。義母娘なのにあまりにも反応が似ていたから、本当は彼女らの間には血縁関係があるのではないか、そんなことを考えてしまう。

とりあえず、悠は視線の方は無視することにした。

「何かあったら頼むな？　俺の最高の愛刀」

「……口先だけじゃないよね？」

「本気で俺がそう言っているように思えるか？」

「まさか――わかってるよ悠。ボクは悠の愛刀だからね！」

「あぁ」

拳をこつん、と打ち合わせたところで、さて。悠は振り返り、千年守鈴姫は十歩分下がる。ここらが潮時。これ以上の反発を呼ぶのはよろしくない。機嫌取りの一つぐらいはした方がよさそうだと辺りを見回して……。あれだ。悠は視線を固定する。あそこならばきっと二人の機嫌は直せよう。昔から女性の機嫌を直すのは甘味だと相場が決まっている。

「ちょっと甘いものでも食べに行きましょうか。ちょうどあそこに甘味処がありますし」

「……甘いもの、たべたい」

「むぅ。仕方ないな」

「決まりですね――遠慮はしなくていい。好きなものを頼んでいいぞ」

「……うん！」

親子三人――愛刀一振――で店に足を運んだ。


店内に入ってからというものの、悠の心中は落ち着きをなくしていた。

どうも、先ほどから周りの視線が痛い。楽しげに会話をしていた客はおろか、てきぱきと作業をこなしていた従業員でさえ、各々が自分の行動をやめて見てくるものだから、悠の顔には疲労感が滲み出ている。

注目を浴びるのは今に始まったことではない。ただ今までとは質が異なる。恨み妬みが童子切安綱に向けられたものならば、悠には疑念と渇望が向けられる。どうしてその女と結婚したのか、自分も嫁にしてほしい寧ろしてくれ。ひしひしと訴えてくる視線に食欲も失せてくる。それを癒してくれたのが、銀匙を差し出してくれる少女だ。

あんみつが、くぼみの中で悠に食されるのを今か今かと待っている。要するに、自分に食べて、と。この娘は言っている。これはさすがに拒むことはできない。下心がない、純粋無垢な誘いに悠は乗ってやることにした。

銀匙（スプーン）を咥（くわ）える。程なくしてやってきた甘みに、悠は舌鼓を打った。甘いものを食べるのは、思えば久しぶりかもしれない。特に甘党というわけでもなかったし、だからと毛嫌いして自ら遠ざけていたわけでもない。ただ単に、食べようと思える気分になかなかなれなかった。今ばかりはもう一口ほしいとすら思えている。すると一人の店員がやってきた。その手にはお品書きがある。

「当店ではこちらがおすすめになっていますよ。〝こぉひぃ〟のお供にいかがですか？飲み物ばかりじゃお口の中も寂しくなっちゃいますからね！」

幸せをありありと見せつけてくれやがるなら、他のものも頼んで貢献しろと催促めいた口調だった。しかし、悠はコーヒー以外のものを注文する気はなかった。食べられないこともないが、腹もすいていない。舌打ちされて、ならば交際しろと強硬手段に走った愚か（おろ）者には、仮妻の鉄拳制裁が見舞われる。天井でオブジェとなってぶら下がっている姿に、その場にいる全員の顔がぞっと青ざめていった。

「これは警告だ。ここにいる結城悠はこの我——童子切安綱の夫だ。手を出そうものならば、自らの命を代償とすることを覚悟せよ」

童子切安綱の眼光が鋭さを増す。

天下五剣にして、相手があの酒呑童子（しゅてんどうじ）を斬った安綱とあらば、楯突（たてつ）くのがどれだけ愚行であるかを、彼女達は瞬時に理解した。悠にまとわりついていた視線も、気が付けばなくなっている。周りを見やれば、もうこちらを気にしている者は一人もいない。いや、さめざめと悔し涙は流しているから、やはり脅されたことに納得していないと見える。

　夜道の背後には、気を付けた方がいいかもしれない。

「──そういえば、さ」

「ん？」

　ふと、何かを思い出したかのような口調の愛刀に悠は視線を向ける。

　またしても母娘共々、自分だけを見ていろと催促する眼差しを向けてきた。とりあえずそちらは無視することにする。千年守鈴姫が言おうとしていることは、なんだか重要な気がしたからだった。

「その子の名前ってどうするの？　お前とか、おい君とか、他人行儀みたいに呼ぶのはちょっと変な気がするし」

　言われてみると、それもそうだ。悠だけでなく、童子切安綱もこれには納得の意を示している。記憶が戻るまでの間ではあるが、少女はもう自分と彼女との娘なのだ。一人娘に名前も与えないのは、親としていかがなものか。褒められたものではないし、親失格の烙印を押されても文句を言う資格すらもない。

　よく言ってくれた。千年守鈴姫の頭を撫でて、悠は童子切安綱に尋ねる。少しだけ機嫌が悪そうだが、気にしなくてもよい。

「鈴の言うとおり、この子の名前を決めた方がよさそうですね。元の名前がきっとあるんだろうけど、記憶がないから、それまではこっちで呼び方を決めさせてもらいましょう」

「異議なしだ。だが安心しろ悠。我は既に我が娘の名前を考えてきてある」

「さすがですね安綱さん」

「ふっ……伊達にあれやこれやと、結婚計画を立ててはおらん」

「あっ……――そ、それで？　どんな名前にするんですか？」

「聞いて驚くなよ？　きっと悠も喜んでくれる名前だ」

童子切安綱がにっ、と不敵に笑った。随分と自信があるらしい。

（子供の名前か……）

それならば、悠も一度は考えたことがある。結婚できるか否かはさておき、我が子につけるならばどんな名前がよいかとあれこれ考えてみたのだ。ひとしきり考えて、心なしかどれも日本刀を連想させるような名前ばかりに、考えるのを止めた。人生を共にする伴侶と一緒になって考えるのが一番いい、これがわかっただけでも大きな収穫だ。悠はそう思うことにした。

今回は、既に童子切安綱が考えてきている。自分の案が採用されることはないだろうと、悠は彼女の口から発表されるのを待った。

（どんな名前なんだろう）

期待していた名前が、ついに童子切安綱より告げられる。

「では発表するぞ。我が娘の名前は、悠愛々安綱だ！」

「あ、却下ですね」

予想していたものよりも遥か、斜め上をいく名前には悠も待ったをかけずにはいられない。かつて自分が考えていたのよりもずっとひどい名前が出てきた。この名を与えられたこの娘の将来を思うと、ぞっとする。子供は自己欲求を満たすための玩具ではないのだ。

「な、何故駄目なのだ……⁉」

「当たり前でしょう。ちょっと考えればわかるでしょうに……」

「むぅ……しかしこれを却下されてしまうと、我にはもう候補がないぞ」

「どれだけ引き出しが少ないんですか……もっと、こう――」

ふと、ある疑問が浮上する。

もしも仮に結婚した場合。苗字はどうなるのだろう。剣鬼は沈思する。

悠の価値観でいうなれば、夫婦のどちらかが代名詞を捨てて、相手の姓を名乗らねばならない。例えば、結城安綱……名前的には違和感はないし、子供の名前も考えやすい。逆に童子切が採用された場合。童子切の号を与えられることは恐れ多くて、けれども誉である。童子切悠……酒呑童子を斬ったからこそ名乗れるこの号を背負うのは、荷が重すぎる。安綱の方を取るのも、なんだか違和感が拭えない。

結城姓か、それとも童子切姓か——可能性としては低いだろうけど、一応安綱姓も選択肢に入れておく——そもそも彼女はどちらを望んでいるのか。男女の価値観が反転している、このあべこべな異世界では後者が採用されそうなものだが、果たして……。自分で考えてもいまいちだったから、悠は童子切安綱に尋ねてみる。

「安綱さんって結婚した時、どっちの苗字(みょうじ)を取りたいです?」

「それはもちろん、この童子切だな。この場合だと悠は童子切悠になるな」

「……語呂合わせ悪いですね」

「なんだと?」

「いえ別に」

「……ふん、まぁいい」

千年守の方が絶対に似合うのに……、という呟(つぶや)きを、悠は聞き逃さない。

わからないでもない。千年守とは元々悠が考えた号であり、言わば彼は生みの親でもある。気に入らないはずがない。単純に格好良さも、千年守には大いに含まれている。

(将来的には、本当に名乗ってもいいかもしれないな。千年守悠……か)

悪くない。ただ、この場で口に出すことは、新たな火種を生みかねない。童子切安綱に、愛刀が発した先の呟きはどうやら聞かれていないらしい。悠はほっと息を吐いた。

それはさておき。

少女の名前をどうするか。この際、もう苗字については後回しとする。

「……遥希（はるき）」

「え？」

「いや、なんとなくですけど……この名前がふっと浮かんだんです」

「遥希……」

「気に入ってくれたか？」

少女は無言で頷（うなず）いた。悠は安堵（あんど）の息をもらす。童子切安綱も異議を唱えず、うんうんと我がことのように満足げな様子でいる。これで少女の名前は無事に決まった。

遥希……どこの誰かもわからない少女の満面の笑みは、本当にかわいらしい。

◆◇◆◇◆

悠にとって、穏やかな睡眠を取り戻せたのは実に最近のことだ。それもこれも、既成事実を作らんとする御剣姫守（けものども）による妨害があったからに他ならない。そんな苦労も、今は愛刀がすっかり解決してくれた。彼女が傍（かたわ）らにいてくれる限り、悠の安眠（へいわ）は保たれる。

そうしていつも迎えている穏やかな朝はこの日、鈍痛と共にやってきた。

腹部にずしりと伸（の）し掛かった重みに、もしや敵襲かと気を張った己が馬鹿馬鹿しくなってしまうほどの元凶が、心地良さそうに寝息を立てている。隣の布団から抜け出た遥希が、他人の腹の上で眠っている。親としても、この寝相の悪さは想像していなかった。

一先ず、声を掛けてみる。すぅすぅと眠っているところを起こすのは忍びないが、だからといっていつまでも乗られていては悠としても身動きが取れない。

「おい起きてくれ。寝るなら隣にいる安綱さんの布団に戻ってくれないか……？」

「……」

「……おいおいマジか」

反応はない。彼女の意識を現世へと引っ張ってくるには、あまりにも弱かったらしい。ならば致し方なし。なんとか布団の外に出せた右腕で、小さな身体をちょいと揺さぶってやることにした。力加減はもちろん弱めにするのも忘れずに。

「お～い、お願いだから起きてくれ。そろそろどいてくれないと、俺としても困るんだ」

「むぅ……」

「頼むから、いや本当に。早くしないとあの二人が……！」

悠はこの後、朝食を作らねばならない。それがどれだけ重大な任務であるかをわかっているからこそ、遥希を起こす悠の声には焦りが滲んでいる。たかが朝食ごときで大袈裟な……、と。何も知らない輩はきっとそう口にするに違いない。間違ってはいない。たかが朝食だ。遅れたとしても食べられるのだから、それでよいではないか――などと。そう宣う連中も、生物兵器(ダークマター)を垣間見(かいまみ)れば同じ台詞(せりふ)は吐けまい。
桜華衆(おうかしゅう)には生物兵器(ダークマター)というとんでも料理を作り出せるすごい者がいる。大典太光世(おおてんたみつよ)と数珠丸恒次(じゅずまるつねつぐ)——彼女らを台所に立たそうものならば、その時はきっと国ひとつが呆気(あっけ)なく崩壊しよう。冗談抜きで。

こうしている間にも、ひょっとするともう台所にいるかもしれない。やる気があることは悠も否定するつもりは毛頭ないし、せっかくの意欲を削ぐような無粋な真似(まね)もしたくはない。だが、絶望的にまずいのだ。味覚へのダメージだけで済むのなら、どれだけマシなことだったかと、そう心から思えるほどに。

やむをえない。悠は遥希をどかすことを選んだ。強引であることは否めないが、全員が腹痛……ないし命を落とすことに比べれば、かわいらしい犠牲だ。横から布団を捲(まく)り上げてやった。あっという間に遥希巻ができあがった——というのにこの娘ときたら。

「ま、まだ起きない……」

あろうことか、自ら中へと縮こまり、頑(かたく)なに起きることを拒否している。目覚めが悪いにしても、限度がある。もはや怒る気力もすっかり失(う)せてしまった。これが遥希の、いや子供だけが持つ魅力なのだろう。親がつい甘やかしたくなる気持ちが、なんとなくながらもわかる気がする。自分の家庭は、これには当てはまらなかったが……。

さて、愛娘からの拘束より解放された悠は、右から感じる気配に顔を向けた。ぱっちりと開かれた藍色の瞳に、唖然としている己が映っている。声を上げそうになったのを堪えたことは、褒められてもいい。それはさておき。鼻先が触れるまでずいっと近づいてきた顔に、悠は小声で話し掛ける。

「す、鈴……⁉」

「おはよう悠。昨日の今日なのに随分と好かれているみたいだね。安綱さんとも、まるで夫婦みたいに接するしさ……」

「ご、誤解だ……！　お前だってわかってるだろ？　そ、そんなことよりも早く台所に行かないと……！」

射殺すような千年守鈴姫の視線を振り切って、悠は台所へと向かう。

近づくにつれて鼻を刺激する異臭が、悠の表情をより険しくさせる。どうやら一足遅かったらしい。

（いや、まだ間に合うはずだ……！）

大刀をすらりと抜いた。料理をする神聖なる場所では不相応な行動も、問題児二人が揃っているという条件で限定的に許される。ぞわりと、肌が粟立った。もう一刻の猶予も残されていないと悟った悠は床を蹴り上げる。一歩でも早くと、本気で踏み抜いたものだから踏んだ分だけの穴がぼこりと開いていくが、そこは天下五剣が面倒を見てくれよう。

暗黒料理死すべし――悠は台所の扉を蹴破って、いた。今まさに地獄の窯――という名の鍋から這い出ようとしている怪物に、悠は剣先を一気に突き刺した。

緑色の体液が飛び散った。耳障りな奇声に鼓膜が破れそうになる。

構うものか。これは高天原を救う戦いである。悠は鬼の貌をもって暗黒料理にとどめを刺した。一閃。鍋ごと両断されて、青い炎に包まれながらようやく絶命したのを確認して、ほうっと一息吐いた悠の顔は安堵に満ちている。

一方で片や驚愕、片や不服と異なる感情を顔に示した者がいる。今回の首謀者に、悠の眼もいつになく鋭い。驚かれるのはまだしも、恨んでくるのはお門違いにも程があろうが。栗毛のツインテールの娘は、自らに非があることをそろそろ理解した方が今後のためになろう。

「……どうしてお二人が台所にいるんですか？　俺、昨日作りますからって言いましたよね？」

「だって今日はホントなら光世と数珠丸の当番だし？　それにここで実力を見せれば安綱よりもできる女だって証明できるじゃん？」

「あれから二人で特訓しましたので。味も格段に上がりましたよ」

「破壊力の間違いでしょうに。また国を危険に晒すつもりだったんですか。それに特訓の成果が全部悪い方向にいっちゃってるじゃないですか。もう俺が朝食の用意をしますから、お二人は早く部屋に戻ってください」

「じゃあ光世も手伝うから。手伝うのなら大丈夫でしょ？」

「いえ、一人でやった方が圧倒的に効率がいいので大丈夫です」

「辛辣すぎやしない⁉　光世だってできるようになったんだからね！」

「朝から何を騒いでいる！　まったく……どうしてお前達がいるんだ。厨房には二度と立ち入るなとあれだけ言っただろうに！」

「出禁喰らっていたんですか……じゃあ尚更駄目ですねお帰りください」

「は、悠さんが冷たい……」

よよよ、と泣き崩れる数珠丸恒次と、抗議を続ける大典太光世を引っ張っていく仮妻の後姿を見送って、さて。

「この散らかりに散らかった台所を、まずはなんとかしないといけないな……」

悠の盛大なため息を知る者は、この場において誰もいない。


早朝の空模様は、昨日と比べると良好ではない。

鉛色の雲が空をすっかり覆ってしまっている。どんよりとした空気は少しばかり肌寒くて、同時に雨が降りそうな雰囲気を醸し出している。そんな空気を反映することなく、都会の町並みはいつもの活気を見せ始めようと準備に入っている。

「今日は曇ってしまっているが、それでも素晴らしい外出日和だな！」

「いや、外出するならやっぱり晴れている方がいいですけどね……。日を改めるべきだったか……？」

「何をいう悠よ！　本部に残っていては我らの幸せな時間を邪魔せんとする輩であふれ返っているではないか！　あんな場所にいては駄目だ、娘のためにもならん。よもや貴様、三日月宗近の肩を持つわけではあるまいな」

（どうしてそんな解釈になるんだ……）

被害妄想以外の何物でもない。向けられるジト目に悠も反論せんと見返すが、彼の口から言葉が紡がれることはなかった。反論は許さない、と彼女の瞳がそう語っている。全身より発せられる威圧感に、悠の決意は揺らいでしまう。

故に、ここは悠が一歩引いて大人になった。今日の童子切安綱は昨日と比べて機嫌が悪い。その発端となったのは、今から数分前に遡る。

今日の外出は控えた方がよいのでは、という三日月宗近の忠告を魂胆が見え透いていると豪語して一蹴した仮妻の行動を、悠と千年守鈴姫は渋々と、遥希は喜んで受け入れた。

それだけならばよかったが、小烏丸が同行を申し出たことによって、新たにひと悶着が起きてしまった。小烏丸にしてみれば自費で悠の独占取材をしているのに、まったくそれができないとなれば、彼女に限らずとも抗議に出るのは当然であろう。その気持ちは、まぁ、わからないでもない。不本意な密着取材をされている側からとしても、である。

結果的に、千年守鈴姫と同じ距離でならば、という形でこのひと悶着は片付いた。ただ、童子切安綱の了承は彼女自身が快くしたものにあらず。渋々と、それも何度も舌打ちをして不満をこれでもかと露骨に出して……。

小烏丸はどこ吹く風で聞き流し、それが余計に彼女の怒りを煽っているのも、恐らくはわかってのことだろう。

ともあれ、童子切安綱の沸点は今日は低めに設定されている。

それはさておき。

外出そのものに関しては、悠も予定に入れていたから、曇天だからと反対はしない。

右手を掴んでいる遥希に、悠は目線をやった。小さな顔が悠を見上げている。

今日はどこへ連れて行ってくれるの、と。無言で催促してくる小さくて円らな瞳はきらきらと輝いている。それを覗き込んでいる悠の笑みは、ぎこちない。朝からのどたばたによる疲労があることも理由の一つだが、今日の外出は少女にとって楽しいものとは言いにくいことを理解しているからだ。

「ところで悠よ、今日はどこへ行くつもりなのだ？　まだ行き先を尋ねてはいなかったが……」

「今日の外出はもちろん、この子の親探しですよ。いつまでも俺達が親代わりをするってわけにはいかないでしょう？」

「それは、もちろんそうだが……だが、まだよいのではないか？　遥希だって、もっと――」

「安綱さん、目的を忘れるなんてらしくないですよ。俺達はどれだけ頑張っても親代わりなんです。本当のこの子の親を見つける……今日はそのための情報収集として出掛けてるんです。とりあえず、あの場所に行ってみようと思います」

「あの場所ぉ、ですかぁ？」

「えぇ、あの場所です。安綱さんも小烏丸さんも、絶対に知ってるあの場所ですよ」

だからそれはどこなのだ。そう言っているかのような視線に対して、悠は沈黙を選ぶ。もったいぶるつもりはないが、しばらく歩いていれば嫌でも思い出すだろうから。高天原に招かれてから一年にも満たない悠でさえ、とても印象に残っている。一部を除く皆にとって、〝あの場所〟は思い出が色々とつまっている。

どんどんと目的地に近づいていくと、あぁ、と二人の御剣姫守が言った。

「だから言ったでしょ？　絶対に知っている場所だって」

「……確かに、ここを忘れられるはずもないな」

「……そうですねぇ。でも、久しぶりに訪れましたよぉ」

各々が懐古の情に浸っている中、目的地についての情報が一つとして共有されていない千年守鈴姫は小首をひねっている。悠は簡単に説明してやった。

「ここが御剣姫守の生まれ故郷だ」

「ここが……」

千子村正と御剣姫守の故郷にて、剣鬼は復讐劇に幕を下ろした。失ったものはあまりにも大きくて、されど納得できる最後だったから足を運ぶこともしなかった。

花を手向けてやる相手は、ここにはもういない。亡き最悪の家族はあるべき場所へと還り、元凶にして被害者でもあった御剣姫守も腰の二刀として形を変えて現代を生きている。だから、この行動にはなんの意味もない。

ここに来るまでの道中で見つけた一輪の花を、悠はそっと岩に添えてやった。心なしか、腰の二刀からほのかに優しい温もりがした。

「その、どうだ遥希。何か思い出せそうか？」

「………」

童子切安綱の問いに、遥希からの返答はない。

（やっぱり……遥希は村正が生みの親じゃなかったのか）

誰も口にすることなく、されど心境は全員が一致している。どうやらここは彼女の記憶を呼び覚ますだけの起爆剤とはなりえない。そうとわかったなら、もはや長居は無用。更なる手掛かりを求めて、悠は次なる一手に思考を巡らせねばなるまい。遥希のためにも、親代わりを務めた彼に暇などは用意されていない。

「……一旦帰りましょうか。そろそろ雨も降ってきそうですし」

「……うむ、そうだな」

　冷たい風に遥希も身震いしている。御剣姫守（みつるぎのかみ）が風邪を引くとは聞いたことがない。こちらから聞かなかったこともあるが、実際のところはどうなのだろう。悠が考えてもわかるはずもなく、それはまた後日改めようということで町に戻ることを最優先させる。体調を崩したりでもすれば、責任は親たる自分達にある。寒くないように自らの陣羽織を着せてやって、いよいよ雨がぽつり、ぽつりと降り出す。

「傘を予（あらかじ）め持ってきておいてよかったな。さすがは我が夫だ。細かい気配りができる」

「どうも。それよりも早く帰りましょう」

「……ちょっと寒い」

「町に戻ったらあったかいものでも食べよう」

「……うどんがいい」

「うどんか。それじゃあ、昼はそれで決まりってことで」

　悠が町の方へと足を向ける。前方から誰かがやってきた。

　これは珍しい。悠がそう思ったのは、来訪者が御剣姫守（みつるぎのかみ）でなかったからだ。編み笠をしっかりと被（かぶ）っている彼らは、人でもなければ御剣姫守（みつるぎのかみ）でもない。だからこその疑問が彼の心中に渦巻いていた。

ここにいるのは悠を含めて、たったの五人しかいない。内一人に限っては天下五剣に数えられる超人だ。人類を襲うことしか能がない彼らに自殺願望などという心情があるかどうかは、わからぬ。ただ、人を襲いたいのならば町に出向けばいいのに、どうして数が少ない方を選ぶのかが、悠は理解できなかった。

どちらにせよ、やるべきことは変わらない。こうしてお互いに殺し合う者同士がかち合ったのだから、これから始まるのは純粋な殺し合い。どちらかが死んで、生きるのみ。そのために悠達には遥希を守るという勝利条件が追加されて、難易度がいつもより大きく跳ね上がったことに悠は舌打ちをする。また厄介な相手がやってきてくれたものだ。

「……確か、初めて会ったのは旧池田屋だったな」

旧池田屋で対峙した鬼は、本能が赴くがままに人を襲う怪物でありながら達人の域にいた。悠が戦った夜叉丸は、中でも群を抜いていたと彼の記憶にはいつまでも強者としてあり続けている。すでに抜刀を終えている鬼達は夜叉丸には勝らない、だが劣ってもいない。人間である悠には、少々荷が重すぎる相手となろう。

それを理由に逃げたとしても、彼女らはきっと許してくれるだろう。今まで人間でありながらよくここまで戦ってくれた、あとは私達にみんな任せておけば大丈夫だから、と。

(ふざけるな)

自分自身がそれを許さない。剣によってここまで築いてきたものを、放り出して逃げるなど恥晒しもよいところだ。何が鳴守館の剣士か。もしも剣を捨てて堕ちた時は、剣鬼には無様に野垂れ死ぬ結末がもっとも相応しかろう。悠は大刀を抜いた。

「遥希は下がっていろ。ここは俺達がどうにかする」

「う、うん……！」

「来るよ主!!」

鬼が一斉に仕掛けてくる。

まず、童子切安綱が迎え撃って出た。悠と千年守鈴姫は、少し遅れて真紅の疾風の後に続く。赤々とした炎が雨雲へと昇った。稲妻かと見まがう童子切安綱の一閃が、鬼を骨すらも残すことなく焼き尽くす。蛟薙、と。もそりと技が彼女の口より呟かれた。

【火ノ神舞】――それが童子切安綱の刃戯であると、悠は鬼丸国綱より聞いている。炎を自在に操る能力と聞いて、なんとも王道的だと思ったのは事実であるし、それ故に格好いいと安直ながらも思わずにはいられなかった。ただ一つの違いは、この刃戯が最大限の力を発揮するには時間を要するという条件が課せられてもいたところ。即ち、スロースターター……長期戦になればなるほどに、童子切安綱の炎が激しさを増す。単純であるからこそ、童子切安綱は強いのだ。

「ぬるいぞ！　これでは肩慣らしにもならん!!　我に本気を出させたくば、全身全霊でかかってくるがいい!!」

先の蛟薙は、言わば序章のようなもの。最大火力にまで到達した時、小さな村だったならば跡形もなく消失すると言った大典太光世の言葉が、驚く自分をからかうための嘘であると信じたい。

「安綱さんってやっぱりすごいんだね……。これはボクらも負けてられないね主！　ボクの背中から離れないでよ！」

「言われずともな。お前こそ、俺の愛刀なんだからしっかりと頼むぞ鈴！」

遥希を守るために剣を振るっているだけの童子切安綱は、とても雄々しい。その姿に触発された悠も、残る脇差も抜いて剣林の中を突っ走る。千年守鈴姫という愛刀と、彼女が保有する刃戯――【双極神楽】が合わされば、剣鬼は何も恐れない。右へ左へ。螺旋を描く四対の龍爪はあらゆる障害から仕手を守り、切り裂く。彼らの龍爪を阻めるものはこの世に存在しない。

「――〝悠さん頑張ってくださいぃ〟！」

【言魂風乗】による小烏丸からの応援も受けて、悠の剣にも拍車がかかる。彼女の言葉は精神論ではなく、肉体的に大きく作用してくれる魔法の言葉だ。手強いと認識していたはずの鬼が小鬼として見えてしまうぐらい影響を及ぼす彼女の刃戯を、彼のみならず御剣姫守全員が味方であったことに安堵したのではなかろうか。

言葉ひとつで戦局を揺るがしかねない小烏丸が、敵として立ちはだからなかったことを、悠は心底感謝した。悪用して自分を誑かそうとしてこないことも、また然り。

戦況は童子切安綱の一太刀目から最後まで悠達が優勢であり続けた。

この場に立っているものは悠を含めて五人のみ。彼らよりも数で勝っていた鬼達が大地に寝転がっている。戦いが終わった。誰しもがそう思ったからこそ、少女の背後より迫る脅威へと警戒を怠ってしまった。まだ、生き残りがいた。

「しまった！」

「くそっ！」

「遥希ちゃん!!」

無防備なところを狙うとは卑怯だ。正々堂々を相手に求めたところで応じないのはわかりきっている。そして駆けつけようとした悠達に、またしても邪魔が入った。

アレらは偵察のつもりだったのか。戦力を冷静になって分析して、情報がまとまったところで攻めにくるなど人間臭いではないか。おまけにより強いともあれば、これほど最悪な事態もあるまい。自分達はまんまと踊らされていた。その事実に気付いたところで、悠にはどうすることもできない。なったものは覆せず、しかし今ばかりは悠長に相手をしていられる暇が悠にはなかった。

「くそっ！　邪魔だ貴様らっ!!」

「遥希逃げろ!!」

幼い子供には自衛の心得があるはずもなし。怯えて逃げることすらもできぬ、か弱き少女を守れるのは己しかいないことを自覚しているから、剣戟の中に身を投じている彼らの顔には一様に焦燥感が色濃く孕んでいる。

このままでは……。最悪の結末が悠の脳裏によぎった。

「駄目、間に合わない！」

「間に合わせるんだなんとしてでもな！」

そうはいっても、鬼達の統率された陣形を未だ崩すこと叶わず。他力本願であることが否めずとも、頼みの綱であった童子切安綱の炎もまだ全開には程遠い。

身体を小刻みに打ち震わせて佇む少女の眼前で、ゆっくりと刀が振り上げられた。

「遥希ぃぃぃっ!!」

叫び虚しく、白刃が少女へと打ち落とされた。

赤き花弁が舞う。ゆっくりと崩れ落ちていく光景を、ただただ呆然と彼らは見守るばかり。ことり、と冷たい地面に転がる首に向けられた視線は、氷のように冷たくて慈悲の欠片すらも感じない。そしてあろうことか、既に息絶えている首を容赦なく踏みつけた。潰れたトマトよろしく、赤い血肉へと変えられた光景には、見慣れているであろう彼らですら息を呑んだ。

おずおずと、悠は口を開き尋ねる。

「は、遥希……？」

冷酷無比さをありありと見せつけた少女――否、あれは少女と呼ぶには不相応すぎる。見知らぬ女性がそこに立っていた。肌も髪も真っ白で、瞳だけが赤い。まるで白うさぎが人間に化けたかのような――。だから遥希とはまったくの別人だ。けれどもその女は、悠が遥希に貸し与えた陣羽織を着用している。

（あれは、遥希なのか？　まさか、成長したってことなのか……？）

真相は不明。ただ一ついうなれば――。

「なんだか頭がすっきりとしないなぁ。おっ！　ちょうどいいところに。ねぇねぇ、ちょっとさ、私様のお手伝いをしてくれないかな？　貴様ら様を斬ったらきっと頭もすっきりすると思うんだよね」

――あの無垢なかわいらしさが完全に消失してしまった。

独特な呼称を口にする少女が地を蹴った。鬼の血をたっぷりと吸った白刃が、新たな生贄を求めて鬼へと肉薄する。斬という音が鳴った。首が飛んで、鮮血が噴き出る。真っ白だった女性がみるみる内に赤に染まっていき、恍惚とした顔をする彼女に悠は開いた口が塞がらない心境に陥る。

「いったい……何が起こってるんだ？」

「あ、あれは本当に遥希ちゃんなの？」

「で、でも全然あの子とは違いますよぉ！　身長だって伸びてるしぃ、それに胸だってぇとっても大きくなってますぅ……」

「あの剣技……まさか、そんな……」

「安綱さん？」

お遊戯（ゆうぎ）感覚で刀を振るってはどんどん赤に染まり、そのことに喜ぶ女性に、童子切安綱は狼狽（ろうばい）したままぽつりと、その名を口にする。

「蜘蛛切（くもきり）……貴様、なのか？」

「それで、とりあえず連れて帰ってきたと？」
目の前、長机の中央を陣取って座している三日月宗近は、口調だけならば普通に確認しているだけのようで、されど実際のところは沸々（ふつふつ）と彼女の心中にて湧き上がる何かを堪（こら）えている様子で問いかけてくる。
場所は大広間。本部へと帰ってくるや否や尋ねられたから、悠と童子切安綱がありのままに事情を説明したらその反応だった。もっと騒ぎ立てると予想していただけに、彼女のみならずみな意外と落ち着いているものだから珍しい。さすがは天下五剣、というべきか。いつもこうでなくては国を任せられない。

「ええ、まぁ、そういうことです……」

「我も驚いているが、いやはや子供の成長というのは親が思うよりも早いものだな！」

「そうですね、子供の成長は思う以上に早いって聞きますしね……って納得するわけがないでしょう‼」

三日月宗近ががぁっと吼えた。

「いや、そんなこと言われても……」

「あ、大丈夫です。悠さんはなにも悪くありませんから。悪いのはあくまで安綱さん達ですから」

「何故そうなる⁉」

「違ってぇ……私も含まれちゃってますかぁ⁉」

「横暴すぎる……！」

「――まぁ冗談ですけど。それよりも、本当にどうしてこんなことに……」

「俺だってわかりませんよ……」

彼が三日月宗近にした説明は、とても単純でこれ以上にないほどわかりやすいものだった。

遥希が急に成長した――ありのままを伝えるしかなく。それでもっと他にもあるだろうと求められても、悠自身が理解していないのだから、彼にはどうすることもできない。わからない……立て続けに投げられる質問には、こう返すほかあるまい。

（本当に、どうなってるんだ……？）

どこ吹く風で茶菓子を貪っている当事者の暢気さを横目に、悠は沈思する。成長した、という説明は正しくはない。何故ならば彼女には遥希としてすごしていた記憶がきれいさっぱりに失われているのだから。本人であったのなら、童子切安綱が未だ意気消沈から立ち直れずにいることもなかった。親代わりを務めていた者として、誰だと言われたのは相当堪えただろう。

人間が大人へと成長するのに過程があるように、御剣姫守も過程があるのか――否。この疑問については、小烏丸から答えを得ている。精神の成長には過程を必要とはするものの、肉体的な意味合いとしてはない。村正によって生み出されたその瞬間から、御剣姫守は大人として成熟している。

ならば二重人格ではないか。微かな希望を胸に、悠は仮説を唱える。

解離性同一性障害――過度なストレスから精神を守ろうとすることによって起きる障害。一つの肉体にいくつもの別人格を宿し、基本的な症例としては一つの人格が表立って行動をしている時、その間の記憶を主人格は憶えていなかったり、稀(まれ)なものでは肉体そのものまで変質してしまうこともある、と。医療に関しての知識は、かじった程度しか持ち合わせていない彼は、このように認識している。だが、あながち間違いではあるまい。楓(かえで)――本人がそのように名乗ったから、以降は彼女を楓と呼称する――は遥希としての記憶がない。そればかりか人格が存在していることすらも認識していない。別人格と訓練次第によっては会話することができる、という話を聞いたことがあったが、こればかりは専門知識のない彼にはそれを確かめる術(すべ)がない。

(遥希と楓……他にもまだ人格がいる可能性も十分にありえる話だな。しかし――)

楓と遥希は別人格にして、対極の存在。先の一戦で目の当(ま)たりにした圧倒的戦闘能力と、無邪気さの中に潜ませる残忍性。遥希(こども)と違って扱いがまったく異なるから、三日月宗近達もどうすればよいのか考えあぐねていた。

追い出すべきなのか、保護するべきなのか。結論は、まだ出ていない。

「ねぇねぇ、そこのあなた」

「ん？」

思考の渦に飲まれていた悠の意識が、現実へと戻される。

まだお茶菓子を食べている楓と目が合った。行儀が悪い上に口元には食べカスまでつけている。見た目と頭(なかみ)がどうやら彼女は一致していない人格らしい。悪く言えば、残念な大人。よく言えば子供っぽさがあってかわいい。一向に自分で取る気配が見られなかったので、我慢できなかった悠が代わって取ってやることにした。

「あ、もったいない」

「お、おい！」

　指に真っ赤な舌が妖艶に這(は)う。周囲が殺意を発しているのに対して、悠は一人顔を青ざめさせる。この女は嫌なことを思い出させてくれた。できることならば二度とされたくないし、まっとうになって出所してくれることを誰よりも切に願っている。そんな彼女は、未(いま)だ塀の中で何をしているのやら……。

（蛍丸(ほたるまる)さん……元気にしている、んだろうな）

　元気でない姿を、想像することができない。

　それはさておき。

「あんがと。ねぇ私様(わたくしさま)、あんまり昔のこととか憶えてないんだけどさ。まぁ忘れるぐらいだから、大したことじゃないんだろうし、別に気にしてなんかいないんだけどね」

「大したことじゃない……」

「や、安綱さんそう落ち込まないで——今の口ぶりだと、記憶は別に取り戻したくはないって聞こえるが？」

「うん、思い出すんだったらいつか思い出すんだろうし。それに考えようによっちゃこれってすっごく幸運かもしれないでしょ？」

「幸運？　記憶を失っているのに？」

「だって新しいことをたくさん憶えられるんだよ？　それってさ、すっごくワクワクすると思わない？」

「め、めっちゃ能天気だし……光世、この子の勢いについていけそうにないんですけど」

「とりあえず、どうする？　僕としては、とりあえず保護する方向で大丈夫って思う、かな」

「光世はんた〜い。だって光世の悠に唾つけたし」

「右に同じく。保護しないことが彼女に与えられし相応しい運命かと……」

「……三日月はどう思う？」

「………………」

深刻な面持ちのまま、三日月宗近は答えない。いや、安易に答えることができないのだ。

最終的な決定権はやはり、天下五剣においても最上級に位置する彼女の一存で決まる。そこには肉体言語という血みどろの決め方も時にはあるが……。

皆から信頼されているからこそ、言葉ひとつにかかる重みが誰よりもある。もし、自分が下した決定で仲間や民草に危険をもたらしてしまうようになれば——国を担う者としての責務があるからこそ、三日月宗近は慎重だ。

「……保護することに異論はない」

不意に、賛成の声が上がった。

どうやら、ようやく立ち直ることができたらしい。楓を見やる童子切安綱の瞳にはもう、悲しみや落胆の感情はなく。回顧しているような仕草をする姿にまた、悠も一つだけ思い出した。それは初めて変貌した姿を目の当たりにした時。ぽつりと呟いたことを彼は聞き逃していなかった。

（蜘蛛切……）

蜘蛛切——マラリアを患った源頼光が、自らを襲おうとした怪僧……土蜘蛛を切り伏せた、源氏の至宝たる名刀。そんなにすごい御剣姫守であったならば、三日月宗近らが知らぬはずもなし。ましてや姉妹の保護にこんなに躊躇うこともなかろう。どうして童子切安綱は彼女をその名で呼んだのか。これには、彼だけでない。あの場にいた小烏丸が疑問を彼女へと投げかける。

「どうしてぇ、あの時安綱さんはあの子を蜘蛛切って言ったんですかぁ？　正直に言って蜘蛛切さんと全然似てませんよぉ？」

「……確かに。我の知っている蜘蛛切はもっと品性があったし、こんなにも幼稚くさくなかった」

「ねぇちょっと私様悪口言われてる？」

「言われてるわね。光世も同感だけど」

「だが、何故だろうな……我にもよくわからん。わからんが、見ているとどうしてか奴が重なって見えてしまうのだ」

「え〜そうかなぁ」

「……とりあえず当面の間は保護観察つきとなりますが、彼女を桜華衆で保護することにしましょう」

　タイミングを見計らったかのように、三日月宗近が結論を下した。

　いくらなんでも早計すぎやしないか。直接指摘する者はなくとも、彼女を見やる目はそう語っているように悠の目には映った。だが三日月宗近の曇りなき瞳が、強い意志が、周囲を納得させた。上司の決定を、まずは信じてみよう。悠は次なる言葉を待った。

「げっ、ホンキで言ってんの三日月」

「鬼でもない以上、得体の知れないというだけで保護しないのは桜華衆以前に、御剣姫守として失格ではないでしょうか？」

「三日月……」

「そして……その保護観察役として、安綱さん。あなたにお任せしますがよろしいですね？」

「……あぁ、わかった。この童子切安綱、その大役責任をもって果たすことを誓おう」

「え？　別にいらないんだけどなぁ……」
「駄目です」
「駄目に決まっているだろう」
当事者だけは、保護観察対象となることに不服を示している。その後にも繰り広げられた彼女の抗議が、結果を覆すことはなかった。善戦することなく、あっという間に言いくるめられた彼女の頭は、やはりどこか弱い。

例えるなら、歯の隙間に挟まった食物がなかなか取れないような心境。

結城悠と童子切安綱、そして楓……未だこの三名による親子ごっこは続いている。保護観察対象となった彼女は、一人になろうと決起することに余念がなく。この関係を強く望んでいるのは、童子切安綱だった。せっかく手に入れたおいしい役目を手放したくない気持ちも、多少は理解できよう。だが、物事には終わりがあるように、いつまでも偽りの関係は続けられない。

周りからの反応も、家族ごっこする必要がないのでは、と彼女を咎めるものばかり。今回に限り、悠も周囲の皆と同じ意見である。親探しについては、彼はまだ続けるつもりでいるが、悠達が親代わりを担う必要がないことは確かだ。

故にこれからは代理父としてではなく、一人の人間と御剣姫守としての関係を強く望んでいる——そんな彼の心情とは真逆のことが、現在進行形で起きていた。

町の一角を、悠は千年守鈴姫と歩いていた。楓の両親の手掛かりを探す、というのは建前で、久方ぶりに耶真杜(やまと)に訪れたのだから、初めて足を踏む愛刀に色々と見せてやりたかった。明確にいつ頃戻るとは小狐丸には伝えなかったし、多少の遅れも天下五剣を理由(だし)にすれば、彼女らも文句は言うまい。

そうして有効活用させてもらった時間で、愛刀も今やにこにことしている。どうやら散々な扱いを受けていたことへの不満は、解消されたと見てもよかろう。剣鬼の顔にも優しい笑みが浮かべられる。

その道中だった。

背後から向けられる視線に悠が気付いたのは、ほんの十分ほど前。

（なんのつもりだ……？）

誰かがこちらを見つめている。その正体に気付くのに時間は必要なかった。どうやら監視の目から脱走することに成功したらしい。

しかし、はて。それならば、どうしてまだここにいる。あれだけ監視されることを嫌がっていたくせに、何故こちらの後をつけてくる。どこか別の場所にでも行けばよかろうに、あえて留(とど)まっている理由はなんだ。彼の疑問が解消されぬまま、ただただ時間だけがすぎ去っていく。

進展は、なし。話し掛けてくるわけでもなく、ただ一定の距離を保ってついてくるストーカーじみた行為をされているものだから、悠も困惑を隠せない。

「なぁ鈴……どうしたらいいと思う？」

「え、えっと。ストーカー被害って実損じゃないと警察も取り合ってくれないって、確か警察密着モノでやってたと思うんだけど……」

「相手が普通のストーカーで、ここが俺達のいた日本だったらな――男性保護法でも、ストーカーに関する法律は書かれてなかった」

「じゃあどうするの？」

「……仕方ない、こっちから攻める」

追いかけられているから、逆にこっちから攻める。

次の曲がり角に入った、と同時に悠は素早く踵を返す。あっ、と間の抜けた声をもらした本人と対面した。相手はぺろりと舌を出している。バレちゃったか、と口にする辺り彼女はまったく自らの行いを悪びれていない。

「……さっきから俺達の後を付け回してきて、いったい何の用だ？　保護観察対象が、保護者の目を盗んで一人で歩いているのは感心できないな」

「だって退屈なんだもん。それにじーって見られてるのって私様は大っきらいなんだよねぇ。だからこっそり逃げてきちゃった！」

「いや、飛び切りの笑顔を浮かべてもやってることは悪いことだからな……」

「まぁまぁ、細かいことは気にしない気にしないっと。それよりもさ、えっと……ちゃんと名前を聞けてなかったんだけど。確か、悠だっけ？」

「ん？　あぁ……俺の名前は結城悠だ」

「ふ〜ん――ねぇちょっと私様と手合わせしてみない？」

「は？」

この娘は突然何を言い出すのか。彼でなくとも誰しもがそう思わざるをえない挙措に、剣鬼の愛刀がいち早く反応を示している。上から下へとさながら蛇のように這わせている視線は、結城悠がいかに自身を満足させるに値するか。要するに、彼女は今品定めしている。

（こいつ……）

あるいは、そのことに悠は怒るべきだったかもしれない。

しかし、不思議とそんな感情は湧いてこなかった。それはきっと、彼女の双眸があまりにも澄んでいたからかもしれない。性的欲求を孕んだ視線とは明らかに異なる。それこそ、彼がかつて目にしてきた数少ない他流仕合で目にしてきた武芸者達に通ずるものがある。自分の実力を試したい。相手の力量をその身をもって味わい尽くし、なおも自らが勝利することを賭して刃を交える。彼女の双眸は、彼を一人の男としてではなく、刃振るいし者として捉えていた。

であれば、悠が楓を叱責する道理はどこにもない。言葉どおりの意味をもちかけられたのならば、断る必要もなし。新撰組にいた時は加州清光らが積極的に稽古相手を務めてくれていたが、帰ってからの剣鬼の相手は決まって千年守鈴姫だけであった。これには彼女が何人たりとも仕手には近づけさせまいと、日々奮闘していることも大きく関与しているが……。

（戦ってみたい……！）

本人の前では口が裂けても言えぬが、内心そろそろ新たな刺激を求めてもいた。先の戦闘でありありと見せつけられた楓の技は、どこか鬼に通ずるものがある。人外との戦いに身を置く者として、これほど相応しい相手もまぁおるまい。そんなとても魅力ある誘いだから、悠はただこう答えるのみ。

「……是非、よろしく頼む」

楓の口角がにぃっと上がった。

「ちょっと悠大丈夫なの……？」

「修練は大切だし、それに痛みがないと何も憶えられないし学べない。みんな遠慮ばかりだからな。楓みたいにストレートに誘ってくれるのは、俺としても嬉しいんだよ」

「決まりだね。それじゃ行こっか――って、どこかそういうのができる場所ってあるのかな？」

「あぁ、それなら確か――」

　町の一角には小さな道場が設けられている。道場とは名ばかりで、決まった流派はないし、そもそも道場の管理者たる師範代がいない。無人駅ならぬ無人道場を利用しているものを悠が見た記憶は、たったの一度だけだった。そのたった一度も、男性へ淫らな行為に及ぼうとした不届き者ではあったものの、大変珍しい双方合意によるものだったので、口出しすることなく立ち去った。

　今日の道場も、案の定無人。しんと静まり返っていて、打ち込み用の巻き藁だけが寂しそうにぽつんと立っているのみ。そこに三人分の足音を静かに木霊させて、さて。ひゅん、と風を切る音を立てて、楓が投げ寄こしてきた木刀を受け取った。

「それじゃあ、始める前に一応決めておこっか。勝敗はどうする？」

「負けを認める、もしくは気絶などの戦闘不能状態に陥ったらってことでいいだろ」

「いいね。とっても単純でわかりやすい。それじゃあ間違っても顔は狙わないようにしないとね。私様好みだし」

「遠慮は無用。実戦じゃそんなこと絶対に言わないだろ？」

「……いいね、気に入ったよその目。さっきのは冗談。手合わせでも本気の本気。遠慮する方が失礼だもんね！」

杞憂であったようだ、わかりきっていたことなのに。まっすぐな剣気を向けられておいて、その意図に気付けぬようであれば武人として恥を晒すも同じ。剣を握る資格すらなしと罵られても致し方なし。相手が全力で戦ってくれるのだ、ならばこちらも持てる全戦力で迎え撃つ。口元を綻ばせる悠は了承の意志として木刀を構えた。

「……俺にとっても、そうしてくれる方がありがたい。それじゃあ、ここは一つ」

「うん！　いざ尋常に勝負！」

これより先に言葉は必要なし。戦いが、始まった。

開始早々、悠が目を丸く見開く。

（なんだあの構えは……）

構えと呼ぶのすらも難しい。記憶にあるだけの流派において、どれにも当てはまらない極めて奇抜な剣型。過剰なまでに腰を低くした姿勢から、どんな剣技が披露されるか悠は皆目見当もつかない。

一つだけ、例えられるものがあった。それは武術には程遠い、学校に通っていれば誰しもが必ずは学ぶであろう。それぐらい一般的な型……名を屈地走法。四百メートル以下の短距離走において用いられる型だ。

彼女の型は元来よりも更に低い。だが、この構えが整った瞬間に道場内の空気がきんと凍った。楓は仕合を本気でやる、と言った。悠も了承し、本気での仕合を心から望んだ。

楓は本気で俺を殺るつもりでいる——敵意などの不純物がない、純粋で澄みきった殺気の凄烈さに、音も遮断された世界にて悠はしかと敵手を見定めた。

これから先、もっと型破りな人外どもが出てこよう。その度に動じていては、結城悠は生きていけぬ。確実に勝利を得るために編み出された技術は、歴とした殺人技法が剣理や術理などと呼び名を変えているだけにすぎぬと学ぶべし。思考を切り替えて、悠は楓の出方を予測する。

（余程の自信あり、だな……）

先の先を取る、これはまず間違いない。予測できる範囲から想像されたのは、初速に物を言わせた一撃。ただ迅く敵手へと肉薄して斬り伏せる——あれはそういう構えだ。

「いっくよ〜!!」

楓が地を蹴り上げた。独特な構えによって繰り出されたのは、超低姿勢による疾走。その姿はさながら蛇のようであり、または蜘蛛のようでもあり、あるいは両方でもある。本来ならば両立しない二種類の性質を兼ね備えた走法を、彼女はやってみせた。即ち、地上すれすれの低空飛行であった。まっすぐ、悠へと向かって飛んでいく。

「————」

悠は、まっすぐに肉薄してくる暴風を見据えて動かない。この時既に、彼は回避という選択肢を自ら放棄していた。相手の攻撃を紙一重に避けて、動きが止まったところを狙う

――常套(じょうとう)手段が、目の前の怪物には通じないことは手合わせの前より痛感していた。この手段で勝ちうるなどと思うは、もはや愚行の極み。

　あれは、そんな生半可なものではない。これは楓に限った話ではない。途中で軌道を即座に修正することなど、御剣姫守(みつるぎのかみ)であれば誰しもが簡単にやってのけよう。

回避ではなく、迎え撃つ。悠は元よりそのつもりでいた。しかし、ここにもいくつかの不利が彼には課せられる。

　中段、並びに上段から派生する攻撃はまず使えない。相手の位置が低すぎる上に、振り切ったとしても仕留められるだけの威力が出せるとも考えにくい。

　下段からの攻撃はどうか。不可能ではない、が危険(リスク)があまりにも大きすぎる。下段とは主に守りの構えであり、いかなる動きにも自由に応じられるが、攻めという点においては不向きである。ましてや、爆進する勢いに加えて御剣姫守(みつるぎのかみ)の膂力(りょりょく)によって生み出される凶剣に、どう足掻(あが)いても勝てないと悠は結論を下していた。

　要するに、詰み。何もすることができぬまま彼女から手痛い一撃を喰(く)らって昏倒(こんとう)するのが悠に与えられた結末か――断じて、否(いな)。非常識な連中ばかりと刃(やいば)を交えてきた経験が、彼を突き動かした。

「――――」

　床板を蹴り上げる。悠はぐんぐんと上へ昇っていった。跳躍――自ら手放したはずの選択肢を悠は取った。何故愚行とわかりきっていたのに自らそのようなことを、と彼の心情を知っていた者であったならそう言ったに違いない――もしそのような声が上がったのなら、結城悠という男についての理解が足りないと言わざるをえない。

　こと彼の愛刀、千年守鈴姫は声を発することもなければ表情を変えることもなく、静観を貫いている。それは彼に対して揺るぎない信頼を寄せている、なによりの証拠だった。

　回避をしてから体勢を整える――この時間差（タイムラグ）を楓よりも早く解消させるためにはどうすればいいか。刹那の中で幾度と重ねてきた思考が、悠に一本の道筋を示す。

　足が地についてさえいたなら、悠は縮地が行使できる。空中は彼の脚力を生かすための足場とはならない。だが天井であったならば、十分な足場となりえよう。たかだか三メートル、悠の脚力をもってすれば届かない距離ではない。

　悠が器用に、くるりと身を転じた時。剣鬼の先には楓の頭頂部があった。今まさに攻撃の軌道修正が行われようとしている。

（させない!!）

　悠は双脚に込めた力を一気に解放した。その時の衝撃で天井が爆（は）ぜる。木片がぱらぱらと地上に降る――よりも先に悠が急降下した。切先を突き出す。直撃すれば、如何（いか）に木刀で相手が御剣姫守（みつるぎのかみ）であろうとも無事では済まない。

　最悪、死――楓（あれ）がそう簡単にくたばる結末（みらい）が、悠には見えなかった。彼女なら倒れない、そればかりか嬉々としてはっはっはと笑い飛ばす。こちらの方がなんだかしっくりきた。身勝手ながら、悠は楓の生命力を信じた。この娘なら、喰らっても大丈夫と。

（取った!!）

切先が楓の頭頂部に触れ——

「あまいんだなぁ、これが」

——ぞくりと、肌が粟立った。

冷たい刀身がひたりと首筋に当てられたかのような殺気を、いち早く察知した者がいた。

「悠!!」

放たれた矢の如く、千年守鈴姫の双刃が割って入った。仕合に加勢した、これがどれだけの無礼極まりない行為であるかを知らぬ彼女ではない。どのような結果に転ぼうとも静観することに彼女は徹していた。その決意が揺らいでしまうほどの殺気をあてられたものだから、千年守鈴姫は動いた。愛刀としての仕手を守らんと、役目を果たさんとした彼女には剣鬼も非難しない。今回の行動が極めて正しかったことが、悠の手にある両断された木刀が強く主張している。

（嘘だろ……）

楓がやったことは、単なる斬り上げでしかない。小細工が施されていなかったことは、彼女の澄んだ太刀筋を見れば明らかである。この仕合はすべてが公平の下に行われている。圧倒的な実力差を見せつけられた悠は、中ほどより切断された木刀を呆然と眺めることしかできない。

「――――」

自らに訪れるはずであった結末を想像して、彼の顔からは血の気が引いていく。千年守鈴姫がもしも、彼と木刀の間に入ってくれなければ、今頃は柄だけが残されている木刀と同じようになっていたに違いない。

「ちょっと、乱入するなんて卑怯じゃない！」

「ボクは愛刀としての務めを果たしたまで。主は……悠は絶対に傷つけさせない」

「こんなところにいたのか⁉」

驚愕冷めやらぬところに、また新手の要素がここに加わった。息を乱す童子切安綱の顔は安堵と怒りの両方が混ざっている。その矛先が捉えているのは、確認するまでもなかろう。げぇっ、とわざわざ声に出した楓が気まずそうにしている。

「安綱さん……！」

「隙を見て逃げられるとは、我の失態だな。楓を探していたところに、貴様らがこの道場に向かったという情報があってな。まったく……貴様は自分が保護観察対象である自覚があるのか⁉　目を盗み逃走するだけでなく、まさか悠と仕合までしているとは‼」

「ちょ、ちょっとだけだから。まだ一太刀分しか打ち合ってないからね私様達。ね、ねえ悠⁉」

「え、あ、あぁ……。まぁ嘘ではないな」

「とにかくだ‼　今後許可が下りるまで我の目から離れることは何があろうと許さん。保護観察役として、今から厳しくいくから覚悟しておけ！」

「あ、ちょ、引っ張んないでって！　自分で歩けるからぁぁぁ……っ‼」

「黙れ！　貴様に拒否権はない！」

「横暴だ横暴‼　あ、悠また手合わせしようね！　さっきのはなしだから！　絶対にやろうねっ！」

首根っこを掴まれて引きずられていく楓を見送って、悠はもう一度断たれた木刀に視線を下ろす。

「…………」

負けた。否定する気も起こらないほどの実力の差をありありと見せつけられた。千年守鈴姫の加勢なくしては生き長らえていないことも、受け入れねばならない。もっと強くなりたい。その術を探すためにも、また彼女との手合わせが自分には必要だ。しばらくは弥真白には帰れなさそうだが、まぁさして問題もあるまい。今までだって、彼なくしても小狐丸らでやり繰りしてきたのだから。

俺はもっと強くなる。決意新たに、悠は愛刀を引き連れて道場を後にする。壊れた木刀の弁償は、とりあえず三日月宗近に相談することにした。

◆◇◆◇◆

——夜。

静寂に包まれた道場にて、悠は手にした木刀を振るうことなく、ただ一人佇んでいた。

微動だにすることなく、しかし大量の汗が滝のように流れ落ちている姿に戸惑う者もひょっとすればいるかもしれないし、貴重な男の汗と飛びつく不遜な輩も現れるやもしれぬ——後者に関しては、高確率であろうが……。

悠が再びこの道場に足を運んでから、かれこれ二時間が経過しようとしている。

その二時間、何もせぬままひたすら突っ立っている……ようにしか見えぬであろうが、実際は違う。彼は二時間少しの休息も挟むことなくずっと戦い続けていた。

いったい誰と。彼の眼前に広がっているのは闇夜だけで、敵と呼べるものは見当たらぬというのに、戦っていたなどとは冗談の類か何かだろう——第三者がもしもこの場にいれば、きっとそう口を揃えるに相違あるまい。当然だ。悠が戦っているのは、己の脳裏に描いた仮想の敵で、他の目には決して映ることはないのだから。

「——」

今日の戦いを思い出す。打ち合ったのは、たったの一度だけ。打ち合った、などという言葉は不適切と非難されるやもしれぬ。そのたった一度の攻防から、ありとあらゆる可能性を悠は計算して導き出す。きっとこんな動きをするかもしれない、いやこんな攻撃だって彼女ならば難なくこなしてみせるであろう……と。そうした可能性の荒波に彼は身を投じる。

「――――」

木刀を構える。上段の構え。

仮想が先の先を取った。仕合で見せたあの独特かつ迅い走法で、距離が瞬く間に縮まる。渾身の力を込めて下方より切り上げる。勢いが乗った木刃に呆気なく己の身体ごと両断された。

仕切り直す。戦況はいつもと同じ。

仮想よりも先に仕掛けた。先の先。縮地で懐深くまで踏み込んで、表切り上げに剣を運ぶ。さながら蜘蛛のような体捌き。虚しく空を裂くだけに留まり、お返しとばかりに死角より強襲した木刃によって胴を断たれた。

「――――」

仕切り直す。逆袈裟に斬られた。

仕切り直す。刺突で心臓を穿たれた。

仕切り直す。三度目の太刀(たち)合わせで首を刎(は)ねられた。

仕切り直す——殺される。仕切り直す——殺される。仕切り直す……——。

「……ふぅ」

疲労を吐き出す。かれこれ五十七回も殺された。最初の頃は刹那……開始と同時に呆気なく殺されてばかりで、仕合にすらなっていない。後半になるにつれてようやく、彼女の恐るべき嵐剣に対応できるようにはなったが、初太刀からたったの三合目では成長したとは到底思えなかった。

同時に、殺される姿を想像するというものは、彼の心身に多大な負担をかける。鮮明であればあるほどに。死んだと誤認した脳が発する信号といえば、こうも重々しいものだったのか。一度死んでいる身であっても、こればかりは慣れそうにもない。慣れたいと思えるものでもないが。

（こんなんじゃ、全然駄目だな……）

滝のような汗を腕で拭(ぬぐ)い、息を無理矢理整えたところでもう一度、悠は意識を集中させる。

「あ、あのぉ！　一度休まれた方がいいんじゃないでしょうかぁ？」

そこに、待ったの声が悠に掛けられた。

この道場にはもう一人、自分以外の利用者がいることはわかっていた。それでも悠が気にも留めなかったのは、手を出してくる素振(そぶ)りもなかったし、仮想戦闘(イメージトレーニング)を目撃されたところでさして問題もなかったからだ。筆を走らせたいのならば、好きにすればよい。

　そうして好き勝手にさせておいたら、とうとう絡んできた。二時間も休息を取らぬばかりか更なる修練に入ろうとしたのを、彼女なりに危険と感じたが故の判断であろう。したがって悠も邪険に扱うことなく、彼女の問いに返してやる。

「……そう、ですね。さすがにちょっとだけ疲れましたし、休憩しますか」

「道場に入ってからずっと戦いっぱなしじゃないですかぁ。いくら頭の中っていっても限度がありますよぉ」

「あ、やっぱりわかりますか？」

「当たり前ですぅ。悠さんの真剣な眼差(まなざ)しに思わずあそこが――んんっ！　視線と剣気を追えば私にも見えましたよぉ――楓さんとってもお強い御剣姫守(ひと)ですよねぇ。それに必死に食らいつこうとする悠さんも相当なものとは思いますけどぉ」

「……これだけやって一太刀(ひとたち)も浴びせられるどころか、三合目から伸びませんけどね」

「……どうしてそこまでして強くなろうとするんですかぁ？」

（またその質問か……）

　結城悠が男であり、彼が刀を手にし続ける以上、初対面では絶対に尋ねられる内容(しつもん)に、悠もほとほと疲れていた。真相を述べたところで、すぐに納得されないのはわかりきっているし、かえって妙な使命感を刺激させて正論という名の固定観念をぶつけられる。そんな輩(やから)に、悠は心底願わざるをえない――どうか、自分のことは放っておいてくれ。好き勝手にさせてくれ、と。

それでも尋ねられてしまったから、悠は渋々ながらも答えてやることにした。

相手は小烏丸だ。想像と妄想だけで実在する人間を自身の創作を盛り上げるための道化師(ピエロ)にしてしまえるような輩に、好きに想像しろ、という台詞(せりふ)は自らの首を絞めるも同じ。彼女ならば、喜んで想像する。万人の予想を遥(はる)か斜め上へいくことも、このとんでも作家なら造作もなかろう。

「……守りたいと思える者を守れるだけの力がほしいからです。それ以上答えるつもりはありません」

「そんなぁ。もっと色々と教えてくださいよぉ！」

「それ以上は軽々しく語れるものでもないし、俺自身があまり言いたくないんですよ」

「むぅ……仕方ないですねぇ。そ、それじゃあ別のお願いならいいですかぁ？」

「常識の範囲内かつ危なくないことならな」

「そ、それは大丈夫ですよぉ。じゃ、じゃあその……手を握ってもいいですか？」

「手を？」

あまりにも要求が普通すぎたから、悠はすっかり拍子抜けしてしまう。御剣姫守(みつるぎのかみ)にして、逮捕歴もある彼女もまた、例にもれずとんでもない要求をしてくるものだとばかり身構えていた。そうした先入観があったから、逆にかわいらしくすらある要求に戸惑いを禁じえない。

本当にそんなことでお前はいいのか——悠は繰り返し、小烏丸へと尋ねた。

「……手を繋ぐ、のだけでいいんですか?」

「はいぃぃ。そ、そのぉ……駄目でしょうかぁ?」

「いや、駄目ってわけじゃないけど……」

おずおずと見上げてくる瞳には不安が渦巻いている。対して頬はリンゴのように赤らんでいるのがはっきりと見えた。なんてわかりやすい挙措か、恥ずかしいのを自覚して勇気を振り絞ったその行動は称賛に値する。よくぞ伝えられた、と当事者である自分が言うのはなんだか変な話なので直接伝えることはないが……。

同時に、たった手を繋ぐと要求するだけでも勇気を要った彼女に、悠は一つの確信へと至る。どうやらこの娘は、恋愛については随分と初心な方らしい。思い返してみれば、納得できる節がいくつも悠の脳裏に浮上する。

彼に対する要求は決まって、創作に関連することばかりであった。個人的な要求ではあるものの、恋愛的要素は一切含まれていなかったと断言できる。創作に限らず、世間話程度であれば異性とも気兼ねなく話せるのだろう、しかしこと恋愛が絡めばいつもの饒舌はどこへやら。これらの情報から察するならば、小烏丸は自分自身に自信が持てていないのだという結論に悠は行き着いた。

彼女が自らの刃戯を悪用したのも、そうした自信のなさが非行に走らせたに違いない。

改めて、悠は小烏丸を見やる。やっぱり言うんじゃなかったかも……、という蚊の鳴くような呟きも彼は聞き逃さない。とうとう顔を俯かせてしまったところでもう一度、悠は彼女に質問を投げつける。

「どうして、俺と手なんか繋ぎたいんですか？　俺が言うのも変な話ですが、もっとこう……思わず引いてしまうようなお願いをしてくるものだと思ってました」

小狐丸などは常に遠慮もなしに言ってくる。もちろん、律義に答えてやる義理はないので一蹴しているが。

「も、もちろん作品のためですぅ。そのぉ、実際に体験してみるのと頭の中だけで書くのって全然違うんですよぉ。悠さんだって想像だけで書けって言われるより、実際に何かしら経験していることを書く方が書きやすいでしょぉ？」

「それは、まぁ……」

小烏丸が言わんとしていることはわかった。彼女の言い分には一理ある。形をなぞるだけであれば凡人でもできよう。研鑽を積むこともなく極められるなど、ほんの一握りだけ……俗に言う、天才と呼ばれる人間のみ。

小烏丸著の【桜華刀恋記】はラブコメディ的な要素が多々含まれている、逆に戦闘シーンがないことが悠は不服であった。

それはさておき。

あたかも実体験に基づいて書いたと言わんばかりの内容が彼女の中にある妄想による産物であった。驚くべきことは、数多くの読者に勘違いを起こさせるほど。これは創作ではあるけれど、史実でもある——故に悠は弥真白にて小竜景光らに絡まれた。

想像だけで、よくもここまで影響力ある創作を手掛けられたものだ。そのせいで実害を被ってはいるものの、悠は小烏丸を一人の作家としていたく感心した。

同時に、羨ましくも思う。

(天才っていうのは、本当にいるんだぁ……)

さて、この烏娘からの要望を如何にしたものか——悩む時間はいらなかった。

「いいですよ」

「……え？」

俯かれていた顔が上げられる。恐る恐る、ゆっくりと見上げられる顔には相変わらず不安が渦巻いている。本当にいいのか、嘘ではないのか、疑心の眼差しを悠は目を逸らすことなくまっすぐ受け止めて、そしてはきはきとした口調で返す。

「だから、手を繋ぐんですよね？　いいですよ、それぐらいだったら」

「ほほほ、本当にいいんですかぁ⁉」

「どうしてここで嘘言わないといけないんですか……」

「ややや、やったぁぁっ！」

身体いっぱいを使って喜びを表現する小烏丸に、悠はくすりと笑って手を差し伸べる。

未だ顔から不安の感情が消えない小烏丸は、なかなかに手を掴もうとしない。いい加減にじれったくなってきたところで、悠から烏娘の手を迎えに行くことにした。

温かい乙女の柔肌が伝わってくる。その逆も然り。傷だらけで、刀をずっと握ってきた剣鬼の手を小烏丸は何を思うか。わずかな不安を胸に、小烏丸が口を開くその時を悠は静かに待ち続けた。

「こ、これが手を繋ぐ感覚……癖になってしまいそうですぅ」

「大袈裟な……いや、そうでもないか」

「じゃ、じゃあ次はこのまま私と一緒に町を歩いてもらえませんかぁ？」

「要するにデートってことですね――そうですね、あまり遅いと明日にも差し支えますし、戻るついでがてら、のんびりと帰りましょうか」

「は、はいぃ！　やったぁ！　ついにぃ！　念願のぉ！　初〝でぇと〟ですぅぅっ！」

「そんなに嬉しいのか……」

これをデートと言って喜んでくれるのだから、彼女の恋人となった輩はさぞ安上がりで済むであろう。悠が思うデートとは、もっと熱量があるものだという認識があった。その価値観と今の状況を当てはめてみたら、果たしてこれをデートと呼称してよいものか、悩ましくはあった。

「〝でぇと〟……ふふふぅ」

嬉しそうに微笑んでいる小烏丸を見やれば、どうでもよくなってきた。

人それぞれであるから、人気のない夜を選んでデートをするカップルももちろんいるだろうし、そんなすごし方を否定する気は元よりない。恋人の数だけデートもある。

(そういえば、小狐丸とはまだデートしてやってなかったなぁ……)

忘れていたわけではない。悠自身も口先だけの約束として終わらせる気はない。なんだかんだと、小狐丸には多大な助力を得ている。時には彼女なくしては乗り越えられなかった難局もあった。

それでも未だ悠が実行に移していない……いや、移せなかったのは、周りからの妨害があったからに他ならなかった。

タイミングを見計らったかのように舞い込んでくる事件や騒動に、もしかして監視されているのではと本気で不安を憶え、ありもしない盗聴器や隠しカメラを探したのも、つい最近の出来事として彼の記憶に残っている。

(今度こそ、ちゃんとデートしてやるか)

だから今ばかりはこの光景を誰にも知られるわけにはいかない。

「……でも本当に妄想だけであれだけの文章を書くって、すごい才能ですね」

「そ、そんなことないですよぉ……！」

他愛もない会話を交えて、しんと眠りに就いた町を歩く。店はとうに閉まっているし、人っ子一人いない。なればこそ、この環境は小烏丸にとって大きな味方となろう。邪魔されることもなければ、嫉妬心を浴びせられることもない。ゆったりとした時間の中で、自分が思うように男を独り占めにできるのだから。

肩を並べて談笑するだけの単純なデートにも、終わりはやってくる。

「いやぁ、今日はとっても貴重かつ素敵なお時間をいただけましたぁ」

「そう言ってもらえたならなにより。それじゃあそろそろ戻りましょうか、早く帰らないと明日に響きますしね」

「あっ！　あのぉ……悠さんにお聞きしたいんですけどぉ」

「何ですか？」

「もし、もしもですよぉ？　相手から告白される時ってぇ、どんな告白だったら嬉しいですかぁ？」

「どんな、告白？」

「はいぃ。是非とも今後の展開の参考にさせていただこうと思ってましてぇ」

「告白……か」

小烏丸に尋ねられて、悠は沈思する。

正直に言ってしまえば、父を打倒せんがために修練に身を費やしていた彼に、そんなことのために妄想を働かせている暇はなかった。落ち着いた現在ならばどうか——そう問われたところで、悠の答えが変わることはない。

「特に飾ってなくても、好きだっていう気持ちが伝わってくるなら、俺はそれでいいと思います」

「ふむふむぅ、つまり単純なものがいいってことですねぇ」

「シンプルイズベストって言葉もありますしね。俺に限らず、相手のことを心から思っていることをそのまま言葉にして言う……それだけで十分と俺は思いますよ」

どれだけ美しく、きれいな言葉で着飾ろうとも、相手の心に訴えるだけの言霊がなければ、見せかけだけの魅力しか与えられない。そういう意味では、かつて復讐に心燃やしていた剣鬼に三日月より与えられた贈物は、彼の心に強く刻まれている。三日月宗近の優しい言霊と抱擁に涙誘われて必死に堪えていたのは、今となってはいい記憶だ。

この記憶を、悠は誰にも話すつもりはない。隣で作家としての勘で聞きたそうにしている小烏丸にも、自身の愛刀にさえも。自分だけの贈物は、そう易々と他人に明け渡してよいものではない。あれは、俺のためだけにもらった告白だ。

「なるほどぉ。やっぱりこうして実際にお話しすると色んなことが聞けて嬉しいですぅ。それじゃあ次のお願いなんですけどぉ」

「まだあるんですか？」

「たくさんありますよぉ！　こうして悠さんに……男の人に色々とお話しできるまたとない機会ですのでたくさんお願いしていきたいと思ってますぅ！」

「……ほどほどにお願いしますよ」

「それはぁ……まぁその時の流れ次第ってことでぇ」

「マジか……」

本部までそう遠くはなく、どれだけ遅く歩いたとしてもせいぜいが十分程度だ。そのった十分の間に彼女からどんな要求をされるのかが、まったく読めない。まともな内容が続くことを願う傍らで、歩の方もわずかに速める。余計なことが起きてしまう前に早く帰った方がいい。悠はそう判断した。

「あ、あのぉ悠さん？　なんだか歩くのが速くなってませんかぁ？」

「気のせいですよ」

「絶対に嘘ですよぉ！　じゃあ最後だけぇ！　これで最後にしますからぁ!!」

「……聞きましょう」

「もぉ……じゃ、じゃあそのぉ。ちょっとだけ抱きしめてもいいですかぁ？」

「それは――」

早く帰ろうとした選択は間違っていなかった。人目がないとは言え、許容できる内容ではない。彼女に不純な思惑がなかったとしても、異性に軽々と抱き着かれるのは男としての理性が色々と危うい。創作のためでも、こればかりは悠も首を縦に振ることはできなかった。もうすぐ本部も見えてくる。それを理由に断ることにした。

したところで、台詞が途中で遮断される。思わぬ妨害が入った。

月下に照らされし白刃の輝きも、その美しさの中に殺意を秘めている。人を斬りたくてたまらない――それほどまでに禍々しく、とげとげしい剣気はただ一人のみを捉えていた。

背中の翼が展開された姿は、彼女が臨戦態勢に入ったことを示している。腰の得物に手が掛かったところで、ようやく悠は我へと返った。どうして寝ていたはずのお前がここにいる。抱いた疑問をまっすぐと妨害者へとぶつけた。

「鈴⁉」

「……悠がいないから慌てて探しに出たら、こんな時間に二人で何をやっているのかな？　ねぇ何をやっていたのかな？　ボクにも教えてほしいよ」

「ちちちち、千年守さん落ち着いてくださいぃ！　わ、私は別にやましいことはまだ何もしてませんよぉ！」

「まだってことは、これからしようってことかな？　じゃあやっぱり有罪だ。覚悟はできてる？　あぁいいよ、なくても断罪することには変わらないから」

「ひ、ひぃぃっ！　おっかない千年守さん怖いですぅ！」

「あ、おいもう遅いんだから静かに……って行ってしまった」

　二刀を手に迫りくる姿はさぞかし恐ろしかろう。悲鳴を上げて逃走を図った小烏丸に、凶刃が追跡する。それを呆然（ぼうぜん）としばらく見送ったところで、ようやく悠も二人の後を追い掛ける。愛刀に限ってそんな——最悪な可能性が起きない、とも断言できないところが悲しくはある。いずれにせよ放っておける案件ではないし、世間体を考えれば彼女達がやっていることを止められるのは、現状自分だけしかいない。安眠妨害ほど、迷惑行為もまずなかろう。

　小さくため息をもらして、既に遠くまで行ってしまった千年守鈴姫と小烏丸の行方を追う。静まり返っているから、悲痛な叫び声がいい道しるべになってくれた。

　蝋燭（ろうそく）の明かりを頼りに早速筆を走らせる。さらさらと小気味よい音が紙上で奏でられて、秒で走駆音へと早変わりする。と、羅列していた文章を打ち消すように紙一面に線を引いた。

「う～ん……全然書けないですぅ」

大きく伸びをした小鳥丸の周りには紙という紙が散らばっている。一様に斜めに黒線が引かれていて、それらがすべてボツであることは確認するまでもなかろう。

事実、彼女は行き詰まっていた。作家として行き詰まることは必ずあって、けれども小鳥丸は滞らせることなく活動してきた。特に【桜華刀恋記】を手掛けてからは、彼女自身でさえ驚きを隠せぬほどの執筆速度で書き上げてきている。

その実績がついに、今宵でなくなるかもしれない。

目の前に立ちはだかる現実を前に小鳥丸の顔には焦りが滲み出る。なんとか筆を動かしてみる。けれども三行だったのが二行に、二行から一行に、そして……とうとう。単語ひとつを書いてから先に進まなくなった。未だ生産されるボツを止められる気配がなく、程なくして――小鳥丸はごろり、と大きく寝転がった。

どうやっても自分が満足できる作品へと仕上げられない。依頼主が喜びさえすればそこまで頑張らずともいい。売りには出せないし、大きな波紋も生んでしまう。それでも疎かにしないのは、作家としての誇りがあるから。国一番の官能小説家を自負するのであれば、たとえどんなに短かろうとも、依頼された作品であろうとも納得できるものにする。そんなだから、書けずにこうして頭を悩ませているのだけれど……。

「はぁ……どうしたらいいんですかねぇ……」

大きなため息ついでに愚痴も一緒にもらす。

そもそも無理な話だった。【桜華刀恋記】は小烏丸が書きたいと切に願ったからこそ書ける。一方で、小狐丸から依頼されたものは、あくまで彼女自身が望む展開へと仕上げねばならない。書き手と依頼主……両者の考え方が完全に一致するなんてそれこそ天文学的な確率だ。依頼主のことを真に理解していれば、それも解消されようものの、小烏丸と小狐丸……生憎とこの両者の間にそこまでの関係性はない。御剣姫守という共通点がなければ赤の他人とも言い換えられるほどの関係。彼女が大いに悩むのは必然である。

「やっぱり駄目ですぅ……人から依頼された作品を書くなんて私にはできないですぅ」

怒る小狐丸を頭の中で思い浮かべて……けれども、駄目なものは駄目。書けないものは逆立ちしたって書けない。引き受けねば悠の独占密着取材は許可されてはいなかったといっても、引き受けるべきではなかったと今更ながらに後悔する。当然、遅すぎるが。

いっそのこと逃げてしまおうか。取材さえ終わればよいわけであるし、それに自分は根無し草の流浪の身だ。逃亡生活もネタ探しも、全国を歩き回ることにはなんら変わらない。逃げ切ってさえしまえば約束も白紙に戻せる。きっと、それがいい。自らに言い聞かせて――果たして本当にそれでよいのか。作家としての矜持を問われて、小烏丸はまた悩むこととなる。

「……また明日考えることにしましょうかぁ。うんきっとそれがいいですぅ」

一先ず、ややこしい問題は後回しにすることにした。

議題を変える。

（そういえばぁ……まだ悠さんとの取材で得た情報をまとめてなかったですぅ）

懐から手帳を取り出す。箇条書きで綴った成果をもう一度、自らの記憶に考察を加えながらまとめ上げていく。こうなると小烏丸の筆は止まらない。なにせもっとも彼女が知りたいと思う結城悠の情報だ。この後何部までできあがってしまうのか、作者たる自身でさえ予測がつかないほどに、小烏丸の脳裏では無尽蔵にネタがぽんぽんと生まれている。

彼一人だけでこうも書けるとは本当に思っていなかった。それだけにあの人間は素晴らしい。周りが夢中になる理由も、なんとなくながらに理解して——だからこそ。小烏丸はどうしても思い知らされてしまう。

（私なんかじゃ悠さんには不釣り合いですよねぇ……）

元より、小烏丸は自分に自信がない。他の御剣姫守と比べても凛々しくもなければ、部屋にこもって物を書いてばかりすごしていたような根暗な女だった——そのことを顧みると、今では多少は明るくなった方だと思うけれど——、だからこそ小烏丸は己の刃戯に頼る罪を犯している。物語で結城悠を好き勝手にするのも、己が抱く妄想の表れだ。こうすることでしか自己を満足させてやれない。

今日までを振り返って、他の御剣姫守達が羨ましい。彼に邪険に扱われたり、素っ気なくされたり、酷い時には怒られていたりするのに、めげずに何度でも挑戦できる意志が小烏丸には輝いて見えた。

自分にももし、彼女達みたいにどんどん彼に想いをぶつけられるほどに自信があったなら……。

今晩のことも取材という理由を出したから彼も快く承諾してくれた。もしも、理由もなく一人の女性としてのお願いだったなら——そこまで考えて、小烏丸は思考を中断させる。ひどく嫌われる光景ばかりがどうしても頭の中に浮かんでしまって、これ以上は辛くなるだけと判断してのことだった。

自分はこの先何があろうと彼と結ばれることは、きっとない。

「——〝小烏丸もっと勇気を出してぇ〟……」

小烏丸の刃戯——【言魂風乗】は自身の想いの強さによって左右される。だから強く自身に言い聞かせてみた。そう簡単に勇気が湧いてくれればどれほど楽だったことか。自身は対象に含まれないことが、ただただ悔やまれる。

（もう今日は休みましょうぅ……その方が絶対にいいですぅ）

今度こそ、小烏丸は筆を置くと布団に入り込んだ。

空はまだ東雲色に移り変わったばかりで、覚醒を果たしている者もまばらな頃から彼は道場に身を寄せていた。やるべきことは昨晩と変わらない。少しでも強くなりたい。そのためには、ちょっとした空き時間も今の彼には惜しい。

そろそろ朝食の準備が迫っている頃だ。そうとわかっていつつも、道場から離れようとしないのは、本部には鬼丸国綱がいるからである。今日の当番が彼女であったなら、件の二人組のような危険性は皆無であると信用してよい。付け加えるのなら、たまには誰かが作ってくれた料理を食べてみたい気持ちもあった。

備品の木刀、ではなく自らの得物を抜く。真剣を用いている時の方が、より一層集中できた。鮮明に虚空に描かれていく幻影は、相変わらず余裕を含んだ笑みを顔に張りつかせている。人の神経を逆撫でするには効果は十分にある、がそれを咎める資格があるのは彼女よりも強い者だけだ。生憎と、結城悠は言い返せるだけの資格は持ち合わせてはいない。

（あぁ、やっぱり……）

臓物を掌握されるような感覚。冷たい汗が全身からどっと流れ落ちる。不快感を憶える間にも、もう結城悠は三度も斬られた。

呼吸を整えて、悠も応戦する。今日はただ無様に斬られるためだけに道場にやってきたのではない。勝つ、というのは高望みというもの。簡単に超えられる壁であったなら、こうも苦労することはない。まだまだ結城悠が幻影に勝つには時間も経験も、何もかもが圧倒的に足りない。千里の道も一歩より――せめて一太刀……掠り傷だけでも負わせてみせる。自らに立てた目標の再認識に、柄を握る手も自然と強まっていく。

(今日こそは……!!)

幾多と剣戟を重ね合わせる。

十回目――どれもこれも無様に斬殺された。顎を割られた時の痛みの光景は、思い返しただけでもぞっと肌が粟立つ。

五十回目――遅すぎる成長は否めない、がようやく慣れてきた。

六十五回目――とうとう十合まで打ち合えるようになったところで、意識が現実世界へと連れ戻される。どうやら邪魔が入ったらしい。背後からの強襲を仕掛けてくる不届き者には、それ相応の罰を与えねばなるまい。その刑罰が峰打とは少々やりすぎた気がしないでもないが。自業自得ということで片付けておくことにした。そもそもこの時、悠の意識は現実と仮想の区別がつけられる状態ではなかった。それほどまでに、この仮想戦闘には集中力を要する。斬らなかったのは真剣を握っていることを彼が把握していたからに他なく、それは奇跡に等しい。

(いっぱい集まってるな……なんでだ?)

気が付けば、いつの間にやら人だかりが道場の前にできていた。その内の一人の理性が振り切られてしまったのだろう。よくよく自分に視線を下ろせば、実に納得ができる。半裸の男が汗を流して突っ立っていれば、彼女達にしてみれば刺激が強すぎるのも頷ける。自覚が足りないという外野からの指摘も、今回ばかりは素直に悠は受け入れることにした。

「えっと、すいません俺が言うのも変な話ですが大丈夫ですか？」

「だ、大丈夫です……」

頭にたんこぶを作って床に突っ伏したまま動かない彼女が、親指を弱々しくも立てた。とりあえず無事であることも確認したし、あとは御剣姫守だ。超人的な自己治癒能力に期待して、悠は身嗜みを整える。

「朝から精が出てるね」

知った声が耳に入ってきた。

何故ここに……。悠がそのように考えることに価値がないと理解したのに、そう時間は必要なかった。彼女の性格および行動歴を思い返せば、答えは容易に導き出される。要するに、この娘はまた監視の目を盗んで脱走してきたようだ。相変わらず、自身の立場をわきまえていないが、言うだけ無駄なのでその役目は童子切安綱に一任することにする。

「楓……お前、また安綱さんの目を盗んで脱走してきたのか。またこっぴどく怒られても俺は知らないぞ」

「だって退屈なんだもん。それよりも、早く帰らないと朝ごはんが冷めちゃうよ？　私様もお腹ぺこぺこなのに迎えにきてあげたんだから」

「別に、頼んではいないし先に食べていればよかっただろ」

「だって安綱がさ、夫が帰ってくるまで食べるのを我慢しろ、って言うんだもん。そうしたら他のみんなも悠は自分の男だとかなんとか言って大喧嘩しだすし……」

「やれやれ。朝早くからご苦労なことだな――わかった。早く帰ろう」

「うん！　それじゃあ早く早く！」

「わかってるって」

人混みをかき分けて、悠は楓と共に道場を後にした。

「――見てたんだけどさ。本当に悠ってすごいよね」

道中、そんなことを急に言ってきた。何がすごいのか。皆目見当もつかない悠はそのまま尋ね返す。

「すごいって何がだ？」

「うん？　何ってもちろん剣に決まってるじゃない。私様ほどじゃないにしても、人間でそこまで鍛え上げられるって信じられないって今も思っちゃって」

「……全然すごくないよ俺は。これでもまだ守られてばかりなんだ」

「いいねぇ、そういうの。嫌いじゃないよ私様――昔は人間だけだったし、その中でも御剣姫守に匹敵するぐらい強かった人もたくさんいたから」

「えっ？」

思わず立ち止まってしまう。それほどの衝撃を与えたくせにして、この娘はどうしてきょとんと小首を傾げている。記憶を取り戻したのではないのか……。今はそのことを追及すべきだ。悠は楓に問い質した。

「お、おい今のはどういうことだ⁉　記憶が戻ったのか⁉」

「へっ？　私様何か言った？」

「何かって……昔は御剣姫守に匹敵するぐらい強い人間がいたって」

「えっ⁉　私様そんなこと言ってないよ⁉」

「嘘だろ……」

「それより早く帰ろ！　お腹減って死にそうなんだから。あ、思い出したけど悠の愛刀……とても怖い顔してたよ」

「……早く帰るか」

悠にとって、この件はまだ終わっていない。終わらせられるはずがない。神威にてオキクルミのことも然り。御剣姫守を村正が生み出す以前から鬼に対抗してきた超人がいる。彼女らの軌跡にたどり着けさえすれば、自らもその領域へと近づける可能性は十分あるのではないか。情報がとにかくほしい。

（三日月さんや……小鳥丸さんなら何か知ってるかもしれないな）

天下五剣ならばまだ人間がいた頃に生まれている。ひょっとすると楓の言う御剣姫守に匹敵する人間について何か知っているかもしれない。小烏丸も作家活動であちこち旅をして回っていると聞く。直接の関係はなくともそれらしき情報を持っていてもおかしな話ではない。

だがその情報を入手するためにも、まずは本部への帰還を最優先事項とする。怒れる愛刀を鎮められるのは仕手の役目だ。悠は駆け足で本部へと急いだ。

どたばたとした朝食から間を空けずして、悠は三日月宗近の執務室に訪れた。

「は、悠さん⁉　私のところにやってきてくれるなんて、どうしたのですか？」

そそくさとお茶菓子を用意しようとする姿を見て、悠は申し訳なく思った。用があるからこうして足を運んでいる。その事実に嘘偽りはない。ただ、これからする話の内容は三日月宗近が思い描いているであろう妄想からは、とてつもなく遠い。真実を知れば、きっと彼女は落胆してしまう。そうなることを否めないが……。

咳払いを一つして、悠は目的を告げる。

「実はお伺いしたいことがあります。実は小耳に挟んだんですが、かつて三日月さん……いや、御剣姫守そのものがいなかった時代。御剣姫守に匹敵するぐらい強かった人間がいるって聞いたんですが……それは本当ですか？」

楓の名前はあえて伏せておいた。違う女の話を出されれば、機嫌を損ねかねないことを危惧してである。愛刀を傍に侍らせていないことも、彼なりの配慮だ。欲している情報の入手が困難になるようなことを、悠は極力避けなければならない。強いて言うなれば、この質問こそが彼女の機嫌を損ねてしまう。現に満面の笑みだった三日月宗近の顔は落胆の感情に支配されていた。

（質問が終わったら、少しだけ世間話でもしよう……）

長引くと理性が吹っ切れて襲ってこられかねないから、その辺りには細心の注意を払う。

「ええ……そうですね。確かに御剣姫守――いえ、天下五剣が生まれてまだ間もない頃は何名か。実際にお会いしたこともありますし、名前の由来として亡き英雄の名前を頂いた御剣姫守もいます」

「た、例えば⁉」

「そう、ですね……。私がお会いした方だと、宮本武蔵や源頼光さんなどでしょうか」

それもこれも、誰もが一度は耳にしたことのある人物だ。前者に至っては日本人であれば真っ先に思い浮かぶ最強の剣豪であるし、後者に至っては童子切安綱を所持していた仕手にして、酒呑童子の首を斬った伝説はあまりにも有名だ。まったくの同一人物、でないにせよ彼ら……いや彼女達は名だたる剣豪として後世に名を残している。十分に納得ができる。この強さの秘密に迫ることができれば……。

逸る気持ちを抑えつつ、悠は続けて三日月宗近に尋ねる。

「あ、あの……詳しくお話を聞かせていただけませんか？　最近高天原のことを知ろうと色々と勉強しているんです」

「まぁ、それはいいことですね。悠さんにはもっと私……いえ、高天原のことを知っていただければ私としても嬉しいです」

「それでですね、とりあえず自分の境遇から共通していること……御剣姫守がいる以前から鬼と対峙してきた人達がいると小耳に挟んだので、その辺りのところから始めようかと……」

これは嘘だ。本当のことを言えば反対されてしまうのは目に見えている。真実は、まだ明かす時ではない。

「そう、ですね。それでは葛氣山はどうでしょう？　あの場所にはかつて人でありながら強大な鬼を封じ込めた源頼光さんを祭った祠がありま――はっ！」

「ど、どうかしましたか？」

「悠さん葛氣山への行き方はもちろんわかりませんよねそうですよね？　それなら私が喜んでご案内しますぇぇご心配なく執務の方はご覧のとおり終わっていますし安綱さんや国綱さんもいますから――」

「ちょ、ちょっと落ち着いてください――つまり、道案内をしてくれるってことですよね？　それならお願いします。初めていく場所ですので不安もありましたから」

「〜〜〜ッ!!」

（えっ、なんで泣いてるんだこの人……!?）

目端に涙をうっすらと浮かべられて、悠は軽く狼狽（ろうばい）する。異性を泣かせるようなことも、意図的に泣かせる算段がなかったことも、先の言動を振り返れば彼に非がないことは言うまでもない。案内役（ガイド）が必要と感じたからこそ、悠は三日月宗近の申し出を受け入れている。にもかかわらず、彼女は涙していた。

理由がわからない、でもない。否（いな）、それしか思い浮かばない。だから悠は、どうか自分の勘違いであってほしいと願わずにはいられなかった。きっと自分が立てた仮説は間違っていない。けれども、いざ意識するとそれはそれで恥ずかしさが込み上げてくる。

平常心を取り戻さないと……。悠は大きく深呼吸をする。三日月宗近より向けられた奇異な目はこの場では放置しておく。

「ではすぐに行きましょう！　さっそく準備をしてまいりますね！」

「い、今からですか？　俺から言っておいてなんですが、大丈夫なんですか？」

「悠さんからの頼みです！　優先順位が最初にくるのは当然です」

「いやそれはどうかと思います」

「あ、そうだ悠さん。もちろん二人っきりですよね？」

「えっ？　そ、それは……」

「私と二人っきりですよね？」

笑顔を浮かべているのに、有無を言わせない圧が重く伸し掛かってくる。三日月宗近からの質問に悠が出す答えは――どう返ってくるかがわからぬほど彼女は愚鈍ではない。わざとだ。わかっていながら、あえて悠の口から言わせようとしている。

「それで、どうなんですか？」

「………」

「残念だが複数人でだ、三日月。その役目なら我が担おう」

声掛けもなく入室してきた輩を迎えた三日月宗近の眼差しは厳しい。ただ単に礼節がなっていないだけであれば、彼女がこうも怒気を露わにすることはない。怒りの要因は、邪魔者においしいところを奪われそうになっているからで、その邪魔者は三日月宗近をまったく見ていない。縄でぐるぐる巻きにされている女性からの助けを求める視線は、あえて流しておく。散々逃げ出したのだから、そのツケが回ってきたのだ。誰も同情はしない。

「安綱さんいったい何の用ですか⁉　そ、それに私がせっかく手に入れた役目を奪うなんてどういうつもり――」

「悠よ、実は我も今から葛氣山へ行こうとしていたのだ。共に来るのならば我が案内役を務めよう」

「安綱さんが？」

「あの山は我にとっても馴染み深い場所でな……だからその大役、我こそが相応しい。よいな？」

「……はぁ、仕方ありませんね。では大変心苦しいのですが、安綱さんにお任せします」

「えっ？」

　意外だったから、思わず声に出してしまった。三日月宗近に限らず、異性絡みであったなら断固として譲らないのが高天原の女性だ。時には暴力沙汰にまで発展するほど譲り合い精神が皆無であるのに、他者においしいところを自ら明け渡した三日月宗近には驚きと称賛しかない。彼女も進んで譲ることができたのだ。

　しかし、どうして急にまた。三日月宗近が譲る理由が悠にはわからない。ただ童子切安綱を見やる彼女の瞳は、どこか悲しそうな輝きを宿している。

　三日月宗近は悠が知らない情報を握っている。それが童子切安綱という御剣姫守の過去に通ずることは確実で、ならばこれは気軽に聞いてよいものではない。軽々しく口に出せるような過去なら、三日月宗近の瞳が悲しみに包まれることはない。悠は判断した。

「すまんな三日月……」

「貸し、ということにしておきます——あの山はあなたと関係が強い場所でもありますからね」

「……行ってくる」

「お気を付けて……」

「あ、あの……!」

「皆まで言わずともわかっている——先ほどから窓の外で盗み聞きしている二人も連れてくるといい」

童子切安綱の指摘に、件の二人が顔を覗かせた。彼女らの存在については、悠もこの部屋に入った時点で気付いてはいた。問題は、わかっていながらも同行を許可した彼女の言動そのもの。

(本当にどうしたんだ? 安綱さんらしくないっていうか……)

「では各自用意を整えたら玄関前に集合だ。揃い次第すぐに出発する」

可能性を得たことの喜びを味わうには、今の雰囲気ではできそうにない。様々な謎を残したまま、縄でぐるぐる巻きにした楓を引きずりつつ出ていく童子切安綱の背中を黙って見送り——さて。三日月宗近の方を見やる。

「それでは三日月さん、俺もそろそろ——この埋め合わせはどこかで」

「当然です、今度こそ二人っきりで〝でぇと〟してもらうんですから。上司命令ですので、拒否権はないですよ?——安綱さんのこと、よろしくお願いしますね?」

「……はい」

（今は……やるべきことだけに集中しよう）
一礼して、悠もその場を後にした。

赤い鳥居を抜ければ、あとはもう山道のみが延々と続いている。彼是一時間、ここに来るまでに要した時間も加えれば、四時間は経過している。小休止を挟まない行軍に一同の顔には疲労が滲み出ていた。その先頭を歩くたった三名だけは、歩くペースを落とすことなく平然としている。一人に至っては歩くことそのものを放棄して、引きずられるがままに身を委ねてしまっている。
こと悠に関しては、童子切安綱と千年守鈴姫よりも前に出ていた。
どうしても逸る気持ちが抑えられない。それは目的地に一歩、また一歩と近づく度に彼の心中で強くなっていく。あとどのぐらいで着くのだろう。童子切安綱が言うには、あと少しとのことらしいが、未だそれらしきものが出迎えてくれる様子が見られない。先に一人で行ってしまおうか。一本道なのだから、寄り道でもせぬ限り迷うこともなかろう。
自然と足に力が入った。そこに、突如として待ったが掛かった。悠を咎めた声は優しさに満ちている。

「そう急がずとも目的の場所ならばもうすぐだ。そら、鳥居が並んでいるのが見えるであろう？　あれをくぐれば祠がある」

「そ、そうですか」

「ふふっ、貴様もそのような顔をするのだな」

「えっ？」

「我からすれば悠は童だが、今は本当に童のようだ。そんなに楽しみにしているのだから、頼光殿もきっと喜ぶことだろう」

「安綱さんは、その、源頼光さんと会ったことはあるんですか？」

「うむ、たった一度だけだったが——忘れもしない、あんな光景を見せつけられればな」

そう口にした彼女の瞳が、遠くへと向けられた。その目は景色を捉えておらず、どこか虚ろであることから、彼女が懐古の海に身を投じていることが窺える。思い出話が語られるとなれば、悠もまた意識を童子切安綱の方に集中させる。鳥居通りはまだ遠くにある。それまでの暇つぶしとしては、贅沢すぎる。

一呼吸の間を置いて、童子切安綱が口を開いた。

「あの武人と出会ったのは、今いるこの葛氣山だ——人間が孤軍奮闘している、その情報を聞いた我は即座に応援へと向かった。そこで目にしたのは我の常識を遥かに覆す光景だった……。御剣姫守のように刃戯もない、にもかかわらず屍の山を築いていく姿はまさしく鬼神そのもの。慈悲も、無駄も、躊躇いすらもない、ただ鬼という鬼を駆逐していくあの姿に我は戦慄した……！」

語っていく童子切安綱の口調にも熱がこもる。肌を突く剣気が、当時の凄さを物語っているかのようで、より一層期待が高まっていく。やがて、見えてきた。とうとう待ち望んでいた祠を前にして、悠は生唾を飲み込んだ。

立派であること以外、なんら変わらない。当人であろう、立派な銅像の隣にあるのは至って普通の祠だ。中は人間が一人ぎりぎり座れるぐらいの空間がある。何もない――彼の愛刀が放った何気ない一言に、待てと仕手たる悠は目を細める。

（見えていない……のか？）

視認するには十分すぎる大きさのそれが、千年守鈴姫の目には見えていない。嘘を吐くような性格でないことは確かで、仮にそうだとしても意味がない。自分だけが見えているる。どうして、本当にこれが見えていないのか。悠の疑問の眼差しに、彼の愛刀は小首をひねるばかり。どうやら本気であるらしい。

「おい鈴！　お前本当にコレが見えていないのか⁉」

「こ、これ？　これってなんのこと？」

「あるだろ‼　祠の中に一振りの刀が……！」

「そんなもの、どこにもないよ主……」

「そんな馬鹿なことがあるはずが……!!」

扉に施錠はされていなかった。普段の彼であれば神聖な場所を踏み荒らすような愚行は冒さない。ただこの時ばかりは、あるはずのものをないと言われたことで躍起になっていた。実物さえ見せれば否が応でもわかるはず。悠は扉を開けて、奉納されていた太刀に手を伸ばす。

「――――」

指先が触れて――一瞬、意識が混濁する。それはすぐに収まった。しかし、視界に映る光景に異常が起きている。まったく見知らぬ場所に悠はぽつんと佇んでいた。

「こ、ここは……!」

先ほどまでは確かにそこにあった景色が、跡形もなく消失してしまっている。代わりに残されていたのは、剥き出しになった岩肌の壁と、どこへ続いているのかもわからないまっすぐと延びる長い通路のみ。

足底が浸かるほど浸水してしまっているこの通路は、果たしてどこへ導こうとしている――仲間の安否が気掛かりではあるが、現状どうすることもできないのもまた事実であるため、悠はまっすぐと進む以外の選択はない。

大と小の刃を手に、警戒しながら奥へと進んでいく。

しばらくして、ひらけた場所へ出た。とても広い、なんの目的のために作られたかは知る由もないが、とにかく思いっきり身体を動かしても差し支えない広間へと、悠は足を踏み入れた。

「ッ……！」

誰かがいる。悠はじっと、奥を見やる。

視線の先には一人の女がいた。異質な空間に鎧と太刀で武装した女が一人、ぽつんと佇んでいる。この光景だけでも十分に警戒するに値するわけだが、悠の心境はまったく違う方向へ向けられている。

初対面ではない。ついさっき顔を合わせたばかりである。もっとも銅像との出会いを、果たして対面したと表現するのはいかがなものか。生きていた頃の彼女と対面したわけではない。

互いが同じ時代で顔を合わせるなど、奇跡でも起きぬ限り実現することは未来永劫ない。ないはずだった。

「そんな……まさか、あなたは……！」

幽霊でも見たかのような顔、という表現はよく耳にする。自分はきっと、まさにそんな表情をしているに違いない。何故なら相手は過去の人物だ、幽霊と言っても違和感があるとは悠には思えない。

（でも、どうして彼女が……⁉）

結城悠と女……両者に接点はまったくない。死者との再会を経験している悠ではあるが、何かしらの形で強い繋がりがあったからこそと断言してもよい。にもかかわらず、初対面であるはずなのにこうして招かれてしまっている事態が、悠を更なる疑問の渦に引っ張り込んでいた。

「…………」

女は相変わらず微動だにしない。呼吸しているかもわからぬほど不動たる姿勢は、銅像となんら変わらない。本当に銅像であったなら、こんなふうに肌に生気を宿していたりはしないが……幽霊に生気がある、というのもそれはそれでおかしな話である。

周りには誰もいない。この空間に存在する者が己と彼女のみと理解した悠は、両手の刀を構える。肩に掛かる濡羽色の髪をさらりと流して、彼女の方から歩み寄ってきた。敵意はない、真剣のように鋭い剣気がただそこにあるのみ。鬼とは異なる輝きを宿す赤き瞳には世界ではなく、結城悠ただ一人だけを映している。

こうもわかりやすい反応を示されたのなら、悠も否が応でも剣をもって応えねばならない。元より、状況によってはそうせざるをえないことを悠は覚悟していた。

この異質な空間を生み出しているのが彼女であると確信した今、原因を取り除かぬ限り悠が元の世界へ帰還することは叶わない。早急に終わらせる。時間がかかりすぎると愛刀が癇癪を起こしかねない。そうなった場合に宥められるのは、他の誰でもない己だけであるから——悠は先人と一戦交えることを決意する。

とうとう、女の手で太刀（たち）が鞘（さや）より抜き放たれた。祠（ほこら）にて奉られていたものは刃毀（はこぼ）れがひどくて修復も叶（かな）わないほどで、武器として使い物にならなかった。しかし、ここにおける彼女の得物（えもの）は、歴（れっき）とした名刀として顕現している。真鍮色（しんちゅういろ）の輝きがとても神々しい。

「それが本来の姿ですか……」

女は、相変わらず無言のまま。固く閉ざされた口は語るつもりはないという表れと悠は悟る。言葉の代わりに、鋭い太刀筋が飛んできた。空を斬り裂く音から察する必要はなし。紛れもない達人であることは、その身が既に物語ってくれている。だから悠は後（おく）れを取ることなく反応できている。

唯一の失敗は、相手を人間として認識していたことにあった。脇差（わきさし）で受け流し、大刀で斬り込む——予定していた戦略が、初太刀で根本から崩される。

「な、なんて力だ……!!」

悠は後方へ大きく弾き飛ばされた。御剣姫守（みつるぎのかみ）ではない、同じ人間であれば対処もしやすいと高を括（くく）っていた。その驕（おご）りをたった今痛感した。彼女の膂力（それ）は人間を遥（はる）かに凌駕（りょうが）している。

彼女は、本物だ。そう理解した瞬間に、悠の中にあった疑問という類（たぐい）の感情がきれいさっぱりに消える。なんの因果か、偉人と悠は刃（やいば）を交えている。結局ここが過去の時代なのか、白昼夢を見ているのかはわかっていない。

しかし、そんなことなどどうでもよくなってきた。幽霊であろうとそうでなかろうと、彼女が強者であるという事実は左手の痺れが悠に告げている。ここへはなんのためにやってきたか、ともう一度自らに問い、強くなるためだと再認識する。葛氣山へ訪れたかいがあった。悠は不敵に笑った。

（絶対に自分の物にしてみせる‼）

勢いよく地を蹴って、悠は女へと肉薄する。要らぬ遠慮を彼女は望んでいない。ましてや遠慮をして勝てるような相手でもない。悠の初太刀は、そんな彼の想いを乗せた全身全霊の唐竹斬りから始まった。けたたましい金属音が木霊して、火花が激しく飛び散る。

「思いっきりいかせてもらいますよ‼」

悠が仕掛けた。大と小による連撃に一分の隙もない。更に小刀は彼の手中でくるりと回る奇技をも披露する。もてる技は全部この場で披露する気概で彼は刃を振るっていた。出し惜しみはしない、だから易々と破られはしない。そう自負しているから、彼の太刀筋にも鋭さが増していく。

だが、敵手は過去の剣豪である。御剣姫守であったならば、この事象についても納得していよう。悠の太刀筋は閃光と見まがうほど迅くて、嵐のように猛々しい。常人では視認することすら叶わない剣を、彼と同じ人間である女はすべて見切っていた。

本当に自分と同じ人間なのか。内心で舌打ちをもらす悠の頬に、一筋の汗が伝う。

（こうもあっさり、見切られるなんてな！）

一見すると初太刀目から打ち込み続けている悠の方が押しているように他者の目には映るやもしれぬ。実際のところ、彼の怒涛の攻めに対して女は防御するか、回避するかの二択しか取っていなかった。だからそのように見えてしまうのも、仕方がないかもしれない。

現実は、大きく異なる。攻めている当人だからこそ、悠が一番理解している。

女は攻めようとしてこない。時折返される剣閃も初太刀ほどの勢いはない。彼女は手加減している。そうでなくては、こうもあっさり見切れるものか。初太刀では辛うじてだったのに、急に見切れるようになるなんてありえない。

痺れを切らして、悠は自ら間合いを大きく開けた。

「偉大な先人にこんなことというのもなんですが、手加減されるのってちょっと傷つくんですよね。そろそろ本気でお願いしますよ。俺は貴女の……御剣姫守が生まれる以前から鬼と戦っていた人達の強さを知りたくて葛氣山まで足を運んだんですから」

またも女は答えない。しかし、応えてはくれた。

眼前へと突き付けられていた切先に悠は顔を青ざめさせながら大刀で弾く。

「なっ……！」

息を吐く間もなく、第二、第三と刃が悠に強襲する。

速い……いや迅すぎる。先読みがまったく追いつかない。予測している動きがあっさりと上回られてしまう。上回られては即応能力で修正をかけ、予測し直しても完了した頃にはまた超えられてしまう。あっさりと、嘲笑うかのように。女の実力の底がまるで見えない、見える兆しすら感じない。おまけに、打ち込みを受ければいちいち骨が悲鳴を上げる。

（これが……この世界の人間の強さか！）

悠は小刀を振るった。得物の質において、武器破壊は恐らく起こらないと彼は判断する。その逆も然り。太刀がどんな材質でできているかを悠に知る術はない。しかし言えることは、様々なものの集大成である龍吼と互角に打ち合えるだけの強度と切れ味があるのは確かだ。

起死回生を狙った悠の一刀が、虚空を斬った。女の姿は、遥か遠くにある。

「……どういうつもりですか？」

思わず、そう口に出してしまう。先の攻防で、相手に間合いを空ける必要性もなく優勢に立っていた者がふいにするなど、単純に考えても下策も下策。あのまま攻め続けられていれば、まず悠の敗北は決していた。揺るぎない勝利を手に、女は高らかに剣を掲げられていたものを、何故。よもや刃を交えることさえも飽きたとでも彼女はいいたいのか――

沸々と沸いた屈辱と怒りは、この後の行動によってかき消される。

これまで無構えであった女が、初めて構えた。右手を前に出し、肝心の刀は彼女の身体によって隠される。異形の構えが意味するものは終幕。即ち、この戦いを終わらせようとしている。あれはそういう類の型だ。

「上等……！」

したがって、剣鬼が取るべき選択は一つに絞られる。

必殺には必殺で。無論、悠が取るべきは魔剣の型。幾多の戦いをくぐり抜け、人外をも屠った彼の魔剣は、この世界にて確固たる自信を悠に与えた。絶対に敗れはしないから必殺――魔剣である。如何に過去の剣豪であろうと、これで俺が勝つ。逆手に変えた小刀を悠は投擲した。ほぼ同時に地を勢いよく蹴り上げる。

さぁどう出る。どう避ける。この状況に、小刀を悠が投擲したことによって女は回避も防御も許されない状況に置かれた。この状況に、女は――遅れて地を蹴った。心臓を目掛けて飛んでくる小刀に、自ら間合いを詰めた者は未だかつていない。

（正気か⁉）

そのように疑わざるをえない。しかし賽はとっくに投げられた。

（このままいくしかない‼）

第一の切先が、女の刃に触れた。すかさず第二の切先が追撃する。柄頭を突かれた小刀は推進力を得て、爆発的な破壊力を生む。剣鬼の勝利がここで約束された。鬼であろうと、御剣姫守であろうとも、そしてこの女であろうと例にもれることなく心臓は穿たれる。

接蝕に成功した小刀が女の剣を破壊して――――いない。

小刀は遠くへ消え去り、大刀を突き出したまま硬直する悠だけがその場に残される。

（馬鹿な……）

何をされたのかがわからない。気が付けば胸元に抱き寄せられている。女の方はもうとっくに納刀していて、もはや刃を交えるに相応しくない空気が辺りを包んでいる。やがて、女の胸中にて悠はふっと息を一つ吐いて肩を落とした。

「俺の負け、ですね……」

敗北宣言を、女が果たして素直に受け取ったかは抱き寄せられている悠にはわからない。いずれにせよ、どのような形であろうと、勝者の特権は向こうにある。これがその特権であると言われれば、敗者である悠に拒否権はない。それよりも、彼の思考はもう別のことへと切り替えられていた。議題は先の攻防について。

悠の小刀は確かに、あの時女の太刀と接触した。それはまず間違いなく、見まがうはずがない。問題は伝わってくるはずの手応えがなかったこと。寸で避けられたならまだ納得もした――本当にそうであったならいよいよ彼女を人外と疑わざるをえない。

女は避けていなかった。奇怪な構えで肉薄し、一太刀を浴びせようとしてきた。この謎を解く鍵は、やはり彼女との戦いを経ることしかなく、そのためには時間も情報も圧倒的に不足している。長丁場になることを覚悟して、さて。

(俺はいつまでこうしていればいいんだ……？)

女の手は未だ悠を放そうとしていなかった。頬に当たる鎧の固い感触にもいささか飽きてきた……以前に痛みが帯びてきたところで外そうと試みてはいるものの、万力の如くがっしりと固定していて逃走を許そうとしない。

「あ、あの……」

おずおずと女に話し掛ける。

やはり女からの返答はなく――これは……。女を通じて脳裏に映像が次々と浮かんできた。燃え盛る炎の中に身を投じ、鬼を斬る戦乙女の後姿。勇ましく、どこか儚い。

――剣に捧げた我が人生に悔いはなし――

――されど、まだ見ぬ我が子の顔が拝めぬことだけが唯一の心残りか――

――許されるのであれば、来世は争いなき平和な世界で……――

――我が剣を、我が子へと受け継がせん……――

「――か。悠ってば!!」

「え……あ……」

誰かに呼ばれている。眼前で心配そうに顔を覗き込んでいた誰かを視認してようやく、悠は意識を覚醒させた。謎の空間も、女も、もう視界から消失している。

「鈴……？　俺は……」

「よかった……。悠ってば、祠に触った瞬間、突然固まっちゃってボク本当に驚いたんだから！」

「祠……」

「って、悠？　その刀は……？」

千年守鈴姫の指摘に、悠はゆっくりと視線を下ろす。いつ抜いたのか記憶がない、当然だ。彼の手中に収まっているのは己の得物にあらず。激しく打ち合い、圧倒的強さを見せつけられた相手の得物であることから、悠は驚愕に瞳を揺らすこととなる。

（あれは、やっぱり夢じゃなかったのか……）

剣を受け継げ――これはその証、ということか。女――源頼光の太刀を、悠はしっかりと握りしめた。

◆◇◆◇◆

眠りに就く前の町が喧騒に包まれたのは、彼女――童子切安綱が知る中でもそう多くはない。つい最近の出来事でも、今から数年以上も前のことであって、『兎杷臥御の戦い』以降からは一度として起きなかった。それ故の慢心と責められれば、まったくもってそのとおりだ。童子切安綱は否定しない。しかし悔いることを彼女は許されない。何故なら後悔や反省は後からでもできるからだ。今は成すべきことに尽力する。

「ちょ、ちょっと待ってったら！　そんなに走んなくてもいいじゃない！」

「馬鹿なことをいうな！　本来であれば我々が先に到着していなければならなかったのだぞ！」

「だ、だからって私まで巻き込むことないじゃない！　そ、それに首輪!!　首輪が食い込んでめっちゃ痛いんだからさ!?　もう少し気を使ってくれたっていいじゃない、保護観察対象なんて言ってるんだからぁぁぁぁっ！」

「問答無用だ！　その程度で首がもげるような軟な肉体ではあるまい！」

戦いは既に始まっている。いの一番に現場へと急行した悠が今戦っている。守らねばならぬ者に先を越されたことも今回の反省点として彼女の中に追加された。いかに彼が強くても、その強さを垣間見ているとしても、やはり彼にこれ以上戦いの場に出てほしくないのが、童子切安綱の本音である。

（悠……無茶なことだけはするなよ！）

愛する者の名をもらして、ようやく童子切安綱は現場へと急いだ。

「悠なら、絶対に大丈夫だと思うんだけどなぁ」

突然、そんな根拠のない台詞が楓の口から出た。この女は何を言っている。立ち止まって咎めたい気持ちを抑えて、しかし童子切安綱は異を唱えるのをやめない。

「それは慢心だ！　この世において絶対などというものは存在しない！」

「いやまぁ、それはそうなんだけど……。でも本当に大丈夫だと思うよ？　悠はまだまだ強くなる、見ればわかるもん」

「何を根拠にそんな――」

「悠ってさ、本当に人間なの？」

その問い掛けに、童子切安綱は言葉を詰まらせる。予想外といえば、確かにそのとおりだ。結城悠は人間か否か――知れたこと。確認する必要性すらもないこの問いを、わざわざ改めてしてくる真意がどうしても読めなかった。

純粋に強さのことを示した言葉なのか。だとすると童子切安綱は彼の代弁者として務めを果たせる。それ以外であったなら――。

「おい楓。今の言葉はどういう意味で――」

「あ、悠がいた」

「何⁉」

視線の先では二刀を携えた剣鬼が鬼と対峙（たいじ）している。

童子切安綱は己が半身（やいば）をすらりと抜き放った。加勢するべく地を蹴り上げる。後ろで上がった捩（ね）じり殺されたカエルのような声には見向きもしない。時同じくして鬼達も悠へと肉薄した。

「悠よ我が来たからにはもう――」

言い終えるよりも早く、鬼の首が飛んだ。四方八方を取り囲む斬撃は檻となって悠を取り囲む。脱出不可能な状況――それに焦っているのが己だけであったことを、童子切安綱は思い知らされることとなる。

二羽の飛燕が華麗に飛び立てば、通った後に銀光を残して赤い飛沫を次々と上げる。悠の太刀筋は万人に一人が到達できるもので、故に人間でありながら鬼と渡り合える。

今の太刀筋は見たことがない。だからこそ童子切安綱は確信した。悠が圧倒的に強くなったことを。

(いったい何があったというのだ……)

昨日の今日で劇的に強くなることなど到底不可能な話だ。修練と実戦を幾度と重ねてこそ、初めてそれが己の強さへと変わる。その不可能なことを、こうしてありありと見せつけられているわけだが、童子切安綱から狼狽が拭い取れることはない。

「…………」

「やっぱりだ……うん、面白くなってきたかも」

一方で、その隣――楓が童のように笑いながらもそりと呟いた。

第十一章　内に潜(ひそ)みし邪悪

明朝、誰よりも早く起きた三日月宗近は、神妙な面持ちでいた。それもこれも、結城悠が大きく関与している。そうでなかったら、これから長い執務が待ち受けているのに余計なことで体力を消耗するような真似(まね)をしたりなんかしない。

葛氣山(かつらぎやま)から帰ってきた彼を一目見て、いつもの悠と違うことがわかった。周りがその事実に気付いていなかった様子にちょっとした優越感に浸るも、三日月宗近もこの時ばかりは戸惑いを隠せなかった。

彼……結城悠は強くなった。もはや彼は人類が到達しえなかった域を超えて、自分達と同じ場所に立ちつつある。未(いま)だかつてこんなことがあったであろうか、と自らに問うてみる――ない、三日月宗近の歴史において、このような事例は一つとして存在しない。ありえない――まったくもってそのとおりではあるが、心のどこかでは納得している自分がいることに、三日月宗近はくすりと笑った。

結城悠だから、と考えれば不思議なぐらい納得してしまえる。異世界からの来訪者である彼に、この世界の理(ことわり)は通用しない。だからいつか本当に、御剣姫守(みつるぎのかみ)と同等の存在に化ける日が訪れたとしてもさして驚かない自信が三日月宗近にはあった。

ただその段階があまりにも早すぎることを、三日月宗近は感じずにはいられなかった。たったの数時間足らずで成しえてしまえるものではない。これはもう神の所業だ、御剣姫守にだってできない。

（本当に悠さんはどうしてしまったのかしら……）

一度抱いてしまった感情は、意志とは無関係に膨れ上がっていく。

気が付けば、三日月宗近は自室から出ていた。朝を迎えたばかりの本部は、まだ静謐に包まれている。そこに自らの足音を響かせながら長い廊下を渡る。

どこに向かうかなど知れたこと。行き先は一つしかない。まだ眠っていて寝起きを独占できるかも……そんな淡い期待を胸にしつつ、三日月宗近は歩を速めた。決して、他の誰かも同じことを考えていて鉢合わせになることを恐れたからではない。

悠の部屋が近づくにつれて、三日月宗近の呼吸は荒くなっていく。

この時、彼女の脳裏にはある情景が再生されていた。【桜華刀恋記】の描写と今の状況があまりにも酷似している。

物語と同じ展開を迎えられたなら、三日月宗近はこの後に抵抗する彼を押さえつけ、甘い言葉で徐々に彼を篭絡していくこととなる。物語の登場人物に己を投影して悶々としていた妄想が現実となるかもしれない。

（待っていてください悠さん！　今三日月宗近が参ります!!）

扉が見えてきた。勢いよく開けたい気持ちをぐっと堪えて、そろりと扉を引く。抵抗もなくすんなりと開いた襖の向こうに、いた。三日月宗近はしっかりとその姿を視界に収めて、すぐに落胆の色を顔に浮かべる。彼が早起きであることをすっかり失念していた三日月宗近は、布団の上に座したままぴくりとも動かない悠の背中を眺め続ける。

どうするべきか。二つの選択肢に三日月宗近はうんうんと唸る。精神鍛錬をしているところを邪魔するか、それとも大人しく立ち去るか。たったこれだけのことに悩むものかと、あの小狐丸なら言ってくるに違いない。彼女の性格を考えれば遠慮するはずがない。たとえ怒られようとも、手痛い反撃を喰らおうとも、あの愚妹なら平気で実行に移せる。

心の内に潜む悪意が、三日月宗近に囁く。

妹に負けてもいいのか。姉として今こそ威厳を示すべきではないのか。せっかくの好機を棒に振ってしまってもよいのか。今であれば誰もお前を阻む者はない、と。

（よしいきましょう）

善意でさえ、彼女を止めることはできない。悪意に支配された三日月宗近の目に、もはや迷いはなかった。襖を完全に開放すると同時に、悠の背中へと飛び掛かる。抵抗されることもなく、あまりにも呆気なく馬乗りの体勢へと持ち込めたことに若干の違和感を抱きつつも、もうすぐ情事に持ち込めるという事実が違和感をあっさりと拭い取った。

「も、もう逃げられませんよ悠さん！　さぁ今日こそ私と一緒……に……って――」

物言わぬ悠に唇を近づけたところで、ようやく三日月宗近は違和感の正体に気付く。これは、偽物だ。藁束を人の形に限りなく近づけるように細工されている。

（やられましたね……）

後姿を遠目から、それも一瞬だったなら十分に効果があることを、三日月宗近自身が身をもって味わった。気付ける要因なら他にもあった。つい最近、御剣姫守として彼を追ってきた、結城悠の元愛刀にて現腰巾着と化した千年守鈴姫がどこにもいない。

騙されたことよりも、気付けなかった己を責める。一方では、三日月宗近は悠を評価していた。

「さすがは悠さんですね」

やはり彼は一筋縄ではいかない。だからこそ、攻略のしがいがある。目標が高ければ高いほど、達成した時の爽快感は心地良い。悠ほどであれば、もしかすると気絶してしまうかもしれない。それはそれで是が非でも味わってみたく、三日月宗近は滴り落ちようとした涎を手早く手甲で拭きとるとその場を後にした。

道中、同じことを考えてやってきたであろう数珠丸恒次と大典太光世に込み上がってくる笑いを堪えながら見送る。のちに背後から聞こえてきた悔しがる声に、三日月宗近はほくそ笑んだ。

一般的にイメージする道場より、そこは遥かに広大な空間が設けられていた。単純にいっても三倍、いや四倍の広さはあるであろうそこに悠は立ち入った。入室者は現時点において彼を除いていない。ざっと百人以上は収容できるスペースに一人だけでいることで、改めて広さと、それ故の虚しさを演出するには十分だった。

それらを気にすることもなく、悠は中央へ移動する。周りに人はいない――まぁ当然だが。周囲の安全も確保したところで、ようやく腰で待機していた大刀をすらりと抜いた。

構える。基本的な型――上段からの唐竹斬り。鋭く呼気を吐き、同時に打ち落とす。風切音の具合から、今日の体調は良好。修練を続ける。一度、二度――百度と迎えたところで、ようやく基礎練習が終わった。終始調子も維持し続けて、身体も程よく温まってきた。一息吐き、次なる修練に挑む。

この修練にはもう一人必要だった。なにせ模擬戦をするのだから、一人でやっていては単なる稽古にすぎない。もうすぐ今日の稽古相手がきてくれる。それを今か、今かと思うと落ち着かない。

切羽と鯉口をぱちん、ぱちん、と打ち鳴らす自分はさぞ幼稚に見えることだろう。もっとも、そのことについて咎(とが)めてくるような輩(やから)はいないので、悠も己の行動を律することをしなかった。

ここには自分と、もう一人しかいない。そして彼女も咎めてくることはあるまい。何故なら、きっと今頃は、自分と同じ気持ちのはずだろうから。まだ見えぬ相手を思い、しかし悠には揺るがぬ自信があった。

程なくして——来た。本日二人目となる来訪者を悠は快く出迎える。

鎧兜(よろいかぶと)と重装備な出(い)で立ちはこの道場には少々浮いてる気がしないでもないが、そのような事実など、これからすることに比べてどれだけ価値があろうか——ない。出で立ちなど、仕合においては飾り物にも劣る。重要なのは強者であること。この点に関して、来訪者は十分に条件を満たしている。

悠はここで小刀をも抜いた。二刀が揃(そろ)ったことで剣鬼が再臨する。それを涼しげな顔で見守っていた相手もまた同様に、腰の太刀(たち)をすらりと抜く。

間髪入れずに敵手が地を勢いよく蹴り上げた——先の先。狙うは剣鬼の右腕。これを悠は小刀で防いだ。金属音が反響し、火花がわっと飛び散るよりも早く第二、第三——斬嵐(ざんらん)刺雨(しう)が彼の身に降りかかる。

息つく暇も与えない無慈悲な猛攻は常人では到底追い切れず、だが悠は——臆すことなくそれを見据えた。つぅ、と一筋の汗が彼の頬(ほお)を伝うも、不敵な表情(かお)は崩れない。

悠は避けないで、真正面から敵手の剣に応えた。両の腕を忙しなく、されど流れる水のように、雷雲を翔ける稲妻のように。敵手の剣戟をすべて打ち返してみせた。

敵手の顔つきが変わる。よくぞここまで練り上げた、と……まるでそう言いたげに。それに悠は不敵な笑みを返した。

そんな楽しい時間も、乱入者によって阻まれることとなる。

誰かが俺の名をしきりに呼んでいる。あぁ、どうやらもうそんな時間らしい。楽しい時間というのは本当にあっという間に過ぎ去ってしまう。もっとこの時間を楽しんでいたい、が……何事においてもメリハリはきっちりとつけねば。

名残惜しい気持ちを胸に抑え込んで、悠は頭を下げた。それを合図に仮想世界が音を立てて崩壊する。

「――ちょっと悠ってば!! さっきから呼んでるのに返事ぐらいしてよ……いったいどうしちゃったの?」

「――――」

意識は外界へ。真っ先に飛び込んできたのは、曇らせた表情で顔を覗き込んでいる愛刀で、様子から察するに当初予定した時間よりも遥かに経過していたと気付くのは難しいことではない。要らぬ心配を掛けてしまったらしい。

となると非があるのは紛れもなく自分なので、悠は素直に謝罪した。優しく頭を撫でることも追加して、彼女の機嫌を取る成功率を少しでも高めておく。

拒むことなく目を細めて受け入れる千年守鈴姫に、悠も安堵の息を静かにもらす。

「……悪い鈴。ただ、ちょっと今日は調子が良かったからさ。つい熱が入ってしまった」

「……悠、何かあったの？」

「何がだ？」

「なんていうか……変わったね。雰囲気が特に……。ねぇ何があったの？」

「……まぁ、ちょっとな。でも大丈夫だ、心配されるほどのことじゃない」

「そ、そう……？」

「そうそう。それよりもどうしたんだ？」

「あ、そうそう！　朝ごはんできたから呼びに来たんだった！　早く悠、じゃないと冷めちゃうから」

「わかった。行こう――久しぶりに鈴の料理が食べれるな」

「え？　久しぶりって……そんなに言うほど経ってないよ」

「ん？　あぁ……いや、そうだったな。悪い、まだ頭がちゃんと働いてない」

「ねぇやっぱり今日の悠変だよ!!」

「気のせいだ！　それより飯が冷えるから早く行かないと……！」

問い質してくる千年守鈴姫から逃げるように、悠は道場を後にする。

道場を出てすぐに、楓と出会った。出会った、というのは恐らく正しくはない。そう悠が思えたのは、彼女自身にある。童子切安綱の監視から抜け出してきたことはさておき――どうせまた拘束しても抜け出してくるだろうから――、ぎらぎらと輝かせた瞳から、どうやって世間話をしにきたと思い至れよう。

あれは戦いを挑んでくる者の目だ。どうせ暇してるんだから私様と太刀合ってよ、と――彼女が本当にこう言っているかどうかは、悠が思うに彼女の言動から考慮すればきっとこう言っているに違いない……という単なる勝手な想像であって。だが、意図は決して間違ってはいない。彼女は結城悠との仕合を強く希望している。

朝早くから喧嘩を売られる経験は、悠の人生史において初めてのことで。しかしながら、悠はその誘いを拒まない。丁度よかった。あれからざっと百年は修練してきた、その成果がどこまで目の前の楓に通ずるものか。

（修業の成果……披露する時がきたな）

となると、悠が気に掛けるべきは隣にいる愛刀の存在だ。千年守鈴姫がいれば、今度こそ楓に刃を振るいかねない。楓との仕合は、以前と比べ物にならないほど熾烈なものとなる。そんな予感がしてならないからこそ、悠は千年守鈴姫をなんとしても遠ざける必要があった。

しかし――それよりもまずはやるべきことがある。

「おはよう楓。よく眠れたか？」

「まぁね。やっとあの鬱陶しい首輪から解放されたよ……」

「解放されたっていうよりは、逃げてきたんだろ？　また安綱さんに捕まるぞ？」

「もうちょっと優しくしてくれたら嬉しいんだけどさぁ……私様だって人権ってものがあるんだからさ」

「普段の行いが悪いからそうなるんだと思うぞ？」

「……それ、童子切安綱にもおんなじこと言われた……」

「だろうな。まぁとりあえず朝食を食べよう――って鈴、さっきから背中を抓ってくるのやめてくれないか？　地味に痛い」

「……別に」

　瞳をぎらぎらと輝かせたまま、鯉口と切羽をぱちり、ぱちりと落ち着きなく打ち合わせる姿に先の自分を思い出し苦笑いを浮かべる悠。きょとん、と小首を傾げるも我先にと食堂へ走っていった楓の後ろ姿に、悠も追いかけるように歩を進める。その間、彼の背中から二指が離れることなく。ささやかな抵抗を試みるも、結局食堂に着くまで悠が解放されることはなかった。

◆◇◆◇◆

この日、恐らくは初めて多くの利用客に恵まれたかもしれない道場は、活気ある場所として街を行き交う人々の注目を集めることとなる。数にして五人。たったの五……されどこの五は今から行われる仕合を見届ける者。一見すればこの仕合、やる前から勝敗など既に決していようものだが、彼女達は黙して見守ることに徹している。

「本当に……大丈夫なのでしょうか」

「う～ん……取材のためとは言ってもぉ、やっぱり悠さんが打ちのめされるのを見るのは嫌ですねぇ。そんな描写があったって読者の皆さんは喜びませんしぃ」

「そのために我らが来ているのだろう?」

「何かあったら僕は止めに入りますからね⁉」

悠と楓が仕合をすると言い出した。このことに多くの者……彼の愛刀を除いた全員が反対したが、それではいそうですかと素直に聞く二人でないことを知っている。このままいかせれば、きっと人目を盗んでやるに違いない。特に童子切安綱は楓の保護観察官を担っている。

彼女が問題を起こした場合、監督不行き届きとして処罰されるのは当然で、となるとその責任として悠との接触を禁じられてしまう可能性だってある。あの三日月宗近のことだ、ここぞとばかりに最強の名を乱用してきても驚きはしない。

だが、それよりも……。

（二人きりになる時間など、我が絶対に許さんからな‼）

千年守鈴姫の存在は、彼女らに悠と二人きりになれる機会を無情にも剥奪していった。元愛刀がでしゃばるな、と口にする者は決してなく。彼女を邪険に扱おうという輩はいない。もしもそんなことをしてしまえば、一生結城悠と仲良くなれないことを覚悟せねばならない。

その危険を冒してまで実行できるものが果たしてどれだけいようか。きっとおるまい。自分とてそんな真似はできないと自覚しているからこそ、童子切安綱は標的を結城悠にのみ絞る。

要するに、彼が自らの意志で選べば千年守鈴姫も文句は言うまい。彼女をどうこうするよりも、彼に選ばれることに磨きをかける方が効率がよかろう。そのために何ができるのか。そのことについて思慮するのに童子切安綱は余念がなく……ただ現在ばかりは、目の前の仕合に集中することにした。

きっと悠はまた、我々の予想を遥かに上回ることをしてくるに違いない。それだけに二振りの木刀を携えた剣鬼に、どんどん期待と不安が膨らんでいき、童子切安綱は固唾を呑んで見守る。

悠が木刀を構えた。どうやら得意とする二刀流をまだここでは披露しないらしい。腰に残された小刀がいつ抜かれるのか。逆に彼女はいつ抜かせるのか――視線を変えた先では楓が木刀で遊んでいる。不遜な言動にいつもの童子切安綱であれば一喝落としているところだった。しかし今回、それをしないのには理由がある。

（楓め……あんなに楽しそうに笑うとは）

その身より発せられる気は抜き身の刀のようにぎらぎらとしている。合図さえあれば真っ先に切り込んでいく……そんな佇まいであったから、童子切安綱も口を出さずにいた。

両者の準備が整った。あとは合図一つで彼らは剣の鬼となる。そしてその役目は、なんとなくながら自分が相応しいと判断して童子切安綱は咳払いを一つする。幸い、咎めるような声が上がらなかったので、彼女も気にすることなく自らの役目を全うせんとする。

「それではこれより仕合をする！　両者、準備の方は――」

刹那、ふわりと優しい微風が道場に吹き抜けて――次の瞬間。かまいたちのような凄烈な突風へと変貌を遂げる。けたたましい木打音が奏でられてから、およそ二秒――ようやく童子切安綱は事態を把握する。

悠と楓の木刃が中空で交差している。これが意味するものは、たった一つ。開始の合図を待たずにして楓が真っ先に斬り掛かったのだ。元よりこの仕合を取り締まる審判がいない。開戦を告げるのも、勝ち負けを決めるのも、その権利は彼らにある。したがって第三者はもちろんのこと――。

「ちょっと……‼」

唐突な始まりに異を唱えんと腰を上げた千年守鈴姫にだってその資格はない。

それでも守らんとするのは、彼女が結城悠の愛刀であるから。仕手に危機が迫れば命に代えてでも守るのが役目であるから、本来であれば感心を示すところであるが——腰の得物に手を掛けた彼女を、童子切安綱が制す。

「無粋な真似はよせ千年守。いくら貴様が悠の愛刀と言えど、この仕合を穢すような行いはするな」

「でも！」

「それに——見てみるがいい。我自身も信じられんが……」

頬を引きつらせた童子切安綱の視線を千年守鈴姫が追う。程なくして彼女もまた同様の表情を浮かべることとなる。

「へぇ、本当にどうしちゃったの？　いったいどんなことをしたらこんなに強くなれたのかな？」

「教えない」

さながら蜘蛛のように縦横無尽かつ人間離れした足捌きと、そこから繰り出される嵐のように猛々しい剣嵐が一人の人間を捉えられずにいる。悠は楓の剣戟をすべて見切っていた。主に避けることに徹底して、太刀打ち合うことを極力避けつつも、自らの間合いを手にするべく果敢に懐へ潜り込んでいこうと歩を進めている。この戦法は確かに、悠にとって有効的な方法だった。

本気の打ち込みを受ければまず木刀の方が破壊される。仮に真剣であった場合、色々と複合されている悠の太刀ならば折れることはまずあるまい。だが、仕手の方はどうなる。刀が受けた衝撃はすべて仕手へと蓄積されていく。そうなれば、その者に待ち受けているのは肉体の崩壊だ。

だから悠は避けに徹底した。受けることを最小限に留めつつ間合いを確実に詰めていく。これ以上の戦法はあるまい。

「し、信じられない……あれは、本当に悠さんなんですか⁉」

「動きが以前とまるで別人のようですぅ！　こんなの信じられないですよぉ！」

「やっぱり……主には何かあったんだ。でもいったい何が……！」

驚愕の声が次々と上がる一方で、童子切安綱は目の前の光景に狼狽しつつも沈思する。

二人が既に一度仕合をしていたことは後々に知った。結果が悠の惨敗だったことに対して、童子切安綱は特に何も言及はしなかった。彼女から言わせれば当然すぎる結果であるし、逆によくもまぁ無謀なことをしたものだと呆れてすらいる。千年守鈴姫が乱入しなければ今頃どうなっていたことやら。彼とはもう一度じっくりと話し合う必要がある。

それはさておき。

初太刀から勝敗が決してしまうほど両者には実力差があったはずなのに。悠はその差を一気に縮めている。信じられないことではあるが、目の前でこうもありありと見せつけられてしまっては否が応でも認めねばならない。それ故に、童子切安綱はどう足掻いても答えを見つけることができなかった。

（以前もそうだ。悠よ、貴様はいったい何をしたというのだ⁉）

きっかけがあったとすれば、恐らく。それはきっと——。

何度見切っただろう。迫る斬撃の包囲網を前に、悠は沈思する。以前の彼であったならば他のことに思考を回せるほどの処理能力はなかった。それが可能となったのは、やはり彼女との修練が大きい。

源頼光が所持していた刀は現在、悠の手元にある。かつての輝きを取り戻してはいるものの、よくよく見やれば儀礼用として造られていたので殺傷能力は皆無に等しく。せいぜいが鑑賞用、もしくはコスプレ用ぐらいにしか使えない……コスプレをやるつもりは更々ないけれど。

しかしながら、中に宿っている魂は別格だった。本人の残留思念に問いかければ、悠の意識は源頼光の世界へと誘われる。時間という概念がない、永遠とすらも思える時をすごせる性質を悠は利用した。

人間の一生は短い。どう足掻いてもせいぜいが百年ぐらいなものだ。特に自分に至っては危険な場所に身を置いていることも相まって、生存確率も他と比べれば著しく短い。

死ぬことはなく、老いることもない、ただ修練だけに身を費やせる環境を手に入れられた自分を、きっと世の武術家は羨むことに間違いない。条件として、残留思念の願望を叶えてやらねばならないところだけれど……。

子を授かって親としてすごしたかったという源頼光の願望。それに彼が応える限り、悠には夢幻の時が約束される――母さんや母様と呼ばされるならばいざしらず、ママ呼びは未だに抵抗と羞恥心があるが。

(頼光さんにはまだまだ及ばない……けど、修練は決して無駄じゃなかった!)

膨大すぎる殺気から本命となる太刀筋を見切ることは至難の業。だが、悠はそれをも克服した。今の彼であれば、広大な砂漠からたった一粒の小さなダイヤモンドを見つけられるに等しく、敵手の太刀筋を見極めることも可能とする。

(けど……そろそろ辛くなってきたな)

進化したのは先読みだけで、肉体的変化は依然として変わらない。結城悠はどこまでいっても結城悠のまま。純粋な身体能力だけは、どう足掻いても彼が克服できぬ壁。回避することに体力は当然ながら消耗し、回避できぬ太刀筋だけはどうしても受けきらねばならなかった。じわり、じわりと奪われ続けていく悠の体力とは反対に、楓の剣は激しさを増すばかり。

あぁ、こっちの気も知らずになんて楽しそうに剣を振るってくる。それに俺は応えられている。御剣姫守(みつるぎのかみ)を相手に俺は今、十分に戦えている。悠も不敵な笑みで返した。こんなにも楽しんでくれているのなら、もっとそれに応えたい——ここにきて、腰の小木刀を抜く。

剣鬼覚醒——地を蹴り上げた悠は楓へと肉薄する。

(俺は最後の最後まで足掻いてやるぞ!!)

飛んでくる斬撃網を躱(かわ)し、受け流し、また躱し続ける。まだまだ彼女との距離は遠い。それでも悠の歩みは止まらない。千里の道も一歩から——ひたすら前へ。悠の歩みが鈍重と罵(ののし)られようと、無謀と小口を挟まれても、それでも確かに。彼の歩みは確かに前に進み続けた。

「本当に！　強くなったんだね！　なんだか嬉(うれ)しくなってきちゃったよ！」

「そいつはどうも！」

唐竹斬りを紙一重で躱す。ここだ。悠は下方より木刀を振り上げる。あっさりと避けられた。しかし、既に策は打っている。投擲(とうてき)した小木刀は空を穿(うが)つ。切先が狙いしは敵手の水月(すいげつ)へ。

「やるぅ!!」

（かかった‼）

ここぞとばかりに放った悠の刺突が小木刀の柄頭を打つ。縮地による推進力が生産できない問題点はとうに克服している。上半身のバネのみで全力の刺突を放つことぐらい、悠には造作もない。斯くして、剣鬼の魔剣がここに具現された。

あらゆる防御を無力化する双貫が敵手の木刀を穿ち、中心を捉えた。どうっと音が鳴った方を注視すれば、楓が地に伏している。

「主が、勝った……」

愛刀の呟きが耳に入った。もう一度、悠は己が置かれている状況を整理する。ゆっくりと、されどしっかりと苦痛の感情を露わにして起き上がろうとしている楓が視線の先にいる。横を見やれば、愛刀を除く全員が驚愕を示している。

そして悠は、二本の足で地に立っている。即ち、この仕合の結末は――。

「主が勝ったんだよ‼」

「俺が……勝った」

駆け寄ってきた千年守鈴姫に抱きしめられて、悠は己が勝利したことを知った。

「し、信じられん……まさか悠がここまで強くなっていたとは」

「私もです……ですが」

「う～ん、まさかのどんでん返しに私もびっくりですぅ。でもこれは新しいネタにできそうな気がしてきましたぁ！」

「ちょ、ちょっとさぁ……？　私様の心配もしてくれたっていいんじゃない……？」

「いや、我の拳骨を喰らっても数分足らずでぴんぴんとしていた貴様なら大丈夫だろう」

「ひどい!!」

　童子切安綱の言うように、真剣による殺し合いでないのだから彼女が死ぬことはない。それでも相応の激痛は免れず、しかれども悠に慮る気持ちは一切ない。敗者を気遣うことこそが不遜。勝者は勝者らしく、全力で戦った己を誇ればよい。

　俺は楓から一本を取ることができた。己の勝利を噛みしめながら、悠は胸を擦っている楓の下へと駆け寄る。はだけた胸元から見える小さな突起物には、極力目を向けないようにした。さもなくば彼の背後を捉えている視線が容赦なく、悠を貫こう。

「本当に痛かった……これ真剣だったら私様が死んでたんだけど」

「そうでもしないと勝てなかったからな。とりあえず、立てるか？」

「なんとかね。それにしてもさぁ、躊躇なく私様の心臓を狙うなんて悠も結構容赦ないよね」

「容赦できる相手だったらどれだけ楽だったことか……」

「あははっ。それじゃあ楽しくなってきたところだし私様も本気出しちゃおっかな!!」

木刀が放り捨てられ、本来の得物へと彼女の手が伸びて——白刃がお披露目を果たすことはなかった。童子切安綱の手が楓の手を掴んで離さない。傍らで控えている三日月宗近と千年守鈴姫に至っては、いつでも斬れるぞと言うように柄に手を掛けている。

「そこまでだ楓。仕合は貴様の負けという形で終わった。これ以上続けることも、剣を抜くことも我が許さん」

「安綱さん……！」

「もう、これからがいいところじゃん！」

「認めない」

「ねぇお願い！　ちょっと、ほんのちょこっとだけだから……ね！」

「何度言っても駄目なものは駄目だ!!　真剣なんぞでやり合えばどうなるかわからぬほど貴様も愚かではあるまい。とにかく仕合は終わりだ。さぁ戻るぞ――その前に清掃をするように！」

「じゃ、じゃあ私様はこれで～。お疲れ様で――」

「逃がすと思うか？」

「ですよね～。えぇ～面倒くさい～!!」

「言い訳は聞かん！」

最後の最後まで渋っていた楓も、童子切安綱の拳骨は相当応えたらしい。頭に大きなたんこぶを作って雑巾がけをする楓を横目に、悠も掃き掃除を行った。

◆◇◆◇◆

この場所を再び訪れたのは、ただなんとなくという曖昧な理由。人によっては計画性がないと罵ってくるかもしれないし、彼女を知る人物ならばそんなくだらない理由で勝手に抜け出す馬鹿がいるかと顔を真っ赤にして怒ってくるに違いない。

しかしながら彼女の口から言わせれば、何においても理由とは必要であるのか。明確な目的がなくとも出掛けたくなる時は誰しもあるわけで、そこにいちいち理由を求められては気も休まらない。

もっとも、今回の外出には歴とした理由が楓にはある。

「なんでまた、こんな辺鄙な場所に来ちゃうかなぁ私様ってば……」

二度目の訪問となる葛氣山道中にて、楓は一人愚痴ると自嘲気味に笑った。記憶を取り戻すきっかけとなるのでは、と童子切安綱の提案により連れられたこの場所でも、やはり楓の記憶に改善は見られなかった。では、どうして再びこの場所を訪れたのか。昔に活躍したとかいう人間の像と祠がぽつんとあるぐらいで、なんの魅力もないとわかっていたはずなのに。

それこそ、なんとなくという理由でしか答えることができず。わずかながらも、もしかすれば何か面白いことが起きてくれるかもしれないと考えていた自分に楓は呆れている最中だった。冷静になって考えれば面白いことがそう何度も続くはずがないのに……。

そうこうしている内に、山頂に着いてしまった。

それなりに広々とした空間があるものの、楓を満足させるだけの要素はない。

やっぱりここには何もない。ここで鼻で笑うと、楓はくるりと踵を返した。

ここで帰ったらまた小うるさく怒られるだろうが、暇を持て余している楓にはそれすらもいい暇つぶしに感じていた。怒鳴られるのは好きではないけれど、聞いているとなんだか落ち着く自分もいる。その後にでも悠にもう一度手合わせを願おう。彼ならばきっと快く承諾してくれる。戦績は一勝一敗……ここは楓としても勝ち越しておきたかった。

したがって――あれこれ考えていたことで足元が疎かになっていたことを、楓は認めねばならない。小石に蹴つまずいて、そのまま転んでしまう。更に運が悪いことに地面にぽっかりと穴が開いた。いや、元々その部分の地盤が弱かったのだろう。重力に逆らえぬ楓は、しかし宙でくるりと身を転じるとそのまま静かに穴の底へと降り立つ。幸いなことに、怪我はなかった。非力な人間だったなら、即死は免れなかっただろう。

「もう、最悪！　どうして私様がこんな目に遭わなきゃなんないのよもう！」

足元にあった石ころを思いっきり蹴り飛ばしてやった。割と本気で蹴ったものだから、石ころは遠くに飛ぶ前に粉々になった。その光景に幾分か、心がすっとしたところで、さて。

「ここどこなの？」

ぽっかりと空に開いた穴より差し込む光に照らされる世界を前に、楓は小首をひねる。山の下にこのような場所があったなんて……。わずかに関心を持った楓は建物の方を注視する。

「明らかに人工物よね、これって……」

朽ちた柱に支えられた建物は、黒々とそびえ立っていて不気味な雰囲気を醸し出している。生物の気配は皆無。しかし鬼が息を潜めて根城とするにこの場所ほどよい隠れ家もあるまいと、楓は腰の太刀をすらり、と抜き放った。ゆっくりと建物の方へと歩を進める。相変わらず己を除いて気配は、ない。

とうとう、建物の中へと楓は足を踏み入れた。うっ、と言葉を詰まらせる楓。それもそのはず。彼女の視線の先には、踏み入れたことを後悔する光景がありありと広がっていた。あちこちに積み上げられているのは人骨の山々で、数の分だけ失われていった命を表している。見るに、もうかなりの時が経過している。つまり当時のままの状態が現代も変わることなく残されている。

粘土細工でもやるかのように、あらぬ方向にひしゃげられた分厚い鋼鉄の扉をくぐって、更に奥へ。やはりここも数多の人骨の山が築かれている。奥にあるのは、玉座か――ぽつんと取り残されていて、今では蜘蛛の根城と化しているようだ。

「ここは、いったい……ッ!!」

背中に熱いものが走った。この感覚を楓は知らない。一度も経験したことがなく、されど鋭利な刃で斬られたことだけは何故かわかる。ばっさりと、左肩から右脇腹に掛けて一直線に帯びた熱と激痛に、楓は思わず脇右腹に手を当てる。

手には、何もついていない。そんな馬鹿な。狼狽した様子で楓は着物を捲り上げる。やはり、ない。あれだけはっきりと斬られた感覚があったというのに。血の一滴はおろか刀疵と思わしきものは、白き柔肌のどこを見てもなかった。

「い、今のは……うっ!!」

ずきり、と今度は頭痛が襲ってきた。まるで鈍器で力いっぱいに殴られたかのような感覚。意識が遠のき、全身から力が抜けていく。楓に抗うだけの余力は残されていない。正面から地面へと倒れたが、その際鼻を強打した痛みで意識が覚醒を果たしてくれた。

何かがおかしい。本能的に察した楓はこの場からすぐに離れることを決断した。理由はわからない。しかし、この場に留まっていてはきっといけない気がする。おぼつかない足取りで外を目指し歩く。途中何度も転びそうになった。それでも懸命に、とうとう這うことになっても楓は光を目指してただひたすらに突き進んだ。

「はぁ……はぁ……」

ぞくり、と背筋が粟立った。後ろに何かがいる。楓は恐る恐る振り返る。

一匹の鬼がいた。とてつもなく大きい。牛のような頭に巨大な角を生やし、彼女を捉えている赤き瞳には、狼狽した楓が映り込んでいる。

どれだけ記憶をさかのぼっても、こんなにも巨大な鬼と相対したのは楓にとって初めてのはずだった。一人でどうにかできる相手とはとても思えないし、ましてや満足に動くこともままならない自分は逃げ切れない。このまま嬲り殺されて、それでおしまい。ぎりっ、と楓は歯を噛みしめる。この時、生存本能とは別の感情が彼女の胸中に芽生えていた。

（どうして！　こんな鬼は初めて見るのに……どうして私様は知っているような感じがするの⁉）

きっと、失われた己の過去が関係しているに違いない。だが、それらを確かめるにもまずは自身が置かれた状況を打破せぬことには叶わない。残った力で全身を動かす。鈍重な亀にも等しい彼女に、鬼は何もしてこない。いや、そもそもできるはずがなかった。

「え……まぼ、ろし……？」

いつの間にか鬼が姿を消していた――最初から鬼なんてどこにもいなかった。どうやら幻覚を見ていた、らしい。謎の痛みと脱力感に見舞われている状況下だ、意識もまだ朦朧としているからあるはずのないものを目にしたって不思議ではない。

幻影が消えたことによって、這わねばならなかったはずの肉体に活力が戻ってくる。視界も良好。未だ困惑が抜け切らぬ顔で、楓はよろよろと身を起こした。改めて辺りを見やる。何度見ても。どこにも鬼の姿なんてない。無駄な装飾がない。、ただ広々としている殺風景な部屋であの巨体を隠すこともできない。やっぱりあれは自身が生んだ幻影だったんだ。楓は力なく笑う。

「幻覚……だったんだ。そっか、あはは……」

良かった。そう呟くと、おぼつかない足取りで楓はその場を後にした。

なんだか無性にいらいらする。山を下りる最中、楓は何度も舌打ちをこぼしていた。どうにも、あの地下廃墟を後にしてから苛立ちが沸々と湧いてくる。御剣姫守だって一人の人間だ。感情があるのだから怒る時だってもちろんある。

以前は楽しいと思えることばっかりだった。童子切安綱や他の皆とすごしている時、悠と仕合をしていた時。口うるさく言われたことには少々面倒くさいとは思ったものの、本心から怒ったことは一度として楓はなかった。

だが、今はどうだ。とにもかくにも、この怒りを発散させたい気持ちであふれている。今すぐにでも何かを壊したい。物言わぬ無機物では、恐らく駄目だ。その程度ではこの怒りは収まらない。抑えられそうにない。

(誰でもいい……とにかく壊したい)

　その時、耳にするに不快極まりない咆哮が響き渡った。

　牙持たぬか弱き者であったならたちまち恐怖で顔を青ざめさせて悲鳴の一つでも上げるところを、彼女は逆ににしゃり、と笑った。なんて好都合。向こうから壊されにやってくるなんて、まるで生贄を捧げられた神様にでもなったよう。口元を三日月の形に歪めた彼女は太刀をすらり、と鞘から抜く。白刃が敵手を映し出した。牙を剥き、どたどたと猛々しく地を踏み鳴らして肉薄してくる。

「あぁ、最ッ高！　私様のためにその命を捧げてくれるなんて!!　私様の玩具になってくれるなんて!!」

　刹那、白刃が赤く染まった。司令塔を失ったことで物言わなくなったものに、楓は容赦なく刃を突き立てる。何度も、何度も。全身が返り血に染め上がろうとも、ただの肉塊に変わり果てようとも、彼女の顔から笑みが消えることはない。楓の手が止まったのは、辺り一面が血の池と化した頃だった。

「あぁ……楽しかった」

　あれだけ苛立っていたのが嘘のように引いている。頭も心もすっきりした。これなら朝から無駄な時間を費やしたことも帳消しにしたっていい。くすりと笑い、もう一度かつて鬼だったものへと目を向ける。

「ありがとう。とっても楽しかったよ」

礼を告げると、意気揚々と楓は下山した。

本部はこの日、殺伐とした空気が漂っていた。緊迫した面持ちでうんうんと唸る天下五剣を、呆れた様子で楓が眺めている。

「これは非常にまずいな……」

「ええ、ですからなんとしてでも私達は全力を賭してこの事態を打破せねばなりません」

「いや、悠を引き留めるだけでしょ？」

重々しく口を開いた童子切安綱と三日月宗近に、楓の冷静なツッコミが入った。

彼女の言うとおり、結城悠が弥真白に帰ろうとしている。彼にしてみれば、とうに用件は果たしているわけで、となると彼には長居をする理由もないし、天下五剣が悠を縛っておく口実もない。

ではお疲れ様でした、と言わないのが天下五剣である。せっかく自分達の下に来てくれた黒一点を、みすみす逃がすはずがない。したがって、こうして作戦会議を開いているのも、いかにして悠を耶真杜に縛りつけておくかという各々の欲求から始まっている。

「やはりここは重要な任務があるといって引き留めるのはどうだ？」

「でもさぁ、それじゃあどんな任務だって絶対につっこまれるじゃん」

「では、ここは運命だからというのは――」

「却下だね」

「右に同じく却下ですね。う～ん……」

「うわぁ……」

　わいわいと盛り上がる面々を、冷ややかな目で見る楓。

「付き合ってらんない……」

　嘲笑を含んだ捨て台詞を吐いた彼女が出ていこうとしていることすらも、天下五剣はまったく気付かない。保護観察対象も、結城悠という一人の男の前ではその価値もなきに等しくなる。我が目をもって理解させられた楓は、部屋を出ても呆れ顔を維持している。こんな連中に今後も保護されるのかと考えれば、彼女がげんなりしても誰も咎めまい。

　本部を出てからの楓は、雑踏に身を置いていた。本部に留まっていてもやることがなく、のんびり自由気ままにすごせるのはよくても、一人で発散させる方法を彼女は知らない。一人よりも二人の方がいい。そういう意味合いから、先に町へと行ってしまった悠を探していた。

　早ければ、悠が弥真白に戻ってしまうのは明朝。残された時間もわずかで、その間に天下五剣がどうにかしてくれる、などと楓も最初から期待なんてしていない。どんなに策を練ろうとも、まっすぐな剣のような彼の意志はそう簡単に折れやしない。付き合いが浅いながらも結城悠がどのような男であるかを自分がわかって彼女達が知らぬはずがないのに、と楓は首を傾げる。あんなにも頭の悪い会議を目にしてしまった後だ、彼女の疑問は尽きない。

それはさておき。

「もう！　悠ってばこの私様をおいてどこに行ったんだろ……」

彼是一時間が経過する。件の男に、楓はまだ会えていない。

道行く人に尋ねてもみた。あっちの店に入っていった、先ほどすれ違った、本当に素敵すぎる早く結婚して幸せにしたい——それはそっちの願望だろうに、とつっこんでおく——などなど。いずれにせよ、有益な情報となっていないから未だに楓は悠を探して彷徨っている。

「は～……今日を逃したら悠とも手合わせできないし、早く見つけなきゃだけど……本当にどこほっつき歩いてんだろ」

愚痴をこぼしつつ、楓は脳裏に一つの記憶を呼び起こす。

悠と道場で仕合をした時の記憶が鮮明に再生される。とても楽しかった。月並みな言葉であることは否めない。しかしながら、あの高揚をどうやって言葉にして表せよう。楓は思いつかない。いや、言葉にしようとしていることが愚かしい。

剣を交えたものにしかわからない高揚を、他者に説明して共感を得ようとしていることがそもそも誤りであり、楓もこの幸福感を誰にも明け渡す気などない。あれは私様だけのものだ。

「本当に楽しかったなぁ」

楽しかったからこそ、せめてもう一度。次はどんな仕合へと展開してくれるだろう。真剣で殺りあってても面白そうだ。そうすると彼の真っ赤な血が見られる。とてもきれいに違いない。肌に触れればきっと温かな感触が優しく包み込んでくれる。

あぁ、早く。早く結城悠を感じていたい。今すぐにでも腸を引きずりだして、この口へと――。

「って、あ、あれ？」

――楓はひどく狼狽した。どうして、と自問を繰り返す彼女に怪訝な目が向けられたが、声を掛けようとするものはいない。かくいう楓も周りに気を掛けていられるほどの余裕は皆無だった。

楓が好きなのは、あくまで強者との戦いであって血肉が見たいわけでも、ましてや喰いたいわけでもない。けれども、さっきのは……。

「……ううん、違う。さっきのはちょっとした気の迷いってやつ。私様がそんなことを考えるはずが、ないもん……」

力なく言葉をもらす彼女に、一つの声が掛けられる。

とても優しい声色(こわいろ)。聞いているだけで相手が心配してくれているのが伝わってくる。楓は顔を上げた。あぁ、やっぱりだ――安堵(あんど)を浮かべる彼女の瞳に、手を差し伸べる一人の青年が映し出されていた。

本日の天気も快晴で、天下五剣(じょうし)がまたしてもよからぬことをしでかそうとしていたから、悠は千年守鈴姫と小烏丸を連れて町の方へ足を運んでいた。特に目的はなかったのだが、弥真白(やましろ)にいる仲間達(チビ)へのお土産を買うために今は店を順々に回っている。手土産の一つでもあった方が、彼女らの機嫌も少しばかり緩和できよう。

「土産の定番っていったら、やっぱりまんじゅうとかの方がいいか?」

「そう、だね。置物とかストラップなんかよりも、そっちの方がいいかも」

「でもどうせなら悠さんの使用済みの私物とかよこせって言ってきそうですけどねぇ……」

「……本当に言ってきそうだから怖いな。まぁとにかくまんじゅうでいいだろう。量は多めに買っておくか。なんて言ったって弥真白（ウチ）には大きな子供もいるからな」

「それ、本人が聞いたら絶対に怒るよね」

「ワシ違うから！　そんなまんじゅうで喜ぶような子供じゃないから！　――って否定してきそうだな」

雑談に花を咲かせて、それを羨（うらや）んでいる外野の様子を小烏丸はすかさずメモしている。

筆の進みも心なしか速い。

嫉妬の眼差（まなざ）しを向けられている様子から、どれだけの情報を得たのか。一、二行でまとめられそうなものを、彼女の筆は未（いま）だ止まることなく紙の上をすらすらと走っている。

記されている内容を悠は知る由（よし）もなく、だからと確かめようともしない。ろくなものでないことはわかりきっている。

ともあれ、買い物を済ませた彼の足はもちろん本部へと向けられる。

「それにしても、本当に天下五剣って迷惑なことばっかりしてくるよね」

「今に始まった話じゃないけどな」

明日には小狐丸達が待つ弥真白（やましろ）へと帰る――と天下五剣は思い込んでいる。

これは嘘（ブラフ）だ。事前にそう思わせるように悠が仕込んでおいた。

易々（やすやす）と彼女達が帰らせてくれるはずがない、絶対に何かを仕掛けてきて、その内容も常識から逸脱している。なんて大袈裟（おおげさ）な、と思わないでもいたが自身の予想がものの見事に的中してしまったから、呆(あき)れ顔で報告してきた千年守鈴姫には、悠も苦笑いで応えるしかなかった。

（朝から鈴に見張らせておいて本当によかった……）

やっぱり頼れるのは愛刀しかいない。

道中、悠は足をぴたりと止めた。周囲から訝(いぶか)しげな視線を集めている者がいる。

（あそこにいるのは……楓か？）

どうやらまた脱走してきたらしい。ここまでくると、注意をしても意味がないと理解するが、桜華衆(おうかしゅう)の一員である以上はそうもいくまい。効果がなくとも悠には彼女を咎(とが)める権利と責務がある。

そうとわかりながらも実行に移そうとしないのは、悠もまた周囲と同様に訝しげな目で彼女を見ていたからに他ならない。

どこか様子がおかしい。そう確信させる楓の行動に悠は眉をしかめる。

目が合ったのになんの反応も示さないばかりか、虚(うつ)ろな目でぶつぶつと呟(つぶや)き、ついにはうずくまってしまった。悠が知る、楓という御剣姫守(しょうじょ)としての面影は欠片(かけら)もなく、ただ一人のか弱い女性がそこにいる。これを見過ごす悠ではない。

「おい楓、こんなところで何をしてるんだ？　それに、どうしたんだ。何か……あったのか？」

「あ……」

ゆっくりと、楓が顔を上げる。先ほどより表情を険しくさせて、悠は楓を見た。

（なんて顔をしてるんだ……）

いつもの楓と違う、と口にした愛刀の言葉は間違っていない。千年守鈴姫が指摘するように、楓の顔は青ざめていて、虚ろな目にはうっすらと涙が滲んでいる。目にしたことのない楓の異変に、さてどうしたものか。怪我であったなら素人ながらも応急処置ぐらいはできようものの、彼女は御剣姫守であって、人間とは大きく異なる。

外傷は、特に見当たらない。ならば精神の方か。だとすると、尚更彼にできることは限られそうだと悠には感じられ、むぅ、と唸る。理由がわからぬことには何とも言えず、しかしたったの一言で余計に彼女を傷つけてしまう可能性もある。ましてや理由を本人の口から語られるかもわからず、根掘り葉掘り聞くこともご法度だ。

さて、いかがしたものか。悠は楓からの言葉を待った。

程なくして、彼女からの反応が返ってくる。

「あ、あはは。うん、ちょっとね。でももう大丈夫。悠の顔を見たらなんだか安心しちゃった」

「…………」

「……本当に大丈夫だってば！　いつもどおりの私様、でしょ？」

そう言って立ち上がった楓の笑みに、悠も一先ず納得することにした。

彼女が嘘を吐いているのは明白で、しかし楓本人の口からは大丈夫だと断言されてしまっている。ならばもう、悠にはなす術がない。追及してもいい結果になるとも到底思えぬ。こちらが大人しく引き下がるしかあるまい。

時が経ち、楓なりに心の整理ができた時、きっと彼女から語ってくれるであろう。そう信じることにして、さて。

悠は咳払いを一つする。

「……それならいい――それで？　また安綱さん達の目を盗んで出てきたのか？」

「うっ……い、今はそのことはおいておいて――」

「駄目に決まってるだろう！　まったく……」

「な、なによ。私様に優しくしてくれたって思ったら急にあいつみたいに説教しなくてもいいじゃない！」

「何度も説教をさせる方が悪いに決まっているだろう。とりあえず、本部に早く帰るぞ！」

「え～！　じゃあさ、仕合一回！　仕合一回だけしてくれたら大人しく帰るからさ……ねっ!?」

「こいつ……」

仕合という単語を引き出されたことで、悠の意志が大きく揺らぐ。

率直に言って、悠も楓ともう一度仕合をしたいと願ってはいた。一勝一敗……引き分けのままで終わらせてしまうのは、どうも落ち着かない。ならば決着を。まだ耶真杜(やまと)にいられる内に。その思いは腰の得物(えもの)へと伸びていた。

町中で刀を抜くわけにもいくまい。まずは両手を塞(ふさ)いでいる手荷物を本部に置いてきて、その後に愛刀を説得するというのは骨が折れるが仕方あるまい。逸(はや)る気持ちを抑えて、悠は本部への歩を進める。

楓も大人しくついてきた。意図をくみ取ったらしく、彼女もまた結城悠との決着を望んでいたと知った彼の口角がつっと吊(つ)り上がった。

「またろくでもないこと考えてるでしょ!?」

「痛い!!　せ、背中を抓(つね)るな鈴!!」

「荷物重たいでしょ？　私様(わたくしさま)が一つぐらい持ってあげてもいいけど？」

「わ、わかったから腕をそんなに引っ張らないでくれ！」

「これはいいネタにできそうですねぇ。しっかり描写しておかないとぉ」

傍(はた)から見ずとも騒がしい状況は本部に帰るまで続くかに思われて——次の瞬間。絹を裂いたような叫び声と、警鐘のけたたましい金打音が鳴り響く。平穏な時間はたちまち悲鳴と恐怖に支配されて、悠は音がする方角を鋭く睨(にら)みつける。どうやら先にやらねばならぬことができたらしい。

「……帰る前に急用ができたな」

「三日月さん達には？」

「気付いてるだろうけど、今の悲鳴からして俺達の方が近い。なら本部に戻って指示を仰ぐよりも先に行って対処した方がいい」

「じゃあ私様（わたくしさま）も！　いい準備運動になるしね」

「私も悠さんのことを取材したいので同行しますねぇ」

「……理由としては不純だけど、一人でも多い方がありがたいな——それじゃあ、行くぞ！」

　応の三つの掛け声を背に悠は駆け出す。

　流れゆく稚魚は安全な場所を求めて逃げ泳ぎ、その流れに逆らって突き進む四人は、一角から尋常ならざる殺気を感じていた。なんともわかりやすく、そして血の香りがつんと鼻腔（びこう）を刺激したことで、全員に緊張が走り抜けた。

　犠牲は絶対に出さない。そのために得た強さだ。流れを真っ先に抜けた悠が、元凶と対峙（たいじ）する。なんだ、あれは。悠はまじまじと見た。悠の関心を強く引いたのは鬼の身体から生えている赤色の結晶体（クリスタル）にある。

　殺伐とした空気にそぐわない物が何故あるのか。答えは、今まさに目の前にある。

あれは、きっと新種の類だろう。神威のように特化した環境にも適応した鬼がいたのだから、同じ類とみて相違あるまい。結晶体を生やした鬼とは、また随分と変わった鬼もいたものだ。皮膚を突き破っているが痛みはないと見受けられる。

いずれにせよ、彼がやるべきことに変わりはないので、悠は大刀を鞘から抜いた。珍しくはあるが、結局人に害なす存在ではないか。ならば、己はただ駆除するまで。鬼を斬り、人々を守るのが俺の役目だから。白星刃に敵手を映して、悠は地を蹴り上げた。

突然、一陣の突風が吹いた。まだ暖かな季節であるというのに、かつての神威を彷彿とさせる凍風が肌を突き刺す。砂塵がわぁっと舞い、自然と目を閉じてしまう。視界が闇に覆われた一瞬で、生命が散ったのをしかと感じた。

目を開ける。警戒して大刀を構えていた悠が真っ先に出迎えたのは鬼ではなかった。自らの血溜まりの中に鬼が伏している。首はなく、刎ねられたことがわかった。下手人が馬乗りになってめった刺ししている。返り血をどっぷりと浴びて嗤う姿は、なんとも強烈な妖美があった。

「お、おい楓もういい。そいつはもう死んでるぞ！」

たまらず、悠は制止に入った。

鬼はとうに事切れている。にもかかわらず、まだ楓は物言わなくなった亡骸に刃を突き立てる。闘いそのものではなく、命を弄ぶ残虐行為を明らかに楽しんでいる彼女には、千年守鈴姫と小烏丸も困惑の感情(いろ)を隠せない。

「いい加減にしろ楓！　いつまでやっているつもりだ!!」

「……はえ？　あ、あれ？　私様(わたくしさま)は何を……えっ？　ど、どうして鬼がこんな風に……？」

「……とりあえず本部へ戻るぞ。鬼は見たところこいつだけみたいだし、あとは他の皆が処理してくれるだろう」

「…………」

「……楓？」

「わ、私様(わたくしさま)……ま、また……」

「……いくぞ」

狼狽(ろうばい)したまま動こうとしない楓の手を引いて、悠はその場を後にした。

◆◇◆◇◆

再び足を運んだ道場には、既に先客がいた。

顔を見るや否や力ない笑みを浮かべる相手に、悠は目をわずかに見開く。どうしてここにお前がいるんだ、と。予測していなかっただけに、彼の顔は疑問で歪(ゆが)んでいく。

結局、悠が弥真白(やましろ)へと帰還するのは当初予定していた日の翌日となった。三日月宗近らによる妨害工作——恋の病に感染しているから本部でしばらく様子観察を行う、と言われた時には思わず一笑に付してしまったが。完璧な作戦だったのに、とのたまって膝(ひざ)から崩れたのは自分のせいではない——は一切関係なく、悠自らが決断を下している。

このまま帰ってしまうことも、もちろん悠にはできた。

実行に移さなかったのは、楓の様子が気になったからに他ならない。自分にはもう関係のないことだから、と割り切っても気になって落ち着かなくなるぐらいならば、せめてもう少しだけ様子を見ておきたい。そうした意志のもと、耶真杜(やまと)に残ったのに、自分達の作戦が成功したと喜ばれた。勘違いも甚(はなは)だしい。どうしてそのような思考へと行き着くのか、わからないから彼の悩みは尽きず。悠は軽い頭痛にも苛(さいな)まれていた。

それはさておき。

「どうしてここに……」

気になる相手が目の前にいるものだから、改めて悠は尋ねる。先客が小さなため息をもらした。

「もう一回仕合しようって言ったでしょ？」

「それは……確かに言ったけど。いいのか？」

「明日帰っちゃうんでしょ？　だったらのんびりなんかしてられないじゃん」

（そう言ってもなぁ……）

仕合は確かに、悠も望んでいた。

だからこそ、全力を出せない彼女との決着を悠は望まない。楓は明らかに無理をしてやってきた。万全でない相手に勝っても意味などない。俺はあくまで全力の楓という御剣姫守と戦って勝ちたいのだから。悠は静かに首を横に振った。

お前と戦う意思はない。悠の意思表示に楓が異を唱える。

「……どうして戦ってくれないの？」

「当然だろう。俺が戦いたいのは全力の楓であって、今の楓じゃない。まだ色々と悩んでるんだろう？　そんな状態で戦ったってお互いにすっきりしない。だから俺は戦わない、お前のコンディションが戻るまではな」

「わ、私様なら大丈夫だって！」

「どこがだ。とにかく俺はお前とやらない、また機会を改めてからにしよう」

「そんなのいつになるかわからないじゃない！」

「仕方ないだろ。子供じゃないんだから、大人しく言うこと――」

言い終えるよりも先に金打音を鳴らされる羽目になった。悠は深くため息を吐く。

楓がいきなり斬り掛かってきた。口論したところで埒が明かない、ならば実力行使に移そうとした、彼女らしいやり方でもあって、だからこそ自らの不調を露呈してしまった彼女の太刀筋が、悠の表情をより一層険しくさせてしまう。

（これのどこが本調子だ……！）

　太刀筋は骨にまで響き、鋭く、重たい――それが悠の知る楓の太刀筋であるのに対して、まったく真逆の太刀筋がきたものだから悠も困惑の感情を隠さずにはいられない。不調となった彼女の剣は、非力な女性のそれとなんら変わらない。だから簡単に受け止められてしまう。

「ほらっ！　ちゃんとしないと大怪我しちゃうよ！」

「楓……!!」

　素早く抜いた小刀で楓の太刀を弾く。呆気なく彼女の手から離れた太刀は、遠くへと落ちた。床を叩いた音が彼女の心の内を表しているかのようで、虚しさを感じさせる。

「これでわかっただろ？　前の楓だったらこんなにあっさりと終わることはなかった！」

「………」

「こんな剣を何度打ち込まれたって俺には届かない――とにかく、仕合は中止だ。またいつか耶真杜に来る時もある。それまでにコンディションをしっかりと――」

　踵を返したと同時に、強烈な痛みが左肩に走った。

　血飛沫が眼前で舞っている。濃厚な血の香りがつんと鼻腔を刺激して、理解する。斬られた。だが、いつの間に。いやいつの間に刀を拾ってきた。どっ、と大量の汗が噴き出し、全身を駆け巡る高熱と激痛が思考に混乱を招く中で、悠は大刀を構えて楓を見やった。

顔を俯かせて楓は佇んでいる。その左手が——異形と化している。肌も灰色に変色し、爪が剣のように分厚く、鋭利さを兼ね備えている。あれでは、まるで……。

(鬼みたいじゃないか……!!)

楓が咆哮を上げた。

突然の変異の謎を現段階で解き明かすことは不可能にして、無意味。まずは己を守るためにも、この怪物をどうにかせねばならない。最悪、斬ることも視野に入れて、剣鬼は前進する。

「ぐぅっ!!」

ぎりぃ、と剣鬼が歯軋りする。

彼の左肩に受けた傷は深くはなく、されど軽傷でもない。満足に動かせられない悠には残った腕一本で対処することを強いられたため、人外の膂力に勝てるはずもない。楓の爪撃を受けた悠は大きく弾き飛ばされた。

床に打ちつけられて、直撃する寸前に柔らかな感触に守られた。温かい一肌にそぐわない、突き刺すような冷たく鋭い殺気の主の声が響く。

「楓ぇぇえっ!!」

千年守鈴姫が楓へと肉薄した。

膨大な殺気が込められた太刀筋が楓を瞬く間に追い詰める。それでも未だ致命的な一撃を与えさせない楓も、さすがと認めざるをえない。左手一本だけで立ち合うこと、十一合目——楓が大きく弾き飛ばされた。その先にあるものを見て、悠は気付く。

「いや……！」

違う、楓は弾かれたのではない。計算して弾かれたのだ。左手一本で千年守鈴姫の猛攻は防ぎ切れまい、その判断は極めて正しい。だから手放していた得物を取りにいった楓の判断もまた、然り。

「二刀流にしてボクに勝てると思ってるの？　あまいよ‼」

再び二振りがぶつかる。

楓が刀を取り戻してから、初太刀目——戦況が大きく変わった。

「何……？」

「くっ……こ、この！」

それまで優位を保っていた千年守鈴姫が楓に押されている。

先の違いはどこにある。悠は楓の動きに注視した。

答えはすぐに見つかった。剣を取り戻してからの楓は、一太刀を浴びせる度に咆哮を上げている。そうした時、防戦一方を強いられている彼の愛刀の腕は大きく弾かれている。

この現象こそが戦況が急に転じた原因であり、同時に楓の刃戯なのだろう。

声を発することで発動するタイプの刃戯なら、長曾祢虎徹との仕合で経験している。

悠の推察は、的中していた。そう告げるかのようにやってきた新たな訪問者に、皆の注目が集められる。

「安綱さん！」

「楓！　き、貴様その刃戯は……！　どうして貴様が吼丸の刃戯をッ⁉」

「吼丸……？」

楓の矛先が変わった。

自らへ向けられた凶刃に、童子切安綱の対応は迅速であった。正面から叩き落とす。その一刀を形容するなれば無骨にして、しかし同じ御剣姫守をも地に膝を突かせた破壊力は計り知れない。

異形と化した爪が断たれた。それに伴って、楓の身体が糸の切れた人形のようにぐらりと崩れ落ちる。いつしか左手も元の形へと戻り、それを見届けてからようやく、緊張の糸を悠は緩めた。

他の面々も一息ついて得物を鞘に納めている。

「とりあえず……なんとか落ち着いたってところか」

「いったい何があったというのだ？　それに……悠よ、貴様は傷を負っているではないか⁉　まさか、楓がやったのか……？」

「事情はあとで説明しますよ。まずは彼女を本部へと運びましょう。いつまた暴れるかわからない以上、放置しておくのは危険すぎる」

「そうだね、じゃあ縛り上げるね」

「……おい鈴。お前、そんなロープいったいどこから持ってきた？」

「えっ？　いつも携帯しているよ？　ボクが新撰組にいた頃は捕縛術なんかも教えてもらってたし、その名残で」

「そ、そうか……」

　手際よく拘束していく愛刀の姿に、悠は苦笑いを小さく浮かべる。本当は主を……、と呟いたのはきっと気のせいだと思いたい。

「悠よ、貴様の治療も最優先事項だ」

「こんなの平気……ってわけではないですけど、大丈夫ですよ」

「いいや万が一ということもある――我も気は進まぬが、致し方あるまい」

「……どういう意味です？」

「現実逃避か？　それとも忘れているのか？　貴様も何度も世話になったことがあろうに……本当に気は進まんがな！」

　誰かのことを毛嫌いしている様に、悠は小首をひねり――あぁ、そういうことか。思い出してしまった嫌な記憶に、彼の顔はみるみる内に活力が失われていく。童子切安綱の言うとおり、すっかり失念していた。毎日が目まぐるしく刺激的であることに脳の処理が追いついていなかったことも然り、ここ最近大怪我というものをしてなかったことも理由としては含まれる。

「あ、あの本当に俺は大丈夫ですから。こんなの消毒して包帯巻いておけばどうってこと――」

「何を言う！　一生残る傷にでもなったらどうするつもりだ!!　とにかくあの者の手配は我がしておく、気持ちはわかるが……逃げるなよ？」

「うっ……」

「ね、ねぇ悠。いったい何の話をしているの？」

「……知らない方がいい」

「えっ？　ちょ、ちょっと主ってばなんのことかボクにも教えてよ！」

（教えられるわけがないだろ……！）

耶真杜に血の雨を降らすわけにもいくまい。何度も尋ねてくる千年守鈴姫から逃げるように悠は顔を背け続けた。

◆◇◆◇◆

現在空室となっているその部屋は、悠から見れば相応な広さを持っていた。五人で使用するにはいささか大きすぎて、しかしながら、ものの数秒で殺伐とした空気で満たされてしまった。

原因はこの部屋に悠らが通された時点で、誰しもが理解していて——尚も解決に至らない理由が己にあることを、悠は左肩を見つめる中で再度認識する。

「ん……久しぶりに悠の肌を舐めた……ふふ、ふふふふ」

「い、いいから早く終わらせてくれ……。本当に嫌なんだよ舐められるのは！」

「ねぇどいてよ。ボクの主があんな目に遭ってるんだからボクがなんとかしなくちゃ……ボクがその女を斬り殺さなくっちゃ!!」

「落ち着いてください千年守さん！　お気持ちはわかりますけど、彼女の刃戯は本物ですから！　いや本当に私も見ていてとっても腹立たしいですけども！」

「一応あれでも僕らの仲間だから……抑えて抑えて！」

「ええい！　何故拘束具をされているのに、貴様はどこからこれほどまでの力を発揮しているのだ!!」

「ねぇちょっとそろそろ手が痛くなってきたんだけど！　光世もう休んでもいい？　交代してよ数珠丸」

「こ、交代したばかりじゃないですか!!」

(なんだこの空気は)

騒がしい光景を横に肩をべろべろと舐める光景は、さぞ奇怪であるに違いない。そうした中で治療を施された左肩は、元の形へと戻っていて——愛刀のせいで、その傷が開きそうな状態に陥っていた。

まずは落ち着けと、一心不乱に手ぬぐいで拭いてきた千年守鈴姫を落ち着かせたところで、さて。ひりひりと熱感を帯びた患部から痛みがだいぶ引いてきた頃、悠はゆっくりと口を開く。

動かした視線の先には、固く口を閉ざす童子切安綱がいる。

「安綱さん……」

「わかっている。あの時どうして我が楓を吼丸と口にしたか……であろう？　我自身もまだ信じられん。だが、あの時楓が見せた刃戯(じんぎ)は確かに吼丸の【吼剣奮迅(ほうけんふんじん)】だった」

一呼吸の間が置かれる。その間で意を決した顔を作り上げると、童子切安綱が語り始める。

「かつて我は吼丸、薄緑(うすみどり)、蜘蛛切(くもきり)の四名で討伐隊として行動を共にしていた。どの御剣姫守(みつるぎのかみ)も我に勝らずとも劣らずの実力者ばかりであった……」

彼女が発した名前ならば、悠はよく知っている。

なにせ先の三振り(さんふ)はすべて、元々は一振りの太刀(たち)が改名されたものであるからだ。太刀の名は、膝丸(ひざまる)。罪人を斬った際に膝まで到達したことに由来する、髭切(ひげきり)と並ぶ源氏重宝の太刀だ。

どうやら高天原においては個々に存在していたらしく、ならばどうして姿をまるで見せないのか。これから語られるであろう童子切安綱の言葉を、悠は気持ちを改めて待つ。

「ある日、我らはとある鬼の討伐に赴いた。いつも数多くの鬼を斬り伏せてきた我らは、己の腕を過信していたのであろうな。どれだけ強大な敵であったとしても、我ら四人がいれば決して負けることはない、と……」

「その、鬼……というのは？」

「……鬼の名は、土蜘蛛」

「土蜘蛛……!?」

土蜘蛛とは、帝への恭順を表明しない土着の豪傑、豪族。賊魁などに対する蔑称として用いられていたが、近年は妖怪として広く認識されるようになっている。妖怪としての土蜘蛛は日本を魔界へと変えようと企み、源頼光によって討伐された。蜘蛛切への改名もここからきている。

土蜘蛛の名が出た時、童子切安綱が歯を強く食いしばったのを見て、悠は察してしまう。童子切安綱がいること、先の三名がいないこと、これらを結ぶ一つの仮説が正しいことは、傾聴している三日月宗近らの挙措が肯定してくれている。

もう十分だ。これ以上童子切安綱の口からトラウマを語らせる気も、そこまでして聞きたいなども悠は思っていない。

「葛氣山に赴き、土蜘蛛と対峙した我々は戦った。そして最初の犠牲になったのが吼丸と薄緑。彼女達が命を賭して我と蜘蛛切を逃がしてくれた。そしてその蜘蛛切さえも、我のために――」

「もう、十分ですよ安綱さん……」

「悠……」

「なんとなくながら、事のあらましは理解できましたから。問題はどうして現代、このタイミングで楓が吼丸さんの刃戯を発動させたのか――いや、赤の他人であるはずの楓が保有していたのか。まずはそこから考えるべきじゃないでしょうか」

「そう、だな。楓については謎が多すぎる。だが、あの時の事件と何かしら関係があることは確かであろう」

「となると、やはりその答えは葛氣山にある……ということでしょうか」

「もう一度行ってみる必要があるな。葛氣山へ……」


二度目となる葛氣山に、悠は険しい表情を浮かべていた。

初めて訪れた時の高揚感はなくとも、禍々しいと認識すること自体がありえない。

にもかかわらず禍々しい気が山を覆っている。生きとし生ける者の来訪を拒まんとするかのような雰囲気が足を踏み入れることを躊躇(ちゅうちょ)させるが、悠の歩みを止めるにはまるで足らない。いくつもの死地を乗り越えてきた経験が、彼に耐性をつけさせていた。臆することなく踏み出された足が、悠の顔に安心感をもたらす。

心なしか、身体が軽くなった気がした。

「邪気に対する抗体が身についたのか、それとも勇気を出して進むことが打ち勝てる条件だったのか……」

果たしてどちらが正しかったかなどという問答に、悠は興味を持たない。彼の関心を集めているのは、あくまでこの事象を引き起こしている原因のみ。

ここには自分の想像を遥(はる)かに超えた何かがある。楓の身に起きた異変もきっと解決してくれる、と悠は己の確信を新たにした。

「主(あるじ)、大丈夫？」

「俺なら大丈夫だ鈴。このまま突き進むぞ」

「まずは頂(いただき)を目指す。だが油断するな、道中で何が出てきたとしてもおかしくはない」

「これも悠さんの取材のためですからぁ。私も気合入れて頑張っちゃいますよぉ！」

「……行くぞ！」

童子切安綱の号令に、悠は首を縦に振った。

頂へと延びる一本道を突き進む。木々が生い茂るばかりの光景は、関心なき者ならば瞬く間に飽くだろうものの、今日に限ってはどうやらその心配はないらしい。駆け抜け様に悠はちらり、と横目をやった。木々の間には、先に感じた邪気がひしめいている。ただでは通してくれないらしい。ならばするべきことは決まっていて、悠はいち早く抜刀を済ませる。

鬼叫が山中に木霊した。

異形が群れを成して一気に雪崩れ込んでくる。ようやく他の面々が抜刀を終えた、と同時。一番槍を手にした悠は鬼の一体に斬り掛かる。青き炎がわぁっと昇った。

「なんだ、この鬼達は……!!」

「この鬼って……町で見た時と同じ鬼だよ！」

「新種ですぅ!!」

結晶体を生やしている鬼を前に驚愕する童子切安綱を置いて、悠と千年守鈴姫は対処に当たる。新種への調査は必要ではあるものの、そのためにはまず自分達がこの場から生き延びぬことには意味がない。全員が死してしまったら、誰がこのことを報告すればいい。

驚くのも、呆けるのも後回しにする。そんなことは後からでもたくさんできるし、きっとこれから先にも更なる驚愕が待ち受けている、そんな気がしてならなかった。

「は、初めて見る鬼だが実力はさほど変わらぬぞ！」

童子切安綱の指摘には、悠も無言による肯定を示していた。結晶体が生えていることさえ除けば、あとは普通の鬼となんら変わらない。何か未知なる能力を秘めているやも……、という彼の心配も杞憂に終わったから、悠は怪訝な表情を張りつかせたままで鬼を斬る。

一匹、二匹、三匹、四匹……、わらわらと現れる鬼を悠は斬り伏せていく。彼が通った後は死体で埋め尽くされて、その後を御剣姫守達が追うという形ができあがった。いつの間にこれほどの強さを手に入れられた、と童子切安綱が呟いたのを聞き逃さなかった悠は、これよりももっと強い相手と戦ってきている、と心中にて返す。

「――これで最後!!」

悠の唐竹斬りが鬼を真っ二つに断った。

どうっ、と崩れ落ちるのを見送って、ようやく。

「ようやく、終わったか……」

納刀すると共に、悠は疲労の吐息を一つこぼした。

一匹の実力が弱くとも、群れれば強大となる。それでも悠達がこうして生き永らえたのは、敵兵が少なかったことが挙げられよう。一騎当千の兵三人を相手に、鬼側がその六十分の一の戦力では最初から勝負にもならない。

己一人であったならば、まだ鬼も勝機を見いだせていただろうに。もっとも、簡単にこの首をくれてやるわけにもいかないから、悠も己を強くすることへ余念がない。途中から記憶が定かではないものの七匹は仕留めたと思う。即ち残る四十三の鬼はすべて御剣姫守(みつるぎのかみ)が対処した数であって、愛刀に至っては十四以上も仕留めていた。

この結果を目の当(ま)たりにすれば、自然と驕(おご)りや慢心も消えてくれる。目指すべき場所には、まだまだ到達できそうにない。

「大丈夫？　少し休もうか？」

「さすがにあれだけの量を相手にすれば悠さんでなくても疲れちゃいますよぉ」

「いや俺なら大丈夫だ、問題ない。それに……」

「うむ、見えてきたぞ」

山頂に着いて、あれはなんだ、と悠はすぐにその異変に気付く。

地面にぽっかりと穴が開いていた。中を覗(のぞ)けば差し込む陽光が地面を照らしている。高さ的には、人間が飛び降りればまず即死は免れまい。御剣姫守(みつるぎのかみ)ならばいざしらず、人間である悠にこの穴へと降りる術(すべ)はない。

となると降りるための準備が必要となるわけで、彼の意図を察した愛刀がすっと手を差し伸べた。なんだその手は。悠は小首をひねる。逆に小首をひねられて、悠の疑問は余計に深まっていく。

「鈴、どうして手を出しているんだ？」

悠はロープを所望していた。それを持っているのが千年守鈴姫であり、だが彼女の小さくきれいな手には何もないから、彼も尋ねざるをえない。

「何って、飛び降りるからボクに掴まってってことだけど。ボクが持ってるロープだと長さが足りないし、それに途中で切れたりしても危ないからね」

「いや、まさかとは思うけど……抱える、なんて言わないよな？」

「それ以外に方法があるとでも思う？」

「……一度帰って長めのロープを見つけてくる。それとも別の入り口があるかもしれないから俺はそれを探しに——」

「あ、あのぉ。じゃあ私が悠さんと一緒に降りますぅ。悠さんぐらいなら抱えて飛べると思いますのでぇ」

　これ見よがしに黒き双翼をぱたぱたと小烏丸が動かしてみせた。

　なるほど、それは妙案だ。悠は感心した。

　少しでも羞恥心を味わうことがなければ、悠はどんな手段であろうとも講じる。小烏丸が持ってきた提案は、正しく彼の希望に沿っている。飛び降りるよりも安全面も考慮されていて、文句のつけ所はない。

　手を繋ぐ、ぐらいはせねばなるまいが。その程度ならば、もっと過激なスキンシップを受けた経験から、悠はなんの感慨もない。喜んで手を繋ごう。愛刀を差しおいて、提案者の手を掴もうと悠は右手を伸ばす。

がしり、と手首を掴まれた。瞬く間にみしり、と軋むほどの圧力に締め付けられていく。

「す、鈴！」

「駄目だよ主。主はボクとここから一緒に飛び降りるんだから……」

「そ、その発言は誤解を生みかねないからやめろ！」

「そんなことはどうだっていい！　ほら、早くボクといこうよ」

「お、おい待て！　まだ心の準備が――」

足元がふわり、と浮いた。

「え……？」

思考が停止する。何をされたのかが、よくわからない。

悠がことを理解したのに要した時間は、およそ三秒。遠ざかっていく太陽と、広大な空間に己が浮遊していると客観的ながら理解して、ようやく。

「す、鈴ぅぅぅぅっ！！？？」

「ふふふ、これで主はボクと一緒だね？」

愛刀が強硬手段に打って出たのだと気付く。あれだけ嫌がっていたお姫様抱っこの体勢で見やる悠の視界に次々と情報が送り込まれてきた。心なしか濁った瞳の千年守鈴姫と、大自然が生んだ天然物――に意識を取られたが、迫ってくる地面に我に返る。

落下死——脳裏によぎった言葉に、悠は慌てふためきながら自らの愛刀を問い質す。調査もせずに死んでしまうなど、笑い話にもならない。

「お、お前死ぬつもりか⁉」

「大丈夫だってば。ほら、もう着いたよ」

羽が舞い落ちるかのように、微かな音を立てたのみで千年守鈴姫の足は地底へと着いた。やってくる衝撃もほとんどなく、しかしながら心臓には多大な悪影響を及ぼしたことに相違ない。忙しない胸の鼓動を落ち着かせる傍らで、さてこの愛刀をどうしてくれようか。悠は説教をする方法に思考を巡らせる。

それはさておき。

「なんだ、ここは……」

視界の先に待ち受けていた光景が、悠に驚愕をもたらした。

第十二章　想いは一つに

広々とした空間と岩肌に囲まれた中にその建物はひっそりと佇んでいた。とてつもなく大きく、造りは京都の平等院をどこか彷彿とさせる。残念なのは、利用している者がもはや誰もいないという事実だった。かつては美しい朱色であったろう壁や柱も、すっかり塗装が剥がれ落ち、亀裂などの破損も非常に目立つ。正しく廃墟と呼ばれている建物は、なんとも近寄りがたい威圧感を放っていた。

「まさかこの山の地下に、このような建物があったとはな……」

童子切安綱が驚愕を声に乗せて放った。その言動から、彼女は……恐らくは他の御剣姫守でさえも、この建物の存在を知らなかったことが察せられる。一方で悠は真逆の反応を示していた。言葉に表すならば、それは関心であった。

（地下に建物……か）

ダンジョンという言葉を、彼は人生の中で幾度となく耳にしてきている。ゲームや漫画など、創作の世界に触れている人間であれば、この単語を知らぬ者はまずいないと言い切れるだろう。自然のものから人工物まで、恐ろしいモンスターやトラップが冒険者達を待ち構える、そうした苦難を乗り越えた先にある宝を手に入れる――実に王道的で、だからこそ世界に触れた者の心を大いに魅了する。

悠も魅了された側の人間だ。故に彼の瞳は生き生きと輝いている。

現在彼の心中にて渦巻く感情を、悠は不謹慎だと認知していた。目的を忘れたわけではない、行方を眩ませた楓を探すために皆で葛氣山を訪れた。決して遊びに来ているのではない。だから心が浮き立つことがあってはならない。

（でもなぁ……）

どうしても、悠はわくわくする心を落ち着かせられない。もっとも好奇心に屈する気はない。探索したいという欲求はすべてを終わらせた後の自分に託すことにして、悠は本来の目的を果たすべく意識を切り替える。

「あぁ！　あんなところに葛籠がありますぅ！」

「お宝とか入ってるのかな？　見たところ開けられた形跡がないし……」

「おい貴様らここへは遊びに来ているのではないのだぞ！　もっと気をしっかり……――

悠よ、どうかしたのか？」

「いや、なんでもありませんどうかお気になさらずに」

「そ、そうか？」

訝しげな眼差しを向ける童子切安綱から逃げるように悠はそそくさとその場から離れ

る。

（あ、危なかった……）

思った以上に、ここは誘惑に満ちている。葛籠という単語に身体が勝手に反応してしまった己を悠は強く律する。宝箱と聞けばすぐに確認したがるのが人の性だとすれば、まさにそのとおりだという他ない。もしかしたら宝箱に化けたモンスター――ミミックや、侵入者用のトラップが仕掛けられていた可能性もあったかもしれない。先の行動を顧みれば、典型的な間抜けであるのは否めない。いささか気を緩くしすぎた、猛省して悠は今度こそと建物の方へと目をやった。

砂利が敷き詰められた地面を歩き、ついに入り口の前に悠は立つ。

近づくと、遠くから感じていた不気味さが急に増したような気がした。身体が中へ入ることを拒むというのも、悠は初の経験だけに苦笑いせずにはいられない。では今すぐ退散しよう、君子危うきに近寄らず――偉大な先人が残してくれた諺に従おう、などと保身に走ることを悠はよしとしない。

楓を救う……その一心で皆、ここに立っている。自分だけがどうして逃げ出すことができようか。

「少し……怖いな」

この言葉は本心である。本心ではあるが、己を鼓舞するために悠は口にしただけにすぎない。しかし、己が発した言葉は彼が予期せぬ反応を引き起こすこととなる。

「えっ？」

「これは驚きましたぁ！」

「ど、どうした？」

突然驚かれたことに、悠も驚く。

「悠よ！　き、貴様今なんと言った⁉」

「えっ⁉　いや、だからどうしたって……」

「違う！　それよりも前だ！」

「それよりも前……？　怖いなって……」

そこまで言って、あぁ、と悠は納得する。彼女らの言動と己の発言を照らし合わせてみれば答えはすぐに出た。

怖い――悠が己を鼓舞するべく発しただけの台詞が、この世界では男性らしい発言として捉えられる。もちろん雄々しさや勇ましさという意味合いではない。守られる側として、弱き者としての意味だ。故に童子切安綱や小烏丸が過敏な反応を示している。

要らぬ誤解を生んでしまった。すぐに訂正をする必要がある。それよりも早く、童子切安綱が口を挟んでくる。息を荒げ、顔を紅潮させている彼女は明らかに興奮した様子だ。

「そうかそうか！　いやいい、それでいいのだ悠よ。恐怖を感じることは何も恥ずべきことではない。寧ろそうして本音を打ち明けてくれて我はとても嬉しく思うぞ！」

「いやだから、別に本当に怖いって意味合いで言ったんじゃなくて――」

「案ずるな悠よ。この童子切安綱が貴様を守ってやる。だから今すぐ我のところに――」

「そんなのボクが許すと思ってる？」

「……千年守よ。未来の義姉に対して失礼とは思わんのか？」

「義姉？　冗談にしても笑えないね、それ……」

「二人ともやめろ！　こんなところで暴れようとするな！」

「ふっ……悠に感謝するのだな」

「どっちが！」

「はぁ……もう少し慎重に行動してくれないか？　ただでさえ、周りはこんな状態なんだぞ？」

　建物は今にも崩れ落ちそうな雰囲気を放っている。ちょっとした衝撃が崩落を生んだとしても、なんら違和感はない。もしも二人が刃を交えようものなら、その余波は確実に崩壊を招く。戦いで命散るのであればまだしも、天井の落下による圧死は結城悠の望むところではない。

　これより先は慎重に進む。鬼と渡り合える人間であっても、何トンもする瓦礫の雨には太刀打ちできない。御剣姫守ならばどうとでもできるやもしれぬが、一緒にされてしまってはさしもの悠もたまらない。

心配すべきは瓦礫だけに非ず。鬼が潜むのにこれほど適した環境もあるまい。自分達は今から敵の居城に身を投じるも同じ。地の利が相手にある以上、いつも以上に警戒することが要される。

「いいか。これより先は少しの油断も許されないものと思え。悠よ、貴様は我の後ろにいるがいい、よいな？」

「油断してるのはそっちじゃない？　主はボクが守るのでお気遣いなく」

「貴様……」

「何……？」

「二人とも落ち着いてくださいよぉ……」

（本当に大丈夫か……）

すぐ後ろで散っている火花を気に掛けながら、悠はついに建物の中へと足を踏み入れる。

足首がつかるほど中は浸水していた。濡れる不快感に耐えながら奥へと進んでいく。頼れる明かりは、各自左手にある松明のみ。ゆらゆらと揺れる炎に照らしながら周囲の探索も欠かさない。

不気味だ。あまりにも静寂すぎる空間に、悠は顔を険しくさせる。水面を打つ音のみが反響するばかりで、物音が一切しない。鬼が潜んでいるものと警戒していたのが馬鹿らしくなってしまうぐらいに、気配が感じられなかった。完全にここは無人と化している。

誰しもが現状について、言及するのも仕方ないことだった。

「誰もいない……ね」

「うむ、こうも静かだとかえって不気味だな」

「楓さんは本当にここにいるんでしょうかぁ……」

「…………」

不安が渦巻く中、探索は続く。進展はなし、探索が可能な場所もとうとう奥の部屋を残すのみとなった。これまで楓に関するものはもちろんのこと、目ぼしいものが何も見つからなかっただけに、奥の部屋に対する希望は皆高い。

（頼む……ここに楓に関するヒントでもなんでもいいからあってくれ）

祈願して、いよいよ最後の扉を開いた。ぎぎぎっ、と音を鳴らして開かれた、その先にて待ち構えていた光景が悠に驚愕をもたらす。骸だ、それもたくさん。損傷具合などから考察するに、もう随分と長い間ここで放置されていたことが窺える。

いずれにしても、これまで何も発見できなかっただけに一気に緊張が走り抜けた。あちこちで小さな山を形成している骸の多さには、誰しもが顔に嫌悪感を示している。

「これは、ひどいね……」

「…………」

「こ、こんなに犠牲者がいたなんてぇ……」

「……わかっているとは思うが、各々油断だけは絶対にするなよ。鬼を見つければ即座に対処する、が深追いや単独行動は一切禁止だ」

童子切安綱の言葉に、誰もが無言の肯定で答えた。

「ん……？　あれは？」

まだ奥に部屋があることに気付く。骸の山の次は何が待ち構えているのか、今度こそ探し人かそれとも鬼か。行ってみないことにはわからない。意を決して悠は扉の方へと歩み寄る。途中、視界の隅で何かが光った。松明(たいまつ)の炎に反射したらしい。明かりを向ける。部屋の片隅に、それはまるで寄り添い合うように突き刺さっていた。

「こんなところに、刀？」

三振り(さんふ)の刀へ悠は近づいた。造りも、装飾も、すべてが異なっている三振りの太刀(たち)。刃(は)毀れ(こぼ)がひどいから、武器としての機能はもはや果たせそうにない。だが、その輝きだけは未だ(いま)朽ちておらず美しい。しかし、はて。どうしてこれだけがここまできれいな状態で残されているのだろう。悠は疑問を抱いた。

「どうかしたのか悠よ。それよりも一人で行動するなと先ほど言ったばかりだろう！」

「安綱さん。いやここに刀があったから、つい」

「刀……？　こ、これは……！」

途端、童子切安綱の顔つきが変わった。まるで幽霊にでも遭ったのかと思わせるような挙措に、悠だけでなく千年守鈴姫も眉をしかめている。遅れてやってきた小烏丸だけが、何かを察したようにそっと目を伏せた。

どうやらこの二人、あの三振りの太刀について何か知っているらしい。答えが返ってくるかはさておき、尋ねるぐらいの権利はある。悠は尋ねた。

「その刀に見覚えがあるんですか？」

「これは……吼丸、薄緑、そして蜘蛛切のものだ」

「これが……！」

（じゃあこの中に……？）

話に聞いていた三振の太刀があるということは、どこかに骸も眠っていると見てまず間違いあるまい。問題は、千を超えよう数の中のどこに彼女達が眠っているか。素人目に見分けるなどまず不可能だ、損壊せずに残っているとも限らない。大海原から一粒の氷を見つけるのに等しい作業を、たった四人ではどうすることもできないのが現実だった。

だからこそ、これは大きな発見であるとも悠は思う。人目に晒されることもなかった彼女達がついに、陽の光を浴びれた。失った仲間達との再会を童子切安綱は果たすことができた。生きていることが望ましいのは、言うまでもない。これで彼女の無念が少しでも晴れることを、悠は一人願った。

「安綱さ……」

言いかけて、悠は、はっとする。

童子切安綱の目から透明の滴が零れ落ちる。彼女は泣いていた。声を殺し、固く握った拳を戦慄かせて、かつての仲間達を見つめている。声を掛けるべきか否か、迷ったが、ここは彼女だけにしておく方がいい。悠は判断した。

「主……」

「今はそっとしておこう――あの奥の扉、調べるぞ」

部屋に入ってからずっと、奥の扉への関心が尽きない。鋼鉄で作られた扉は分厚く、とても堅牢だ。ちょっとやそっとの攻撃では傷ひとつつけられない、そんな雰囲気を漂わせている。ここまで守りが堅牢であると、侵入されるのを絶対によしとしない決意があったのを容易に想像させる。

それほどの扉がまるで飴細工のように捩じられて、歪な変形を遂げている。悠は扉の奥よりも、この業を成した何者かに対して興味と恐怖を憶えずにはいられなかった。鋼鉄でこれであれば人間などひとたまりもない、即死だ。

「わかっていると思うけど、警戒はするように。何かやばいのがいる」

「うん」

「はいぃ！」

「待て悠」

童子切安綱が近づいてきた。目元が少し赤く腫れてはいるが、その目にもう涙は浮かんでいない。力強さが一層強まったかのような印象を悠は受ける。ふと、視線を手元へとやれば布に大切に包まれた三振りの柄が顔を出していた。

「すべてが終わった後に、彼女達を手厚く葬ってやりたい」

「……ええ、そうですね。その方がきっと安らかに眠れるでしょうから」

「うむ。その時には是非悠も花を手向けてやってほしい」

烈火の如き強き意思を秘めた顔は見る者に自然と活力と安心感を与える。再び戦陣に加わった童子切安綱に、悠は安堵した。

さて、と。悠は改めて扉へと意識を向ける。よくよく観察して、ある事実に気付く。それは彼のみならず全員が同じ疑問へとたどり着いている。

「この扉……」

「あぁ、この扉……内側から破られている」

「それってぇ、どういうことなんでしょうぅ？」

「つまり、ここには何かが封印されていたってことか……？」

最初は秘宝であったり、この建物の持ち主を守るための役割だと悠は考えていた。しか

し、捩じられた方向などを見やれば、どちらも違うことがはっきりと示されている。何かがここから外へと飛び出した——何が。それは誰にもわからない。恐怖すべきは、正体不明の何かが、世に解き放たれているという事実である。

これ以上、長引かせることはできない。悠はついに中への探索を試みた。

中は手前の部屋よりもずっと大きく設えられていた。松明の明かりだけでは、奥を照らすことも叶わない。

「ふっ！」

童子切安綱の一振りが紅蓮の炎を喚んだ。轟々と激しく燃え上がる炎が向かう先は、等間隔に設けられていた燭台へ。赤々と燃ゆる炎が暗闇をすべて晴らした。視界が良好となった現在、探索もしやすくなる。同時に、ソレへの存在に悠が気付くのに時間は要さなかった。

己の存在を主張するのに、ソレはとても大きかった。

「鬼……!!」

あろうことか敵に隙を与えてしまった。後悔する時間が、予想していたよりもずっとあることに悠ははて、と小首をひねる。絶好の機であったというのにどういうわけかこの鬼、襲おうとしてこない。そんな馬鹿なことがあるかと注意深く観察してみれば、なるほど堪らず口を突いてしまった。物言わなくなった死体が襲ってくるなど、ありえない。

八つの眼が黒く濁っているのがなによりの証である。

既に事切れている巨大な鬼に、童子切安綱が真っ先に声を荒げた。

「こ、こいつは土蜘蛛ではないか⁉」

「土蜘蛛？　こいつが……」

宿敵との再会を前にして、童子切安綱がどんな心境であるかを察するのにそう時間はかからなかった。とても困惑している顔だ、自身が仲間の犠牲あって生き永らえていた、その仲間を殺めた相手が何者かによって討ち取られている……その現実を受け入れられない、そんなところか。

「けど、どうして土蜘蛛の死体がここにあるんだ？」

「それはぁ、誰かがここで土蜘蛛をやっつけたんだと思いますけどぉ」

「それは見ればわかる。もしも外に出ていれば今頃全御剣姫守が総出で出動している」

「でもこいつはここで殺された。だけど……なんだこの傷跡は」

土蜘蛛の命を奪ったであろう、大きくぽっかりと開けられた傷口以外にほかあるまい。そこに悠は違和感を憶える。どうやってこれほどの傷をつけられたのか。刀疵でないのは明白で、だとするとやはり刃戯という可能性が浮上する。

蜘蛛切、吼丸、薄緑……三者の誰かがやったという仮説を立てて、悠は童子切安綱に確認を取った。

「安綱さん、少しお聞きしたいんですが、この傷をつけられそうな御剣姫守(みつるぎのかみ)ってあの三人の中にいますか？」

「いや、それはまずありえない。我が知る限り蜘蛛切、吼丸、薄緑の刃戯(じんぎ)にはこのような傷を負わせることは不可能だ」

「だとすると、第三者ってことですね……」

「……ねぇ主(あるじ)、この傷口なんか変だよ？」

千年守鈴姫の一言に、全員が顔を向ける。

「何が変なんだ？」

「だって見てよ。この傷口、外からじゃなくて中からできてるみたい。ほらっ、昔に見た映画みたいに」

「なんの話をしてるんですぅ？」

「あぁ、あれだな。あのシーンは今でもトラウマなんだ、あまり思い出させないでくれ」

「昔に見た映画……ここだと活動写真になるのか。まぁ、その内容があまりにも気持ち悪いから、今でも思い出すと嫌な気分になるんです」

「ちなみに、地球外生命体の卵を植え付けられた人間が、体内からその幼体に食い破られて死ぬっていう場面だよ」

「おいわざわざ言う必要があるか？」

「うへぇぇ……そんなのが悠さんの趣味なんですかぁ？」

「そんなわけないでしょ⁉」

話が大きく脱線してしまった。咳払いを一つして、軌道修正を図る。

（でも、確かに鈴の言うとおりだ）

トラウマを掘り起こされてしまう形にはなってしまったものの、的を射ている例えには悠も己が愛刀に感心する。だとすると、何が生まれ出た。こればかりはいくら考えようとも答えは出てこない。一つだけ確かなのは、生まれ出た怪物は想像すらも及ばない強大な力を保有しているということ。鋼鉄を捻じ曲げられるほどの怪力というだけでは、きっとなかろう。

謎が謎を呼び、真実からどんどん遠ざかっていくのを否めない悠は、一先ずここからの離脱を提案することにした。

謎のまま終わらせるのは不本意ではあるが、今回の目的はあくまで楓の治療法を探すこと。これまでに得た情報は帰ってからゆっくりと皆で考察することにして、結局求めていたものは何も見つけられなかった。長居は無用、次の手を打つために弥真白へ戻ることを最優先とする。

扉へと向かって――はたと悠は歩みを止める。

（そういえば俺達、どうやって帰ればいいんだ？）

来た時は重力に身を委ね、かつ御剣姫守による安全サポートがあったから悠は無事に地に降り立つことができた。では、帰りはどうする。高さ数十メートルはあろう高さを、重力に逆らいながら駆け上がるなど、御剣姫守でさえ不可能に違いない。しかし、現状出入口はあの大きな穴のみ。他に地上へと続く道がないかは、ここに入る前にあらかた調査している。結果はなし、よって帰る時も来た時と同じく大穴を通らねば地上への帰還は果たせない。

小烏丸なら、背中に翼があるから容易であろう。となれば彼女に地上までの運搬を依頼するしか選択肢はないわけで……。無事に帰れることへの不安をわずかに募らせて、悠は出口に向かって進む。

その歩みを止める事象が再び彼の身に降り注いだ。それは彼らの行く手を遮るようにして立ちはだかった影の登場である。

「なっ……」

どうしてここに、と紡がれるはずだった言葉は胸中にしまいこまれる。腰の得物を抜く、と同時に相手に最大の警戒心を剥いた。本部にて監視下に置かれているはずの彼女が何故ここに。わからないから悠は困惑する。

「あ、主あれを見て……！」

「あ、あれは⁉」

第二の驚愕が悠の目を大きく見開かせる。クラスター状にびっしりと生えた結晶体――それはつい先日より発見された新種の鬼と同じものであった。これが何を意味するか、答えは一つのみ。

楓は鬼であった――この展開をどうして予測できようか。予想外の事実に驚かない者は一人としていない。一様に困惑の反応を顔に示している。

この反応が判断力を鈍らせた。時間にすればほんの一瞬。一秒にも満たない、ほんのわずかな時間の中で最初の犠牲者が出てしまった。

「小烏丸さん！」

小さな体躯が壁へと叩きつけられる。咆哮と共に放たれた左刺突に、彼女はなす術なく吹き飛んだ。幸いであったのは咄嗟に己が得物で防御していたこと。直撃は免れた、しかし勢いまでは殺せなかった。

仲間がやられた事実を目の当たりにしたことで、ようやく――判断力を取り戻せた悠達は得物を鞘より抜き放った。

やられた小烏丸に気を向ける間もなく、凶刃が悠に襲い掛かる。

「ぐうっ！」

けたたましい金打音が響き渡る中で、悠は表情をしかめる。強烈な打ち込みは骨を軋ませ、防御を呆気なく突破する。すぐに新たな防御を展開しようとする彼だったが、衝撃によって痺れた腕が動きに大きな支障をきたす。

(次の防御が間に合わない……!)

「――〝悠さん避けてくださいぃ〟!」

眼前まで迫った一刀に、悠は大きく身体を後ろにそらした。毛先を掠め取っていく白刃を目端に捉えて、立て続けに振るわれた太刀筋を悠は今度も回避によって逃れる。

「小烏丸さん大丈夫ですか⁉」

「なんとか大丈夫ですぅ……!」

「よかった……それと、助かりました」

先の一刀、本来ならば決して避けられるものではなかった。体勢が大きく崩されて、立て直すための時間を要する。それが完了している頃には、この命が断たれていたであろう。その迎えるはずであった結末を変えてくれたのが、小烏丸である。彼女の刃戯――【言魂風乗】がなければ、こうして立っていない。同時に生きているともわかって、幾分かの余裕も戻ってくる。何故ならこれより先、小烏丸の力が必要であると確信していたからに他ならない。

小烏丸を守る。段々と腕の痺れが取れてきたのを確認して、悠は二刀を構え直した。

「このっ!」

「楓よ! 貴様目を覚まさぬか‼」

　千年守鈴姫と童子切安綱が楓へと太刀打つ。ここで悠は驚く光景を目(ま)の当たりにした。

　千年守鈴姫と童子切安綱……両者の関係が良好とは、とてもではないが言えない。いや、己が愛刀は基本どの御剣姫守(みつるぎのかみ)とも相性が極めて悪い。頑(かたく)なに拒絶はしていない、日常的にもしっかりとコミュニケーションは彼女なりに図っている方だと悠は思っている。

　己の仕手が他の誰かに奪われることを彼女は極端に嫌う。お前を置いて一人にするなんてありえないのに、と言葉にして伝えてはいるものの、いまいち信用を得られていないのが現状だ。もちろん悠に非があるとは彼女も思っていない。千年守鈴姫にとっての非とは、世界そのもの。

　異性への関心、性欲、欲望……理性で抑えるべきそれが、この世界に生きる女性達は著しく欠如している。一歩外に出れば事案が発生したとしても、なんらおかしくはない。故に千年守鈴姫は常に周囲への警戒を怠らない。彼女が真に気を許す時が訪れるとすれば、きっとそれはここではないどこかに身を置く時ぐらいなものであろう——違う異世界へ渡るなんて、まず無理な話だが……。

　それはさておき。

　つい数十分前にも、二人はいがみ合ったばかりだ。にもかかわらず、見事な連携をもって楓と互角に渡り合っているではないか。剛と柔、異なる二つの剣質は見事に調和して、あの強大で恐ろしい凶刃にも正面から太刀打ち合っている。耳を澄ましてみると、剣戟(けんげき)に混じって二人の会話が聞こえてきた。

「ちょっと邪魔しないでよ！　楓はまだなんとかなるかもしれんだろう！」

「主に手を出したんだから斬られて当然だよ！　あの女はボクが斬る！」

「我が許すと思うか⁉」

「あ、あれ……？」

おかしな方向へと流れていく戦況に悠は小首をひねる。そして、気が付く——あの二人、連携を取り合っていたのではなかったのか、と。童子切安綱に最初から楓を斬る意志はなかった。一方、味方に攻撃を妨害されているものだから、千年守鈴姫も怒っている。

ただし、そんな童子切安綱の行いが楓には伝わっていない。彼女にとっては、目に映るものすべてが敵でしかない。よって自身が守られていることに何かしらの感情が湧くこともなく、童子切安綱にも凶刃をもって襲い掛かる。

ということは、童子切安綱は一度に二人の相手をしているのに等しい。雑兵程度であれば後れを取ることはないが、生憎彼女が相手にしているのはどちらも実力者。一瞬の油断が死を招く。そんな命がけの綱渡りをこなしてみせる彼女には、すごいと思わざるをえない。

「楓よいい加減に目を覚まさぬか！　貴様それでも御剣姫守か⁉」

「だからもう無駄なんだってば！」

「貴様は黙っていろ先年守！」

とりあえず、悠は自分が入る余地がどこにも見当たらないことを理解して、その間に次の一手を考える。二人が気を引いているおかげで、腕の痺れもすっかりなくなってくれたし、楓の動向をより深く観察できる今だからこそ、打開する策を練る時だ。与えられた好機を無駄にはしない。

「……ん？　あれは、なんだ？」

目まぐるしい三つ巴戦が繰り広げられている中に、悠は新たな発見をした。注目したのは楓の左腕。完全に肉体と一体化してしまった異形の腕に、一際目立つ結晶体がある。それはとてもきれいな虹色をしていた。どうしてあの一つだけが虹色に輝いているか、現時点でその答えを求めようとするのは愚か者のすること。

（もしかすると、アレを斬り離せば……）

楓を元に戻せるかもしれない、極めて低いであろうが可能性が浮上した。いくつかの懸念はある、だからといって暗中模索に浸っていてはこちらから犠牲者が出かねない。悠が目線を向けた先では、均衡していた戦いに進展があった。

「うわっ！　急に木の兵士が出てきた！」

「それは薄緑の刃戯――【神樹萌動】だ！　あいつは自由自在に植物を操ることができ

る！」

「今度は蜘蛛（くも）の糸が⁉」

「蜘蛛切の【絡鋼魔断（カラミアウイト）】……！　切断することも拘束することも奴の意志ひとつでどちらともなる！　絶対に捕まるな、すべて見切り断ち切れ！」

「簡単に言ってくれるね……っと！」

三日月宗近でさえも二つであるところを、楓は三人分の刃戯（じんぎ）を保有している。ただ保有していただけであったなら、まだ対処も安易であっただろう。使いこなした者と、ただ所持しているだけの者……この二つではまるで意味が異なってくる。どれだけ強大な力も使いこなせなければ、ただの宝の持ち腐（ぐさ）れだ。しかし、楓はどの刃戯も完璧に操ってみせていた。

矢継ぎ早に切り替わる刃戯の応酬に、千年守鈴姫と童子切安綱はすっかり後手に回ってしまった。防戦一方である彼女達にいつ凶刃が届いてしまうのかは時間の問題だ。迷っている暇はない、今やらねば全員がやられる。

「小烏丸さん！」

「は、はいぃぃ！」

「少し頼みたいことがあります。いいですか？」

「わ、私なんかでよろしければいくらでもぉ！」

「楓の動きを一瞬だけでも構いません。止めることはできますか？」

「た、多分ですけどぉ。あんまり自信はないですねぇ」

「そこはなんとか頑張ってほしいんです。よろしく頼みます！」

返答を待たずして悠は戦線へと再び加わった。

「主（あるじ）！」

「悠⁉」

二人の呼び掛けに応じることもなく、まっすぐに悠は楓へと肉薄する。殺意に満ちた目と合った。彼女の標的が自身に切り替わったのを確認して、悠は構える。右上段――狙うは虹色結晶ただそれのみ。対象物はとてつもなく小さく、正確に狙うのは至難の業となる。ましてや素早く動くものであったなら尚のこと。数多（あまた）の戦場を駆け抜け、強者と太刀（たち）打ち合ってきた自身でさえも、成功するかが怪しいところだった。

それでも、やらぬことには始まらない。雑念はここに捨て置く。どのような結果に転ぼうとも――いや、必ず成功させるためにも、ただ一つのことのみに悠は意識を集中させた。

間合いが縮まっていく。ついに互いの得物（えもの）が触れる距離にまで迫った――。

「小烏丸さん！」

「――〝楓さん止まってください〟‼」

小烏丸の刃戯が発動する。魂の叫びが——楓に届いた。ほんのわずかだが、動きが止まった。

(ありがとうございます、小烏丸さん！)

心の中で今回一の功労者に礼を述べて、悠は大刀を打ち落とした。一閃、残光を翻す悠の視線の先で虹色結晶が飛んだ。

からん、と楓の太刀が小さな金属音を鳴らした。途端、頭を抱え込んでひどく苦しみ始める。駆け寄らんとする童子切安綱を、千年守鈴姫が制するのを目端で捉える。悠も彼女と気持ちは同じであった。目の前であからさまに苦しんでいるのを放っておくのだから。非人道的という認識が心中に罪悪感を生む。

けれども、今は心を鬼にした。虹色結晶を切り離したことで、どのような反応が出てくるか、誰にもわからない。今はただ、とにかく見守ることが最善の策であった。

「……なっ！」

「かかか楓さんがぁ……！」

「か、楓よ……」

「こ、こいつは……⁉」

苦しんでいた楓がぴたりと大人しくなった、かと思いきや不快感を与える咆哮を上げたのである。ただそれだけのことで済んでいたなら、この場にいる全員が顔を青ざめさせる

ともなかったろう。

咆哮の中で奏でさせたのは、ばきばきという枝をへし折るかのような音。地下空洞に植物の類は一切ない。音の正体は——楓の骨が折れている音であった。加えて柔肌が激しく凹凸を繰り返している。その光景は異質そのもので、耐性のない者であったなら瞬く間に気を失っているだろう。

悠は、目が離せずにいた。程なくして次の変化が起きる——人としての下半身が消失した。肉の下から出てきたのは彼女の新しい下半身——硬い質感のある八本の足が、悠に一つの単語を呼び起こさせる。あれは、確か……、と悠はその怪物の名を口にした。

「アラクネ……」

「なんだその、あら……くね？　というのは」

「それって確か、ギリシャ神話に出てくる怪物だっけ？」

「あぁ……下半身が蜘蛛で上半身が人間の姿をしている怪物だ」

「ひぇぇぇ……今の楓さんですぅ！」

異世界ではあるけれども、よもや日本にて西洋の怪物と相まみえる日がこようとは……。ぎらりと輝く八つの眼を、悠は強く見据え返した。鬼であろうとも、鬼に非ずとも、敵対する関係なれば討つのみ。ここで悠は脇差をも抜き放つ。いつ、どこからでも掛かってこいと悠が構えれば、楓……鬼蜘蛛は大きな跳躍力を披露する。その脚力は天井にまで届き——天井をも打ち抜いていった。

「天井が！」

「各々避けろ！　当たれば即死だぞ！」

「くそっ！　楓は……⁉」

「壁伝いに移動してる……外に出るつもりだよ！」

瓦礫の雨から必死に逃れる中で、千年守鈴姫がしっかりとその後の様子を見ていてくれていた。その報告を受けて、悠は危機感を憶える。あんな怪物が外に出れば、真っ先に被害が及ぶのは耶真杜だ。あそこには天下五剣がいる、童子切安綱が不在であっても、その強さが揺らぐはずがないと悠は信じている。だが、胸騒ぎがどうしても拭えない。彼女らが負けるなど、ありえないが……。

ともあれ、まずはここから脱出することを優先した。鬼蜘蛛が天井を壊したことによって、建物自体が崩壊を始めている。長居することは死を意味する。のんびりとはしていられない。

「脱出するぞ‼」

「主こっち！」

「まだ新刊も書いてないのにぺしゃんこになりたくないですぅ！」

「そんなこと言ってる場合じゃないでしょう！」

出口へと向かって一直線に走り抜ける。途中、山積みにされた骸(むくろ)達を見やった。

(……すいません)

許されるのなら亡き者達を手厚く弔(とむら)いたかった。せめて彼らが安らげるようにと、心中にて亡き者達の冥福を祈った。

命からがら外へと飛び出した、と同時。まるでタイミングを見計らったかのように建物はついに崩れてしまった。あと少しでも遅れていたなら、と考える間もなく悠は鬼蜘蛛(アラクネ)の追跡に注力する。早速、目の前に問題が立ちはだかった。

「早く追いかけなければ！」

「でもどうやって？　頑張れば登れないこともないけど、命綱もない一発勝負の崖のぼりを主(あるじ)に強いる気は更々ないよ？」

「そんなことはわかってる！　だから我が悠を責任をもって背負おう！」

「は？」

「喧嘩(けんか)してる場合じゃ……！」

「えっとぉ、じゃあ私が最初に千年守さんの縄を持って地上に出ますぅ！　そこから縄を垂らしてぇ、あとは手が届くところまで皆さんをお一人ずつ飛んで運ぶっていうのはどうでしょうかぁ？　さすがに私も人を一番上まで運べるかどうか自信がないのでぇ……」

「……チッ」

「今舌打ちしたよね？」

「いや何もやってない、とてもすばらしい名案だ！　ならば一番手は我からで頼む。あやつは……楓はもはや御剣姫守（みつるぎのかみ）ではなくなってしまった。この国や皆に害をなす存在となってしまった以上、引導を渡してやれるのは我しかおらん……！」

「安綱さん……」

「……わかりましたぁ。では急いで行ってきますねぇ！」

双翼（そうよく）を羽ばたかせて小烏丸が地上へと昇っていく。

その姿を見送ってた悠に、童子切安綱が声を掛ける。

「悠よ、貴様にはこれを預かってもらいたい」

そう言われ、蜘蛛切、吼丸、薄緑の太刀（たち）が渡される。

「これから先、激戦となるだろう。だからこそ貴様には彼女達を預かってもらいたい。万が一壊してしまっては、合わせる顔がないのでな」

「安綱さん……」

「お待たせしましたぁ！　それじゃあ行きますよぉ！」

「あぁ！　では、我は先に行く。貴様らは後から追いかけてこい。そして、他の皆を助けてやってくれ」

「一人で戦うつもりなんですか⁉」

「……それが我にできる弔いとけじめだ」

言い終えて、小烏丸の手を掴んで遠ざかっていく童子切安綱を、悠は黙って見送った。

千年守鈴姫も上り、いよいよ自分の番が回ってきて――不意に、悠は首だけを振り返らせる。白砂に半分埋もれる形で残された虹色結晶。ただ色違いなだけで、望んでいた結果にはならなかったそれにもう意味も用もない。にもかかわらず、手に取った彼に小烏丸が不思議そうに尋ねてくる。

「そのきれいな結晶を持っていくんですかぁ？　役に立たないと思いますけどぉ……」

「そう、でしょうね。でも……」

「でもぉ？」

「……いや、なんでもありません。それよりも、俺で最後だ。持ち上げてくれますか？」

「はいぃ。では失礼しますねぇ！」

身体がふわりと浮上する。ゆっくりと遠ざかっていく地底に別れを告げて、ふと悠はポケットに手を突っ込んだ。指先から伝わってくる冷たく硬質な触感が、彼の思考を疑問へと導いていく。

何故、これを捨てずにいられなかったか。結局、悠は虹色結晶も連れていくことにした。これはやはり、ただの結晶体などではない。彼がそのように思い至る理由は、第三者に言わせれば、そんな馬鹿なことがあるわけなかろうに、と返されることを見越して、小烏丸にも真実を告げずにいる。

（こいつに触れた時、確かに声が聞こえた……連れていけって）

「――って小烏丸さん。もうロープに手が届くからいいですよ」

「だだだ大丈夫ですぅ……ぜぇ……はぁ……ここのぐらいなんともないですからぁ」

「いやいやいや！　明らかに疲れていますよね！　途中で落とされるのはごめんだから早くロープを掴ませてくださいって！」

「大丈夫ですってばぁ。ほらもう地上に着きま――あっ」

「え？」

「……ごめんなさいぃ。どうやら体力使い果たしちゃったみたいですぅ」

「……へ？」

最後の最後までどこか気の抜けたような喋（しゃべ）り方でさらりと恐ろしいことが告げられた悠は顔を青ざめさせる。程なくしてやってくる重力と、待ち受けている死の一文字に走馬灯を見て――地上すれすれで力尽きた小烏丸もろとも落下しそうになった寸前で、千年守鈴姫に助けられ事なきを得た。

◆　◇　◆　◇　◆

まるで終末が訪れたかのようだ。彼がそう思うに至ったのには、まずは目の前で起きている現象について説明せねばならない。

耶真杜へ急ぎ戻ってみれば、かつて賑わいを見せていた町並みなどどこにもなかった。蜘蛛の巣がいたるところに張り巡らされて、町全体が一つの巣と化していると言っても過言ではない。

不気味なほどにしんと静まり返っている様子が、悠を更なる不安へと駆り立てる。これがすべてたった一匹の鬼の仕業なのだから、相手の能力がいかに強大であることを認めねばならず、そんな相手に一人で戦っているであろう童子切安綱の安否を悠は気遣った。

「安綱さんは……無事なのか」

悠には救助と援護の命令が与えられている。それが上司直々からのものであったなら、遂行することが彼の責務であって、しかし。やはりどう考えても童子切安綱を一人きりで戦わせることに、悠は納得できずにいた。

三日月宗近達の救援が終わってからすぐに駆けつける。それも選択肢の一つに違いない。天下五剣が揃ったなら、あの鬼など難なく倒せるやもしれぬし、多少苦戦したとしても勝利は確かなものと悠は思っている。

だが、果たして間に合うのか。童子切安綱の強さを信じぬわけではないし、神威での大立回りで彼女が実力者であることも悠は知っている。

それでも得体の知れぬ胸騒ぎが絶えず纏わりつく。俺はどうすればいい。悠は自らに問うた。己はどうする……いや、どうしたい――知れたこと。確認する必要なんて最初からなかった。二人の御剣姫守に視線をやる。彼がそう選択すると予めわかっていたかのように頷く彼女達に、悠も小さく笑みを浮かべた。

最優先で救うべきは、童子切安綱にある。悠は死と恐怖に満ちた町を駆け抜けた。

行く先々で彼らを待ち受けていた光景に、全員が緊張の糸を張り詰めさせる。

糸の塊……あれは、繭なのだろうか――あちこちに設けられている。その形状といい、大きさといい、そしてしんと静まり返っているこの光景から、中身がなんであるかを悠達が想像するのに時間はそうかからなかった。真っ先に、千年守鈴姫が口を開いた。

「これって、もしかして……！」

「助けるぞ！」

繭を斬り裂く。あっさりとできた裂け口から、御剣姫守がごろりと出てきた。息はある、が放っておくわけにはいかない。彼女には早急な治療が必要で、頼める相手がいない現状が悠を焦らせる。

その時。小烏丸が叫んだ。

「悠さんあれぇ！　あれ見てくださいぃ！」

彼女の指先に視線をやる。一際大きな繭がそこにはあった。

（あの大きな繭はなんだ⁉）

確認しようと意識を傾けた、と同時。独りでに繭が裂けると、中から異形が飛び出してくる。異形の正体は鬼だ。これまでに相対してきた鬼のどれにも当てはまらない新種。ついさっき目にしてきたばかりで驚きはさほどなくて……鬼の姿形から見えた事実が悠の顔を青ざめさせる。それはとても恐ろしくて、身の毛もよだつものだった。

「まさか……あの繭に入っていると異形化してしまうのか⁉」

だとすれば、これほど驚異的なことはあるまい。同時に相対する者の気力を大きく削ぐのにも効果は絶大と断言できる。要するに、奇跡的に間に合ったのだ。間に合って数打を救えてなければ今頃、異形化した彼女達と悠は刃を交えねばならなかったところだ。

（そんなことさせるかよ‼）

半鬼半蜘蛛の怪物に悠は白星刃を打ち落とす。仲間を絶対に化物などにはさせたりしない。視界に入った繭を悠は徹底的に斬り裂いて、鬼はすべて斬殺する。

「悠さん！」

見知った顔が駆け寄ってきた。疲弊こそしてはいるものの、無事である姿には悠も強張らせていた表情筋を緩める。

「三日月さん！　無事だったようでよかった……」

「それはこちらの台詞です。さぁ早く安全な場所へ、ここは危険です」

「俺なら大丈夫ですよ。それよりも、他の皆は？　町の人達は？」

「安心してください。町民なら全員本部の方へと避難していますし、他の皆さんも協力して蜘蛛の糸に捕らわれてしまった人達の救助に当たっています」

「そうですか……よかった。あ、安綱さんは⁉　安綱さんは見かけませんでしたか⁉」

「彼女なら――」

　言った瞬間、遠くの方で炎柱が天を穿つ。まだ戦闘は継続している。やはり童子切安綱一人だけでは荷が重く、早急な応援が彼女には必要不可欠だ。

「三日月さん！　この道を少し進んだところに俺達がさっき救助した人達がいますので、よろしくお願いします！」

「ま、待ってください悠さん！　どこへ行くつもりですか⁉」

「俺と鈴は安綱さんの応援に向かいます。一人で戦うよりも、三人ならきっと……！」

　仲間を弔う戦いに水を差すような真似は、彼女の誇りを考慮すればするべきではないやもしれぬ。それでも彼が救援に向かおうとするのは、童子切安綱に死んでほしくないと悠自身が思っているから。死んでしまっては仲間の無念も果たせまい。助太刀することも、彼女の仲間であるのならば、きっと理解もしてくれよう。

「い、いけません！　そんな危険な場所に悠さんを向かわせるなんてこの私が――」

「じゃあ私も行きますぅ」

「小烏丸さん⁉」

「悠さん酷いですよぉ。ここまで一緒に行動してきたのに私だけ置いてけぼりにするつもりだったんですかぁ？」

「……いいんですか？」

「まだ悠さんの独占取材中ですからねぇ。最後まできっちりお傍にいさせてもらいますよぉ。それとぉ、今更ですけどもう他人じゃないんですしぃ、呼び捨てで全然大丈夫ですぅ。寧ろぉ、そうしてもらいたいなぁなんて思ってたりぃ……えへへぇ」

「……ちっ」

（露骨に舌打ちするなよな、鈴……）

「……わかった。それじゃあ小烏丸さん、もう少しだけ俺に付き合ってください――三日月さん、それじゃあ！」

「あ、悠さん！」

制止する三日月宗近を後にして、悠は炎柱を目印に町を駆ける。

――私も戦う――

「え……？」

「ど、どうかしたの主⁉」

「い、今……声が聞こえてきた」

「こ、声？　ボクには何も聞こえなかったけど……」

「私もですぅ。この辺りは恐らくですけどぉ、もう三日月宗近さん達が救助したから大丈夫なんじゃないでしょうかぁ？」

「……違う。誰かが助けを求めたりとか、そういうんじゃない。今の声は……！」

悠はポケットから虹色結晶を取り出す。

「これは……」

地底で拾った時には確かになかった輝きが、虹色結晶より発せられている。優しくて、温かい……まるで海に抱かれているかのような。だが、何故急に……。その疑問への返答が、視界の隅に顔を覗かせた。

鍛冶屋――悠のような剣士には、なくてはならぬ場所。人の気配が皆無であることから、中の住人はとうに避難していて、立ち寄る必要がないにもかかわらず悠が足を踏み入れたものだから、これには彼の愛刀も困惑を禁じえない。

「ちょ、ちょっとどこに行こうとしているのさ主！　そっちは鍛冶屋で、誰もいないから用なんてないじゃない！」

「あぁ、そんなことは俺も言われなくてもわかっている。けど……」

目線を手元に落とす。仄かな輝きを発して物言わぬ結晶が手中にて鎮座しているのみ。

「……こいつが俺に言ってくるんだ。自分も戦わせてくれってな」

「主……」

店の中は鬼の被害に見舞われている中で比較的きれいなまま残されていた。土足で上がることを心中にて詫びながら、悠が目指すは工房。どれもこれも年季が入っていて、長年愛用され続けてきたことが窺えるそれらに、悠は手を伸ばした。

台の上に折れた三本の太刀、そこに虹色結晶を置く。これで準備は整った。悠は剣士であって、刀を打つことは専門外である。当然ながら経験などないし、たかが数回目にしただけで真似ができれば、それはもう天才だ。生憎、結城悠という人物はそっちの方面にかけては凡人以下に部類される。

さて、そんな男がこれから鍛冶師の真似事をしようとしているのだから、悠は苦笑いを浮かべずにはいられなかった。

それでも、これでいい。こうすることが正しい行動だ。根拠なき自信に導かれるがまま、悠は手にした金槌で力いっぱいに素材目掛けて振り下ろした。

白き炎が殺風景な工房にて燃え盛る。至近距離で炎を浴びている悠は、微動だにしない。

不思議と熱くない。これが烈火であったなら一人分の焼死体ができあがっていようものの、優しいぬくもりでは人は焼き殺せまい。また大火事になっていてもおかしくない火力なのに、建物全体が炎に包まれる気配もなし。

「この白い炎は……」

――わたくしを生んでくれて、ありがとう……――

「さっきの声……⁉」

――これよりわたくしは、あなたの剣となり盾となることをここに誓いましょう――

「だ、誰なの⁉」

「私にもわからないですよぉ！」

「どこにいるの⁉　ボクの主に手を出そうっていうなら容赦しないんだからねっ！」

「……あのぉ、もしかしてですけどぉ。この白い炎が喋ってるんですかぁ⁉」

「へっ？」

間の抜けた声を上げた愛刀によってやり取りが一旦しめられると、炎がふっと消えて
――代わりに女武者が現れた。

重鎧を纏う彼女は勇ましさよりも、美しさが一際目立つ。その要因となっているのが、イエローダイヤモンドの長髪であろう。本当に宝石でできているかのように、さらりと流れればきらきらと輝きを見せつける。

（きれいだ……）

すぐ隣で千年守鈴姫が嫉妬の眼差しを送っていることさえも気付かぬほど、悠は女武者

に見惚れていた。

「はじめまして悠さま。あなた様と、そして彼女達の願いによって、わたくしはこうして現世へと生まれることができました」

「さ、様付けで呼ばれるのは初めてだな……」

「何をデレデレしてるのかな？　今はそんなことやってる暇がないとボクは思うんだけど」

「だ、誰もデレデレはしてないだろうが⁉」

「やっぱり千年守さんって怖いですぅ……」

「そ、そんなことよりもだ！　えっと、あなたは……？」

「ふふっ。わたくしは――」

◆◇◆◇◆

赤と黒が激突する。

周囲には瓦礫の山が積み重ねられて、両者の戦いが如何に凄烈なものであるかを示していた。元々ここは商店で賑わっていたが、吹き荒ぶ剣圧と炎が皆破壊し尽くしてしまった。幸いなのは、周りも含め人の気配が皆無であることだろう。既に三日月宗近達による迅速な誘導によって、人々は避難を終えていた。

ここには二人だけしかいない。どれだけ暴れようが、建物を破壊しようが、咎められない環境は童子切安綱に大きな戦術的優位性をもたらした。

「【火ノ神舞】――蛟薙!!」

業火が踊る。一度太刀が払われれば、その景色はたちまち焼野原へと変えられる。

あらゆる生命を無に帰する一撃を浴びせた。立っていられるはずがない。そんな彼女の狙いとは真逆の現象が起きているものだから、童子切安綱の表情も険しい。

戦闘時間が長くなればなるほどに強くなっていくのが【火ノ神舞】。現在の火力は最大の一歩手前といったところ。この時点で誰一人立ってこられなかった実績があるが故に、初めて破られてしまった現実を童子切安綱は許せない。

いったいどれだけ打ち込んだと思っている。幾度斬ろうとも、燃やそうとも、楓……否、鬼蜘蛛は立っていた。苦しんでいる素振りの一つでもあればまだしも、平然とされれば自信がなくなってくる。それでも使命を課せられた彼女に敗北は許されないから、猛攻を凌ぎながら童子切安綱は果敢に攻め続ける。

時間だけが刻一刻と過ぎていく。鬼蜘蛛は未だ健在。逆に童子切安綱の表情には、焦燥感が募るばかり。その表情が示すとおり、いたずらに時が過ぎていくことに彼女は焦っていた。

時間が長引けばそれだけ被害が拡大していく——これは、まぁ確かに間違いではない。しかしながら天下五剣や結城悠という頼もしき仲間がいて信頼しているから、この件に関してはさほど心配していないのが童子切安綱の本音だ。たとえこの身が滅びようとも、残る誰かがきっとこいつを解放してくれる、と。

焦りの原因（タネ）は彼女自身にあった。即ち童子切安綱の刃戯（じんぎ）——【火ノ神舞（ひのかみまい）】の効果そのものを彼女はなによりも危惧していた。最大限にまで高められた時、童子切安綱の炎は地獄の業火となって万物を焼き尽くす。その火力たるや、視界に入ったものすべてを焦土と変えてしまえるほどに。

それだけ強大な力をここで彼女が振るえば、耶真杜（やまと）という町は地図から消え去ろう。そうなるのは童子切安綱にとっても何としても避けたい。したがって彼女はいつも短期決戦で終わらせることを心掛けているのだが、それが不可能となってしまった現状に童子切安綱は焦らずにはいられなかった。

（まずいな……もうすぐ最大火力に達してしまうぞ）

これより先の解放はできない。前回は山ひとつだけで被害は抑えられたものの、現在は町中だ。避難している町民のことも考慮すれば、これ以上の火力を童子切安綱はもう発揮することができない。

八割の力で倒せぬ相手と戦った経験は、これで二度目だ。どうする。どうすればこの怪物を仕留められる。幾度仮想戦闘を繰り返そうとも、突破口の見えぬ状況から脱せられない童子切安綱は、それでも鬼蜘蛛へと挑む。

自分では倒せない――だからと逃げる御剣姫守がどこにいよう。そんな輩がいれば根性を叩き直してやらねばならず、ましてや己が冒すなどなんたる愚行か。生き恥を晒して落ち延びるぐらいであれば、誰かのためにこの命を散らす。悠は許さないだろうが、彼の心には残れる。そう考えると悪くない気もしてきた……。

（そんなわけがあるかっ!!）

仮初ではあるものの悠とは夫婦としての関係を築いた。その時間がどれほど幸せであったか、優越感に浸れるか。これを知ってしまったら、どうして簡単に諦められよう。もう一度あの幸せを手にしたい。そのためにも童子切安綱は勝利して生きねばならない。輝かしかったあの記憶をもう一度、次は本物へとするために。童子切安綱は太刀を振るい続けた。

戦況は依然として一進一退のまま。まるで終わりが見えてこない、このまま永遠に続けられるのではないか。心身が不安を憶え始めた頃、ついに膠着状態にあった戦況に動きがあった。上げられた軍配は――鬼蜘蛛の方へ。彼女の眷属が増援としてやってきたのである。

童子切安綱にとっては、雑兵でしかない。いくら束になって掛かろうとも仔細なし。彼女が刃（やいば）を一振りすれば、彼らはこの世に骨さえも残すことなく燃やし尽くされる。
鬼蜘蛛（おにぐも）も彼らを仲間として意識していない。目の前を通っただけで殺された輩（やから）は、不幸としか言いようがない。だからと童子切安綱は同情したりしない。元より鬼（アレ）らは人類に害をなす存在だ、同士討ちするのであれば、童子切安綱に止める気は毛頭ない。彼女は喜んで推奨する。それでも立ち向かってくる相手に、童子切安綱は一切の加減を施さない。全力で打ち倒すまで。

赤々と燃ゆる炎が鬼を次々と灰塵（かいじん）へと変えていく。強大な力を有している鬼蜘蛛ならばともかく、並の力しか持たぬ者では彼女の炎には耐えられまい。だが、どうやら運に恵まれていた輩が混じっていたらしい。その鬼は上空へと回避すると、落下地点を童子切安綱へと定めた。

刃毀（はこぼ）れした切先が捉えるは彼女の頭頂部。鬼の膂力（りょりょく）に加えて落下速度も合わされば、いかに童子切安綱とて防ぐ術（すべ）はなし。先の攻撃を避ける者が存在していた……この事実がほんのわずかばかり彼女の思考能力に狂いを生じさせる。隙（すき）を晒（さら）した童子切安綱がしまった、と口にした時には。鬼の切先は彼女の眼前まで迫っていて――真横から割り込んだ白刃にて命を救われることとなる。

「だ、誰だ⁉」

「ふう、なんとか間に合いましたわね」

見たこともない、けれども妙な懐かしさがある。不思議な雰囲気を漂わせるも、自らと同じ真打の御剣姫守（みつるぎのかみ）の登場は、童子切安綱の心に余裕を持たせた。どこの誰かは彼女にわからないが、だが強い……劣勢を強いられている現状（いま）だからこそ、応援の到着はなによりもありがたい。

だが、本当に何者だ。童子切安綱はたまらず尋ねる。

「き、貴様は……」

「申し遅れました。わたくしの名前は膝丸（ひざまる）——悠さまより一足先にあなたの救援に向かうよう頼まれましたの」

「は、悠が……」

「これよりこの膝丸が、あなたの背中を守ります。ですからどうかご安心くださいな」

丁寧かつ、これより戦うというのになんとも穏やかな口調で話してくる——童子切安綱の心配は、この後の展開によって杞憂（きゆう）に終わることとなる。

先の口調とは裏腹に、彼女……膝丸の太刀筋（たちすじ）は、華麗にして残虐。相手の攻撃を巻き取るような蜘蛛の糸で獲物を捉えるかの如（ごと）き剣捌（けんさば）きの前に、次々と死体の山ができあがっていく。有り体にしていえば、蝶（ちょう）のように舞い蜂のように刺す、といったところ。

「……ッ！」

童子切安綱は目を見開いた。彼女の背中に、かつての仲間の面影が重なった。

幻影なのだろうか。だとすると、なんとも嬉しい幻影だ。彼女の瞳に存在する三人の御剣姫守は一様に微笑んでいる。

（あぁ、なんだ。そういうことか。そういうことなのだな……）

膝丸という個の人格には、三人の魂が受け継がれている。本当にそうであるかは改めて彼女本人に尋ねねばならぬだろう、が——童子切安綱は些細な問題として片付けることにした。彼女の正体がなんであれ、共に戦ってくれる頼もしき仲間であればよい。三つの想いを宿らせる御剣姫守であったなら、疑う必要などどこにもない。

微笑む三人に童子切安綱は静かに頷いて返す。それが最後のやり取りとなった。思い返してみれば、きちんと別れを童子切安綱は告げられていない。だから満足そうに頷いて消えていく三人を、笑みをもって見送ってやる。それが今の自分にできる、彼女らへの最大の餞別であると童子切安綱は思った。

（吼丸、薄緑、蜘蛛切よ……心より感謝する。貴様らの想い、確かに受け取った!!）

別れを告げ、視界に残るは鬼蜘蛛を相手に太刀打ち合っている膝丸のみとなる。

童子切安綱は地を蹴った。一瞬にして鬼蜘蛛へと肉薄すると、関節部を狙って太刀を払う。斬という軽快な音がここにきてついに鳴った。苦悶に満ちた顔で咆哮を上げる様を見上げながら、童子切安綱は隣にいる膝丸へと言葉を投げる。

「膝丸……だったな。我に力を貸してくれ」

「ええ、もちろんですわ——ふふっ、なんだか妙な気分ですわ」

「こんな時になんだ？」

「いえ、あなたとお逢いするのはこれが初めてだというのに、なんだか懐かしい……そんな気分ですの。気を悪くされたのならお許しくださいな」

「……ふっ、気にするな。我も同じ気持ちだぞ——いくぞ！」

「ええ！」

二人の御剣姫守が強大な敵へと立ち向かう。

遅れてようやく、悠は現場へと到着した。そこで目にした光景に、彼の目は丸く見開かれることとなる。たった一人の増援によって戦局ががらりと変えられた。それは彼が思い描いていたものとはまったく正反対な結果で、膝丸の圧倒的強さに悠は驚愕から開いた口が塞がらなかった。

「これ……全部あの二人がやったのか？」

「うわぁ……すごいね。膝丸さんってこんなに強い御剣姫守だったんだね」

「それにぃ、安綱さんの動きがなんだかよくなっている気がしますぅ」

「確かに……。今まで見てきた動きの中で一番キレがいい気がするな」

鬼蜘蛛へと斬り掛かる童子切安綱の顔は、不敵な笑みで満ちている。彼女の性格から、戦いを楽しんでいるのではない。別の何かに嬉々としていて、それが膝丸に関わっていると、なんとなくながら悠は察する。

　まるで俺と鈴のようだ。愛刀を取り戻し、共に戦えることにかつての彼が喜びを感じたように。彼女もまた、かつての仲間達の集合体たる膝丸との共闘を喜んでいるのやもしれない。

「これはボクの勝手な考えだけど……膝丸さんが関わってるんじゃないかな？　ボクと主みたいにさ」

「じゃあ、あれが膝丸の刃戯ってことなのか？」

だとすれば、納得もできる。特定の人物といることで発動する稀な刃戯を知ったからこそ行きついた仮説には説得力があった。

「それは……なんともだけど」

「……とにかく、今が畳みかけるチャンスだ。一気に終わらせるぞ！」

「うん!!」

「はいぃ！」

　もうすぐ終幕を迎えんとする舞台へと飛び入り参加を果たす。もっとも演じるべき内容はたかが知れている。童子切安綱と膝丸が主役、ならば悠達は引き立て役たる脇役だ。二人の邪魔をせんとする不遜な輩の排除が役割ならば、悠は喜んで従う。迫りくる鬼をひた

すら斬る。あとどれだけ湧いてくるのかは、現時点では皆目見当もつかない。十か、百か、あるいはそれ以上か。だとしても弱音を吐く暇がないのは今更なことで、これと同等の数を相手にしているではないか。

「ふっ！」

「えぇいぃ!!」

何を恐れる必要がある。俺は一人で戦っていない。頼れる仲間の姿を目端に捉えて、悠は大刀を振るう。

「まったく……よくもこれだけの数の鬼を従えたもんだな」

「でも、余裕って感じだね主。鬼にも勢いがなくなってきたし、もうすぐだよ！」

「これでも一応それなりに死線は潜り抜けてきてるからな！　それに小烏丸さんの刃戯のおかげでもある」

「えへへぇ」

「さてと——これで……終わりだ!!」

二刃の飛燕が鬼の首を刎ねた。

辺りに敵影はなし。その事実が脇役としての出番が終わったことを彼に伝え、あとは幕引きされるのをただ静かに待つことが悠達に課せられた次の役目だった。

その時がついに訪れる。

「行け安綱さん！　膝丸‼」

「おぉぉぉぉぉぉおっ‼」

「はぁぁぁぁぁぁあっ‼」

双つの白刃が交差して、鬼蜘蛛の巨体を駆け抜けた。

断末魔の叫びを上げて、朽ちてゆく死に様を全員で見届ける。両袈裟から打ち込まれ、三分割にされた胴体から噴き出す大量の血液に嘔気が込み上がるも、悠はそれを堪える。

誰もが堪えているのに自分だけが耐えられないと弱音は吐けまい。

吐くのならば後からでもできる。それよりも最優先にやるべきことがあろうに。悠は童子切安綱に視線で促す。この大役は彼女にしかできない。

「……我々の勝ちだっ‼」

高らかに掲げられた太刀に陽光が差し込む。眩く、美しく、炎のように力強い輝きを発する白刃に続いて悠もまた、勝ち鬨の声と共に二刀を天へ掲げた。

◆◇◆◇◆

元凶は去り、町には再び平穏が訪れた――とても喜ばしいはずのことなのに、誰も嬉々としておらず。再び国を救った悠でさえも、その表情は曇っていた。

「はぁ……いつになったら終わるんだろうな」

「それは……なんとも言えませんね。私も長くここにいますが、このような事態は初めてですので……」

「三日月さんがそれなら、今回はかなり難航しそうですね……」

深いため息を吐く三日月宗近の隣に並ぶ悠も、つられてため息をもらす。残された傷跡は決して小さくはない。人命においては、今回の死傷者は彼が経験してきた中でも遥かに少ない。

では何故そんなに落胆しているのかと問われれば、復興作業にある。壊されたものを直すのは必然で、長年住んできた町民達は自らの手で町を復興させる責務がある。今までしてきたように、今回も一丸となって元通りにする――それが思うように進展しないから、三日月宗近も頭を悩ませていた。

「ねぇちょっとこれ本当にどうにかなんないの⁉　光世もう嫌なんだけど‼」

「って言われましても……運命と思って諦めるしか」

「そうだ！　ねぇ安綱もういっそのこと全部燃やしちゃってよ。そしたら早く終わるじゃん」

「馬鹿者！　町を焼野原にしろというのか貴様は！　口を動かす暇があるのならば黙って手を動かせ‼」

「でもこの蜘蛛の糸……本当に見るだけでもうんざりしてくるね」

鬼蜘蛛が手当たり次第に張った糸は、かの怪物が倒されても残り続けた。糸の除去……復興作業に著しく遅れを生じさせている要因にして、第二の要素が加わったことで更なる問題へと発展させる。

「ぎゃぁぁぁぁ蜘蛛が背中に入ってきたぁぁぁっ!!」

「ちょ、ちょっとこっちにこないでってば！」

「ななな情けないわねくくく蜘蛛一匹にそんなに驚くなんて……！」

「声震えてるし……それを言うなら、あんたの足にもくっついてるし」

「…………」

「あっ！　気を失った！」

黄色い悲鳴をあちこちで絶えず上がらせているのは、蜘蛛だった。鬼蜘蛛とは一切の関連性はなく、かの怪物が残した糸に惹かれたのか。理由が定かでないにせよ、そこら中に潜んでいた蜘蛛が、皆を恐怖のどん底に陥れんとしていた。

（鬼の方がよっぽど怖いと思うのは、俺だけか？）

「でもさぁ、鬼の方が命も奪ってくるから危険なのはわかるけど。蜘蛛ってだけであそこまで騒がなくてもいいとボクは思うんだけどなぁ……」

「だよなぁ……」

蜘蛛は毒でもない限りは益虫で、鬼は命を奪ってくる害悪。天秤に掛けるほどでもない。それなのに男に負けず劣らずの恐怖っぷりを見せつけられているものだから、悠は新鮮味を込めて苦笑いを浮かべるしかない。

御剣姫守でも蜘蛛は怖いらしい。

蜘蛛にしてみれば勝手に怖いと騒がれて忌み嫌われる……これほど迷惑極まりないこともあるまいが。

元凶を倒したら町が元通りになる……創作のような展開が現実でも起こってくれないことを改めて学ぶ傍らで、悠はのんびりと傍観していた愛刀に目線で促す。

復興作業を手伝いたいのは山々ではあるが、弥真白を長く放置しておくことも許されない。そろそろ帰らないと、小狐丸達が何をしでかすかわからない。こと駄目な大人代表……実休光忠も、結城悠がいないのをいいことに賭博三昧を謳歌しているかもしれない。

気苦労がなかなかに絶えない職場であることを再認識して、悠は今日こそ弥真白に戻ることを決意した。

「それでは三日月さん、俺達はこれで」

「……本当に行ってしまわれるのですか？　まだ耶真杜は全然復興できていないというのに……」

「でも、そうすると弥真白を長時間ほったらかしにしてしまうでしょ？」

「あんな駄狐なんか放っておいても大丈夫ですよ」

「いや、そういうわけにもいかないですから。どっちにせよ、一度俺は戻ります。また日を改めて手伝いにきますよ」

「うぅ……約束ですよ？」

「えぇ」

その時に小狐丸が了承してくれるかどうかは、また別の話だが……。

別れを惜しむ暇すらもない面々に遠目から別れを告げて、悠は三日月宗近に一礼すると駅を目指して歩く。

「悠さん達ももう出発しちゃうんですねぇ」

「小烏丸さん」

追いかけてきた小烏丸に呼び止められた。

旅支度を済ませているところを見ると、彼女も耶真杜を発つようだ。

「小烏丸さんはこれからどうするんですか？」

「もちろん執筆作業に勤しみますぅ。今日までで私はとっても貴重な体験をしてきましたぁ。悠さんのことも知れましたしぃ、以前よりもきっといい作品が書けるような気がするんですぅ」

「……そうか。今度こそちゃんとした結城悠を書いてくださいよ？　じゃないとこの密着取材が無駄だったということになりますからね」

「とと当然ですよぉ！　嫌ですね悠さんったらぁ」

「……その笑いは信用してもいいんですね？」

「悠さま！」

「膝丸」

ぱたぱたと駆け寄ってくる姿に、昨日の面影はどこへやら。人懐っこい笑みはさながら子犬のようで、ありもしない尻尾と犬耳を見た。

「もう行ってしまわれるのですか……？」

「あぁ、俺には俺で待ってくれている奴らがいるんだ」

「……わたくしも、本当なら悠さまのお傍(そば)においていただきたいです。けれど、わたくしには……――」

「わかってる。安綱さんのこと、頼んだぞ」

「……またお会いできますよね？」

「お互い生きているし、それに同じ時代の国にいるんだ。また顔を見にくるし、なんなら遊びにくればいい」

「はい！　あ、あの……最後に一つだけお願いがあるのですけど、よろしいでしょうか？」

おずおずと見上げてくる膝丸に、悠は小首をひねる。いち早く反応を示した愛刀を抑えて彼は次の言葉を彼女に促す。

「俺にできる範囲であるならな」

「じゃ、じゃあその……頭をなでなでしてほしいですわ」

「わかった」

言うが否や。電光石火の速さで伸びた彼の手は、そのまま膝丸の頭を撫でる。常識内での要求だったことが、悠はとても嬉しく思えた。頭を撫でるぐらいならば、何時間でもやってやる。撫でるだけならば余計な体力を使わないし、なによりも健全だ。

「えへへ……これが撫でられるという感覚なんですね。なんだか頭がぽわぽわしてきますわ」

「喜んでもらえてなにより」

さらさらと指間を流れていく髪質のなんと心地良きことか。いつまで撫でていても飽きがこない。目を細めている膝丸の様子も相まって、悠は手を休ませることなく彼女のためだけに動かす。

「ちょっと主？　いつまでそうやってやるつもりなのさ……ボクだってそんなに撫でてもらったことないのにさ」

「はいはい、あとでな」

「……やっぱり斬っちゃおうかな。うんそうしよう」

「物騒なことを言うのはやめろ」

これ以上は危険と判断して、悠は膝丸から手を離した。もっと撫でていたかった願望があるが故に、名残惜しそうに目を伏せられたことが彼の表情を曇らせる。

(もっと撫でてやりたい気持ちは山々だが……まぁ、我慢してくれ膝丸)

「膝丸！　作業を放って悠に羨ましい……いや！　よからぬことを強要するとは何をしている!!」

ばたばたと慌ただしく童子切安綱がやってきた。刀ではなくつるはしを手にする姿もなかなか似合っている。ただ、上半身をはだけさせての格好だけはいただけない。発汗もすれば発熱することも重々に理解できる。少しでも冷却しようとして素肌を風に晒したい気持ちも、悠はいたく共感できる。

せめて男がいない時にしてもらいたい。これを本人に伝えたところで意味などなく、結果悠の方が折れる形となる。極力視界に収めぬよう、視線をやや横にずらすことで自らを守った。色んな意味で。

「もう発つのか？」

「ええ、そろそろお暇しようと思います。とりあえず俺がいなくても大丈夫でしょうし、それに膝丸がいますから」

「……あぁ。正式に桜華衆に所属させた後、この耶真杜にて尽力してもらう予定だ。膝丸も了承してくれている」

「それはなによりで」

「……此度の一件、また貴様の力を借りてしまった。本当に感謝する、悠よ」

「やめてくださいよ。俺がしたことなんてたかがしれてる。それを言うなら今回の貢献者は安綱さんと膝丸の二人じゃないですか」

「悠……そうだな」

「ええ。それじゃあ安綱さん、俺達はこれで」

「うむ！　我も早く膝丸を桜華衆の一員として迎えるために復興に尽力しよう。そして悠よ、その時には貴様も必ず参加するのだぞ」

「もちろんです――それじゃあ鈴、行くぞ」

「うん、主！」

「悠さま！　絶対にまたわたくしの頭を撫でてくださいね！」

「新刊ができたら真っ先に悠さんのところに持っていきますからねぇ！」

「二人も元気でな」

　新たな出会い、そして別れが今回もあった。どれもこれもが刺激的で貴重な体験であったことを噛みしめながら、悠は千年守鈴姫と共に耶真杜を後にする。あとは買ってきたお土産がどこまで彼女達の機嫌を直してくれることやら。一抹の不安を胸に秘めた彼を乗せて、仲間が待つ弥真白(やましろ)へと機関車は動き出す。

終章　新たなる鼓動

——ぽっかりと浮かぶ満月がとても美しい。

ついさっきまで俺は仕合をしていた。目の前の敵を打ち倒すことだけに集中していたから、上を見る余裕なんてなかった。それがようやく叶ったってことは、まぁつまりそういうこと。俺は結城悠を上から見下ろしている対戦者にやられたってことだ。それなりにいけると思っていた。それが自分の勘違いなんかじゃなかったっていうのは、俺の刀に付いた血が証明してくれている。

男であることを捨て、一人の剣鬼とならんと修練にひたすらに明け暮れてきた……その時間が無駄にならなかったってことだけでもわかって、それなりに満足もしている。もう、十分だ。俺は精いっぱいやった。その上で負けたのだから、悔いはない。

目の前の女が微笑んだ。よくよく見ると……こいつは、こんなにかっこよかったっけか。あんまりじっくりと眺めたことなんかなかったし、そもそも性を捨てた俺に誰かを好きになるなんて気も更々なかった。

なのに、なんだろう。この胸の高鳴りは。何度も、何度も対峙しては剣を交えてきた。

その時だって、ただこいつに打ち勝ちたいって気持ちしか湧かなかったのに……何故、今頃になってこんな感情を俺は。

『もう、いいかい悠。君は私に敗れた。そして勝者は、私だ。だから敗者である君を好きにできる権利がある』

わからない。わからないが、心地よくもある。

あぁ、そうか。これが、きっとそうなんだろう。俺は思わず笑ってしまった。目の前にいる女は何が起きたのかって顔をして首をかしげている。無理もない、なんの脈絡もなくいきなり笑われたら俺だって驚く。

認めよう。俺はこいつのことが好きなんだ。いや、最初から好きだったんだ。

『い、いきなり笑い出すなんて新手の作戦かい？　残念だけどそんな手には――』

『やるかよ。俺はお前が好きってことに気付いたから笑ってしまったんだ』

目を丸く見開くほど驚いてる。確かに、散々つっけんどんな態度を取ってきた相手が急に好意を示せばそうなるか。

『……それも新手の作戦かい？』

『まさか。俺は下で、お前は俺を見下ろしてる……ここまで完璧な図ができあがっていて悪あがきする方が情けない――俺は、至って本気だぜ』

『……そうかい。あぁ、そうかい！　ようやくか……ようやく私のものになってくれる決心がついたんだね⁉』

『ま、まぁな……』

いざ面と向かって指摘されると、これはこれでなかなか気恥ずかしい。

さて、これから俺は女と初めてやるわけだが……。不安が一気に込み上げてくる。女男の営みってやつを、知らないわけではない。それなりの知識はあるわけで、だが実際にやるのとでは意味が大きく違う。噂によると、刀で斬られるよりも痛い、らしい。刀傷しか知らない俺には未知すぎて恐怖しかなかった。

なぁ、お前はどうなんだ。お前は俺みたいに恐怖や不安なんて感じちゃいないのか。だとすると、この辺りで差が出たことが勝敗を決した理由かもしれない。

『大丈夫だよ悠。私だって初めてだからちょっとだけ怖いさ。でも一番怖いのは、君を満足させられないことだよ』

『俺は……お前にならを何をされたって構わない』

『それを聞いて安心したよ』

『……ガサツな男だが、優しくしてくれよ？』

『もちろんだよ』

唇が迫ってくる。以前ならあれだけ抱いていた嫌悪感が期待に変わっている。

そして、とうとう唇が――――

と、まぁ。ここまでは作中の結城悠が思わされたことであって。現実は少し……いや、すべてが異なっていた。

「おかしいでしょこの内容は!!」

「あぁ！　そんなに引っ張ったら破けちゃいますよぉ!!」

昼下がりの東屋にて、声を荒げる悠の手には一冊の書物があった。左右から与えられる引力に軋む音に小烏丸が悲鳴を上げるが、怒り心頭の彼にとっては知ったことではない。

【桜華刀恋記】にて描かれている結城悠の悪改変をさせぬことを誓わせての密着取材だった。その集大成となる新作ができたと言われ早速目を通してみれば、以前と何も変わっていない――すぐに肌を晒したり、快楽に即屈服してしまうような描写はなくなったが……

――これではなんのための密着取材だったのか。

おまけに登場しているヒロインが彼のよく知る人物であることも、悠は問い質さなくてはならない。

「これ、どう見ても小狐丸ですよね？　実在する人物は登場させないって言ってませんでした？」

「あははぁ……一応名前も偽名を使って私なりに頑張ってみたんですけどぉ、やっぱりバレちゃいますぅ、よねぇ？」

「バレるだろ!?　逆になんでバレないと思ったんですか!?」

「うぅ、私だって本当はやりたくなかったんですよぉ……」

（それでか……小狐丸があんなにも勝気だったのは）

　小烏丸の新作は、小狐丸らの手にも渡っている。その時からいやに千年守鈴姫や他の面々に対して挑発的だったことに悠は違和感を憶えていた。現在、彼の愛刀は離れていて――タイミングを見計らったかのように遠くから怒声が響き、悠は頭痛に悩まされることとなる。恐らくは全員がこの事実に気付いたに違いない。

　しかし、よくよく考えると、非は小烏丸にあると悠は結論に至る。如何なる理由が背後にあったとしても、結局物語の手綱を握るのは作者自身ではないか。それを放棄して、小狐丸の意のままに仕上げた彼女にこそ一番非がある。

「それで？　この作品、まだ世に出していませんよね？」

「えっとぉ……それはそのぉ、えへへぇ……」

「……まさか」

「ごめんなさいもう出しちゃいましたぁぁぁぁ!!」

「なん……だと……」

「というわけでして私はこれにて失礼いたしますねぇ！　ではではさようならぁ」

「あ、ちょっと小烏丸さん!!」

　逃走を図る小烏丸を悠は追いかけた。しかし彼女には翼がある。いかに剣鬼でも空に逃げられてしまえば、どうすることもできない。悠々と飛翔する姿が余計に腹立たしさを増幅させ、なす術がない悠は彼女が飛び去っていくのを見送ることしかできなかった。

「あぁそうでしたぁ。悠さーん！」

「んんっ⁉」

「私ってこう見えて結構臆病なんですぅ！　他の皆さんみたいにぐいぐいと迫れるだけの勇気も度胸もありません……だからこうすることにしましたぁ！」

「だからって何ですか⁉」

「それじゃあ私は帰って新作の執筆作業に入りますぅ！　ほらほら悠さん早く追いかけないとどんどん私が新作を出しちゃいますよぉ！」

「それはやめてください！　いや本当に頼みますから！」

「なんて言ったってこの前の密着取材が終わってからものすごくネタが湧いてくるんですからぁ、明日にでも新作を出せそうですぅ！」

「あー！　卑怯ですよ小烏丸さん！　降りてきてください‼」

「降りろって言われて正直に降りてくる人なんていませんよぉ！」

もっともなことを返されては、悠はぐぅの音も出なかった。ともあればぱたぱたと飛び去っていく彼女にはもう届かないと理解した彼の顔は呆れと怒りが入り混じる。

「はぁ……」

大きく肩を落とす。小烏丸を放置することで、今後自身の身に何が起きるのか、これほど容易に想像ができることもまぁあるまい。

今後、彼女の手によって次々と作品が世に出されるであろう。その一つ、一つが爆発的な人気を呼び、彼女の懐はぬくぬくと温められる。一方で自分はというと、【桜華刀恋記（おうかとうれんき）】以上に勘違いをした御剣姫守（みつるぎのかみ）から追い回される日が訪れること間違いない。

休まらない日々が延々続く……絶えず追いかけ回される人生に、剣鬼は顔を青くするしかない。羨（うらや）ましい、そうのたまうのなら是非とも代わってやる――異世界から来訪者でも来ない限り、その願いは叶（かな）いそうもない。悠は肺の空気をすべて吐き出すかのように、極めて大きなため息を吐（つ）いた。

「随分とお疲れのようですわね悠さま」

「ん……？　って、お前は」

「お久しぶりですわ悠さま。お元気……と言ってもよいか微妙なところですけれど、とりあえずお変わりないようでわたくしも安心しましたわ」

耶真杜（やまと）本部にいるはずの彼女の来訪よりも、その出で立（い）ちに悠は関心を示した。重鎧（せいそう）を取り払った着物姿は違った魅力を見事に表している。特に孔雀緑（くじゃくみどり）の着物が彼女の美しさを更に引き出している――が、よくよく思い返してみれば、他の着物を着ているのを見たことがなかった。だがなぜこんなにも膝丸には新鮮味を憶えるのだろう。とりあえず、よく似合っていることは確かなので、悠は素直にほめた。

「その着物、よく似合ってるな」

「ふふっ、悠さまならそうおっしゃってくださると思っていましたわ」

「復興の方は？」

「まだまだですわね。でもみんなめげることなく一歩ずつ進んでいますわ」

「そうか……」

蜘蛛と奮闘している姿を思い返すと、それはそれで面白い光景だから、ついいたずら心が芽生えてしまう。もしかすると、逆に煽ることで復興状況が速まりかねないのがこの国の御剣姫守達だ。彼女達のプライドを刺激してやるためにも、今は何処へと消えた上司に本部への出張伺いでも出そうかと悠は考える。

「ところで、悠さま？」

「ん？」

「わたくしも、その……ここ弥真白支部に配属してもらおうと思っているのですけれど」

「却下だよ」

「あ、戻ってきたのか」

床を滑りながら姿を現した小狐丸。身嗜みに乱れがあることから察するに、それはもう激しく乱闘してきたのだろう。とりあえず悠の目には毒なので、羽織っていた部屋着を貸してやる。膝丸からの、自分にはないのか、という催促の眼差しには屈しない。

「君が悠が言っていた例の御剣姫守だね。一応名乗らせてもらうと、私の名前は小狐丸。悠の管理をすべて任されている、言い換えれば嫁みたいな感じだよ」

「お前に管理をされた覚えはないぞ」

「これはこれは、ご丁寧に――わたくしは膝丸と申しますわ。こちらでお世話になりたいのですけれど、よろしいですわね？」

「却下だって、さっき言ったばかりだけど聞こえなかったのかな？　これ以上悠の周りに他の御剣姫守がいるのは隊長兼管理者兼嫁としてもいただけないんだ」

「いや、だから俺はお前の管理下に置かれては――」

「あら。それならばわたくしだって負けてはいませんわよ。悠さまはわたくしにとっての生みの親であり、誰よりも慕い敬う相手であり……そしていつか将来を共にする番ですの。だからわたくしが悠さまの隣にいるのは当然ではなくて？」

「……冗談だとしても、笑えないよそれ」

「わたくしが冗談を言っているとお思いで？」

「おいこんな場所で暴れるな……！」

物がなさすぎて殺風景なのは自他共に認める、が暴れられていいわけではない。一触即発のこの状況を解決するべく、悠は仲裁に入った。彼を挟んでいる二人の御剣姫守は既に得物を抜き放たんとしている。膝丸などは鎧姿へといつの間にか変わっている。

部屋主として、悠は自室を守る義務がある。もしも使い物にならなくなってしまったら、もちろん修理を依頼するしかない――直るまでの間、どこに身を寄せればよい。

そうなった時、支部は激戦地と化す。結城悠と相部屋をする権利を巡って、彼女らは躊躇いもなく刃を交えるだろう。第二の被害を未然に防ぐためには、悠がここで解決せねばならない。

「覚悟はできてる？」

「そっくりそのまま、お返ししますわ」

「二人ともやめ――」

「あ、主!!」

どたどたと慌ただしく、愛刀が部屋へと駆け込んできた。一瞬だけ見据え合っている二人を見るも、その関心はすぐに薄れる。どうやらそれ以上の何かがあったらしい。悠は千年守鈴姫に続きを促す。

「どうした？　何かあったのか？」

「町の外で鬼が出たって知らせが入ったんだ！　それも耶真杜で遭遇したあの結晶体を生やしたタイプの……！」

「新種か……！」

「……どうやら、君との話し合いは後でじっくりする必要があるみたいだね」

「そうですわね」

新種という単語は殺気を向け合っていた二人の気をも逸らす。それだけに謎が多く、深く関わりがある膝丸も強い関心を示している。

気が付けば、小狐丸を追いかけ回していた皆も戻ってきた。一様にぼろぼろな格好をしていることは予測できていた。

ともあれ勢揃いしたところで、小狐丸が号令を出す。

「町の外で新種が出たという情報が入った。放っておいたら町に被害が出るのは避けられないからすぐに出るよ」

（その格好でいくのか？　それで行くのはまずいだろ……！）

悠の不安を他所に意気揚々と出ていく面々の背中を見送る。まだ残っていた千年守鈴姫と膝丸と顔を見合わせる。

「……いくか！」

無言の肯定を受け取って、悠も現場へと急行した。


〈『少女は鞘に納まらない3』完〉

ヒーロー文庫

少女は鞘に納まらない 3

龍威ユウ

2021年7月10日　第1刷発行

発行者　前田起也

発行所　株式会社　主婦の友インフォス
〒101-0052 東京都千代田区神田小川町 3-3
電話／03-6273-7850（編集）

発売元　株式会社　主婦の友社
〒141-0021
東京都品川区上大崎 3-1-1 目黒セントラルスクエア
電話／03-5280-7551（販売）

印刷所　大日本印刷株式会社

ISBN 978-4-07-447920-7